Penelope Bloom

His Banana
Verbotene Früchte

PENELOPE BLOOM

HIS
Banana

Roman

Aus dem Amerikanischen
von Vanessa Lamatsch

PIPER

Mehr über unsere Autoren und Bücher:
www.piper.de

Wenn Ihnen dieser Roman gefallen hat, schreiben Sie uns unter Nennung des Titels »His Banana – Verbotene Früchte« an *empfehlungen@piper.de*, und wir empfehlen Ihnen gerne vergleichbare Bücher.

ISBN 978-3-492-06174-2
© Penelope Bloom 2018
Titel der amerikanischen Originalausgabe:
»His Banana«, Amazon Digital Services LLC, 2018
© der deutschsprachigen Ausgabe:
Piper Verlag GmbH, München 2019
Redaktion: Martina Schwarz
Satz: Uhl + Massopust, Aalen
Gesetzt aus der Dolly
Druck und Bindung: CPI books GmbH, Leck
Printed in the EU

EINS

Natasha Ich habe das Zuspätkommen zur Kunstform erhoben. Unglückliche Momente der Tollpatschigkeit sind mein Pinsel und New York City meine Leinwand. Einmal bin ich nicht bei der Arbeit erschienen, weil ich fest davon überzeugt war, ich hätte im Lotto gewonnen. Dann stellte sich heraus, dass ich mir die Zahlen der letzten Woche angesehen hatte. Dummerweise hatte ich meinem Chef auf dem Weg zum Geldabholen schon eine Nachricht geschrieben und ihm mitgeteilt, dass ich es auf meiner Mega-Jacht nie wieder nötig haben würde, ein »Dafür hätte auch eine E-Mail gereicht«-Meeting zu besuchen, und dass mich stattdessen ab jetzt schöne, braun gebrannte Männer von Hand mit Trauben füttern würden. Mein Chef hat die E-Mail tatsächlich ausgedruckt, eingerahmt und im Büro aufgehängt, und das Einzige, was mir an diesem Abend von Hand gefüttert wurde, war altes Popcorn – von mir selbst.

Dann war da dieses eine Mal, als ich am Abend vor einem Arbeitstag *Marley & Ich* geschaut habe und selbst am nächsten Morgen einfach nicht lange genug zu weinen aufhören konnte, um mich anständig zurechtzumachen. Immer wieder passierte es mir, dass ich in die falschen Züge einstieg oder dreißig Minuten lang nach dem Schlüssel für das Auto suchte, das ich gar nicht mehr besaß, und einmal habe ich sogar ein Abendessen mit meiner besten Freundin verpasst, weil mein Hund einen Nervenzusammenbruch erlitten hatte.

Jep. Ich war nicht stolz darauf, aber ich war sozusagen eine wandelnde Katastrophe. Okay. Mehr als nur sozusagen. Ich war ein Chaosmagnet. Wenn es einen Knopf gab, den man unter keinen Umständen jemals drücken sollte, eine unschätzbar kostbare Vase, an die man nicht stoßen durfte, einen herzinfarktgefährdeten alten Mann, den man besser nicht erschreckte, oder irgendetwas anderes, das man auf keinen Fall in den Sand setzen sollte, war ich wirklich die letzte Person, die man in der Nähe haben wollte. Aber hey, ich war eine verdammt gute Journalistin. Die Tatsache, dass ich immer noch einen Job hatte, war der beste Beweis dafür. Natürlich bewiesen die furchtbaren Aufträge, die ich für gewöhnlich bekam, auch, dass ich dauerhaft und für immer auf der Abschussliste stand. Es fällt schwer, beruflich voranzukommen, wenn man sich ständig aus Versehen selbst ins Knie schießt – egal, wie gut die Storys auch sein mochten, die man schrieb.

»Wach auf«, sagte ich, als ich meinen Bruder in die Rippen trat. Braeden stöhnte und rollte sich auf die Seite. Er feierte nächste Woche seinen dreißigsten Geburtstag und wohnte noch immer bei unseren Eltern. Deren einzige Bedingung dafür lautete, dass er bei der Hausarbeit half, was er natürlich nie tat, weshalb sie ab und zu die leere Drohung ausstießen, ihn vor die Tür zu setzen. Er schlief dann immer ein oder zwei Tage lang auf dem Boden meines winzigen Apartments, bis sie sich beruhigt hatten, und dann war ich ihn wieder los.

Wenn ich ein funktionaler Chaosmagnet war, war Braeden mein dysfunktionales Gegenstück. Er besaß dieselbe genetische Veranlagung zur Selbstsabotage, allerdings ohne die nötige Beharrlichkeit, um seine Fehler wieder in Ordnung zu bringen. Das Ergebnis war ein Neunundzwanzigjähriger, dessen vorrangiges Hobby es war, *Pokémon Go* auf seinem Handy zu spielen. Hin und wieder jobbte er ein paar Stunden bei der Stadt als »Hygienebeamter«, was letztendlich bedeutete, dass er für den Mindestlohn Müll einsammelte.

»Die Sonne ist noch nicht mal aufgegangen«, stöhnte er.

»Na ja, mag sein. Auf jeden Fall ist dein zweitägiges Asyl abgelaufen, B. Du musst die Dinge mit Mom und Dad in Ordnung bringen, damit ich meinen Schuhkarton endlich wieder für mich allein habe.«

»Mal schauen. Es gibt da ein Pokémon, das ich noch fangen will, während ich in der Innenstadt bin. Vielleicht danach.«

Ich warf mir meine Jacke über, entschied mich für zwei unterschiedliche Schuhe – einer dunkelbraun und einer marineblau –, weil mir einfach die Zeit fehlte, noch länger zu suchen, und schlich dann durch den Flur vor meinem Apartment. Meine Vermieterin wohnte in der Wohnung gegenüber und ließ sich gewöhnlich keine Gelegenheit entgehen, mich daran zu erinnern, wie viel Geld ich ihr schuldete.

Ja, ich zahlte meine Miete. Irgendwann. Meine jämmerlichen Aufträge gehörten natürlich nicht gerade zu den bestbezahlten Jobs des Magazins, also musste ich manchmal auch zuerst andere Rechnungen begleichen. Wie zum Beispiel die Stromrechnung. Wenn ich mich richtig mutig fühlte, kaufte ich manchmal sogar Nahrungsmittel. Meine Eltern waren nicht gerade reich, aber sie arbeiteten beide als Lehrer und verdienten genug Geld, um mir im Notfall etwas zu leihen. Ich war nicht zu stolz, sie darum zu bitten... aber ich wollte auch nicht, dass sie sich Sorgen um mich machten, also hatte ich Braeden zu Verschwiegenheit über die Leere in meinem Kühlschrank und in meiner Vorratskammer verpflichtet. Ich würde bald auf die Beine kommen, also war es sinnlos, eine große Sache daraus zu machen.

In New York zu leben war nicht billig, aber ich hätte es gegen nichts auf der Welt eingetauscht. Wenn es eine Stadt gab, die meine persönliche Variante von Chaos verstand, dann war das New York. Bei den Tausenden von Leuten, die rund um die Uhr die Straßen der Stadt verstopften, konnte ich gar nicht anders, als mit der Menge zu verschmelzen, egal, wie chaotisch ich auch aussah oder welche Farbe meine Schuhe hatten.

Ich genoss die Fahrt zur Arbeit, selbst an den Tagen, an denen ich so spät dran war, dass ich einfach wusste, dass ich bei meiner Ankunft sofort zusammengestaucht werden würde.

Das Büro, in dem ich arbeitete, war – um es vorsichtig auszudrücken – minimalistisch ausgestattet. Unsere Schreibtische bestanden aus Pressspanplatten mit einer Schicht abblätternder grauer Farbe darüber. Die Wände waren dünn und ließen jedes Geräusch von der Straße herein. Viele unserer Computer gehörten noch zu der alten, kantigen Sorte, bei der der Monitor gute fünfzehn Kilo wiegt und so groß ist wie ein dickes Kleinkind. Der Zeitungsjournalismus starb gerade eines hässlichen Todes, und mein Arbeitsplatz machte kein Geheimnis daraus. Die einzigen Leute, die sich noch in der Branche tummelten, waren diejenigen, die zu dumm waren, Lunte zu riechen, oder diejenigen, die zu sentimental waren, um sich darum zu kümmern. Ich bildete mir gerne ein, dass ich eine Mischung aus beidem war.

Sobald ich ankam, stürmte Hank aus seinem Eckbüro – eigentlich ein Schreibtisch, der genauso aussah wie unsere, nur dass seiner in einer Ecke des großen Raums stand, den wir uns alle teilten – auf mich zu. Er war unser Redakteur und so ziemlich die einzige Person aus der oberen Riege, mit der ich je persönlich zu tun hatte. Es gab natürlich noch

Mr Weinstead, aber der beschäftigte sich nicht mit der täglichen Routinearbeit. Er stellte nur sicher, dass es genug Anzeigenkunden für unser Magazin gab und irgendwer die Miete für den kleinen Teil des Hochhauses zahlte, den wir unser Büro nannten.

Meine beste Freundin, Candace, wedelte mit den Armen und riss bedeutungsvoll die Augen auf, als Hank näher kam. Ich ging davon aus, dass das ihr Versuch war, mich zu warnen... auch wenn ich mir nicht sicher war, was ich ihrer Meinung nach dagegen tun sollte, wenn Hank vorhatte, mir den nächsten Mistauftrag in den Schoß zu werfen.

Hank musterte mich von Kopf bis Fuß, wie er es immer tat. Er hatte buschige Augenbrauen, die gespenstisch an seinen Schnurrbart erinnerten – beziehungsweise es aussehen ließen, als hätte er eine dritte Augenbraue auf der Oberlippe oder vielleicht zwei zusätzliche Schnurrbärte über den Augen. Ich hatte mich in diesem Punkt bisher nie entscheiden können. Er war grau an den Schläfen, besaß aber trotzdem noch die nervöse Energie eines jungen Mannes.

»Heute mal pünktlich?«, blaffte er. Es klang fast anklagend, so, als versuche er herauszufinden, was ich plante.

»Ja?«

»Gut. Vielleicht werde ich dich heute nicht feuern.«

»Du drohst mir schon damit, mich rauszuwerfen, seitdem ich hier angefangen habe. Und das ist jetzt... was?... zwei Jahre her? Gib es einfach zu, Hank: Du kannst den Gedanken nicht ertragen, mein Talent zu verlieren.«

Candace, die uns von ihrem Schreibtisch aus belauschte, steckte sich den Finger in den Mund und tat so, als müsste sie würgen. Ich bemühte mich, nicht zu grinsen, weil ich genau wusste, dass Hank gute Laune erschnüffeln konnte wie ein Bluthund und alles in seiner Macht Stehende tun würde, um dagegen vorzugehen.

Hank senkte genervt seine Schnurrbärte – oder Augenbrauen. »Ich werde nur zugeben, dass ich es genieße, jemanden zu haben, dem ich all die Aufträge aufs Auge drücken kann, die sonst niemand haben will. Und wo wir gerade davon reden ...«

»Lass mich raten. Du willst mich den Chef eines Müllentsorgungsunternehmens interviewen lassen. Nein, warte. Vielleicht geht es eher um den Kerl, dem die Firma gehört, die für einen geringen monatlichen Betrag die Hundekacke vor der Haustür einsammelt. Bin ich nah dran?«

»Nein«, knurrte Hank. »Du wirst dich als Praktikantin bei Galleon Enterprises einschleichen. Das ist ...«

»Eine erstklassige Marketing-Firma. Ich weiß«, antwortete ich. »Du magst mir ständig die Mist-Aufträge zuschustern, aber ob du es nun glaubst oder nicht, ich bin immer auf dem neuesten Stand, was die aktuellen Entwicklungen in der Geschäftswelt angeht«, verkündete ich stolz. Schließlich stimmte das. Alle hier konnten mich gerne für eine Witzfigur halten oder zur Zielscheibe machen – und manchmal war es sogar leichter, das Spiel einfach mitzuspielen –, aber am Ende des Tages war ich Journalistin und nahm meinen Job ernst. Ich las die Leitartikel. Ich behielt den Aktienmarkt im Blick, um das nächste große Ding in der Geschäftswelt vorauszusehen, und ich las sogar regelmäßig mehrere Blogs über Journalismus und Schreibstil, um meine Fähigkeiten weiterzuentwickeln.

»Du wirst alles tun, was nötig ist, um Schmutz über Bruce Chamberson auszugraben.«

»Welche Art von Schmutz?«

»Wenn ich das wüsste, müsste ich dich dann losschicken?«

»Hank ... Das klingt verdächtig nach einem *guten* Auftrag. Habe ich irgendetwas verpasst?«

Zur Abwechslung wurde seine Miene weich, wenn auch nur

für einen winzigen Augenblick. »Ich gebe dir eine Chance, mir zu beweisen, dass du kein totaler Reinfall bist. Aber fürs Protokoll, ich rechne damit, dass du jämmerlich versagst.«

Ich biss die Zähne zusammen. »Ich werde dich nicht enttäuschen.«

Er starrte mich ein paar Sekunden lang an, als wäre ich eine Idiotin, bis mir klar wurde, dass er gerade erklärt hatte, er rechne damit, dass ich versage.

»Du weißt, was ich gemeint habe«, stöhnte ich, bevor ich zu Candace' Schreibtisch ging.

Sie beugte sich breit grinsend vor. Candace war ungefähr in meinem Alter. Fünfundzwanzig, vielleicht ein wenig jünger. Ich hatte sie vor zwei Jahren kennengelernt, als ich angefangen hatte, für Hank und *Business Insights* zu arbeiten. Ihr blondes Haar war jungenhaft kurz geschnitten, aber mit ihrem hübschen Gesicht und den riesigen blauen Augen konnte sie den Look problemlos tragen. »Galleon Enterprises?«, meinte sie. »Die stehen auf der Fortune-500-Liste, dessen bist du dir bewusst, oder?«

»Glaubst du, es wäre okay, wenn ich mich jetzt nass mache, oder sollte ich lieber warten, bis mir niemand zuschaut?«, fragte ich.

Candace zuckte mit den Achseln. »Wenn du auf Jacksons Schreibtisch pinkelst, werde ich dich decken. Ich glaube, er ist derjenige, der ständig meine Joghurts aus dem Kühlschrank klaut.«

»Ich bin nicht deine persönliche Biowaffe, Candace.«

»Galleon Enterprises«, wiederholte sie nachdenklich. »Du hast schon mal Bilder von dem CEO, Bruce Chamberson, und seinem Bruder gesehen, richtig?«

»Sollte ich das?«

»Nur, wenn du auf atemberaubende Zwillinge stehst, die jedes Höschen zum Schmelzen bringen.«

»Okay. Igitt. Ich glaube, wenn heiße Kerle dein Höschen zum Schmelzen bringen, solltest du mal zum Arzt gehen.«

»Ich will damit nur sagen: Behaupte nicht, ich hätte dich nicht gewarnt, dass du besser hitzebeständige Höschen kaufen solltest, bevor du anfängst, dort zu arbeiten.«

Ich kniff die Augen zusammen. »Bitte sag mir, dass es so was nicht wirklich gibt.«

Sie starrte mich an, den Mund ungläubig verzogen. »Komm schon, Nat. Was glaubst du denn, was Astronautinnen tragen?«

Wie gewöhnlich blieb ich nach dem Gespräch mit Candace verwirrt, benebelt und ein wenig verstört zurück. Aber ich mochte sie. Ich hatte keine Zeit für traditionelle Freundschaften – die Art von Freundschaften, die laut den meisten Sitcoms fast jeder führt. Wenn man den Serien glaubt, könnte man meinen, der durchschnittliche Erwachsene würde neunzig bis fünfundneunzig Prozent seines Lebens damit zubringen, entweder mit Freunden abzuhängen oder zu arbeiten. Wobei die ganze Sache mit der Arbeit gewöhnlich auch nur als Anlass dient, um Zeit mit Freunden zu verbringen.

Vielleicht lag es ja an mir, aber mein Leben bestand eher aus fünf Prozent Freunden, sechzig Prozent Arbeit und fünfunddreißig Prozent Sorgen um die Arbeit. Oh, und zehn Prozent Schlaf. Ja, ich weiß, dass das mehr als hundert Prozent ergibt, und es ist mir egal. Der Punkt ist, dass mein Leben keine Sitcom war. Sondern eine Menge Einsamkeit mit einer gesunden Dosis Angst, dass ich als Obdachlose enden könnte ... oder noch schlimmer, gezwungen sein könnte, wegzuziehen und meinen Traum aufzugeben. Und am schlimmsten war die am Horizont lauernde Gefahr, dass ich wie Braeden werden könnte. Ich würde in meinem alten Kinderzimmer wohnen mit den Klebestreifenresten an den Wänden, wo früher meine Poster von *One Direction* und *Twilight* gehangen hatten.

Meine Freundschaft mit Candace bot mir ein kleines Stück von dem Leben, das ich mir wünschte, und sie war ein Mensch, für den ich gerne mehr Zeit gehabt hätte ... also nahm ich die vage Verwirrung bereitwillig in Kauf, die mich jedes Mal befiel, wenn ich mich mit ihr unterhielt.

Sobald ich an meinem Schreibtisch saß, drang endlich die wahre Bedeutung meines Auftrages zu mir durch. Candace konnte so viele Witze reißen, wie sie wollte, aber nach zwei Jahren bekam ich endlich die Chance, mich zu beweisen. Ich konnte eine tolle Story schreiben. Ich konnte zeigen, dass ich einen besseren Job verdient hatte – besser bezahlte Aufträge. Und diesmal würde ich die Sache nicht in den Sand setzen.

ZWEI

Bruce Alles hat seinen Platz, und alles ist an seinem Platz. Das waren die Worte, nach denen ich lebte. Mein Mantra.

Ich begann meinen Tag wie immer um exakt fünf Uhr dreißig. Keine Schlummertaste. Ich ging fünf Meilen Joggen, verbrachte genau zwanzig Minuten im Fitnessstudio und fuhr dann für eine kalte Dusche mit dem Lift zurück in mein Penthouse. Mein Frühstück bestand aus zwei gekochten Eiern, drei Eiweiß, einer Schüssel Haferflocken und einer Handvoll Mandeln, die ich einzeln aß, nach allem anderen. Meine Arbeitskleidung hatte ich mir bereits am Abend vorher herausgelegt: schwarzer, maßgeschneiderter Anzug mit grauem Hemd und roter Krawatte.

Ich mochte Ordnung. Ich mochte Struktur. Das war das Prinzip hinter meinem Geschäftsmodell und einer der wichtigsten Faktoren meines Erfolges. Leistung entspringt einer einfachen Formel: Man muss herausfinden, welche Schritte nötig sind, um ein Ziel zu erreichen, und diese Schritte dann konsequent umsetzen. Fast jeder kann die nötigen Schritte erkennen, aber nicht viele besitzen die Selbstdisziplin, um alles genau auf die richtige Weise zu realisieren.

Ich schon.

Vor zwei Jahren hatte ich eine hässliche, komplizierte Trennung durchgestanden. Vielleicht war das der Grund, warum ich es in letzter Zeit einfacher fand, mich auf die Routine zu konzentrieren. Vielleicht wurde ich sogar jeden Tag abhängiger von meiner Routine... aber ehrlich, das interessierte mich nicht. Ich vergrub mich nur zu gern in Arbeit, wenn das bedeutete, alles zu vergessen. Ich hätte bereitwillig jeden von mir gestoßen, wenn ich dafür nie wieder einen solchen Schmerz empfinden musste.

Um genau sieben Uhr morgens ließ ich mich von meinem Fahrer abholen und ins Büro bringen. Ich arbeitete in einem achtzehnstöckigen Gebäude in der Innenstadt. Mein Zwillingsbruder und ich hatten es vor fünf Jahren gekauft, ein Stockwerk nach dem anderen. Unser erstes Ziel hatte gelautet, in New York Fuß zu fassen. Das hat uns ein Jahr gekostet. Unser nächstes Ziel war es, ein Büro in dem Haus zu beziehen, das einmal das Greenridge-Gebäude gewesen war – ein moderner Monolith aus Glas und Granit im Zentrum. Das hatte zwei Monate gedauert. Irgendwann wollten wir das ganze Haus besitzen. Das hatte weitere fünf Jahre gedauert.

Aber wir hatten es geschafft.

Ich zog mein Handy heraus und wählte die Nummer meines Bruders William. Als er abhob, klang seine Stimme verschlafen. »Was zum Teufel?«, stöhnte er.

Ich fühlte, wie sich mein Pulsschlag beschleunigte. Wir mochten quasi identisch aussehen, doch unsere Persönlichkeiten hätten nicht unterschiedlicher sein können. William sprang jede Woche mit einer anderen Frau ins Bett. Er verschlief ständig und kam deswegen nicht ins Büro. Er war schon mit Lippenstiftflecken auf dem Hals und den Ohrläppchen aufgetaucht oder mit aus der Hose hängendem Hemd.

Wäre er irgendwer anders gewesen, hätte ich ihn wahrscheinlich bei unserer ersten Begegnung gefeuert.

Unglücklicherweise war er mein Bruder. Ebenfalls unglücklicherweise hatte er denselben Geschäftssinn wie ich und war trotz seines Mangels an Professionalität unersetzlich bei Galleon Enterprises.

»Ich brauche dich hier«, sagte ich. »Heute müssen wir uns für einen Praktikanten für das Publicity-Stück entscheiden.«

Es folgte eine lange Pause. Lang genug, um mir zu verraten, dass er keine Ahnung hatte, wovon ich sprach.

»Die Praktikanten? Die anzustellen du vorgeschlagen hast? Diejenigen, die alles, was wir ihnen zeigen, in sich aufsaugen sollen, um dann unseren ›diamantbesetzten Müll vor die Presse zu kotzen‹? Ich nehme an, du erinnerst dich nicht, das gesagt zu haben?«

William stöhnte. Gleichzeitig meinte ich, eine leise Frauenstimme im Hintergrund zu hören. »Im Moment erinnere ich mich tatsächlich nicht. Sobald ich einen guten Liter Koffein in meinen Adern habe, könnte es vielleicht klingeln.«

»Schaff einfach deinen Hintern ins Büro. Ich werde nicht den gesamten Vormittag damit verbringen, allein die Vorstellungsgespräche mit deinen Praktikanten zu führen.«

Es war fast Mittag, und ich hatte den gesamten Vormittag damit verbracht, allein die Vorstellungsgespräche mit den Praktikanten zu führen. Ich sah auf die Uhr. Es war die Art von Uhr, die Navy SEALs trugen … was bedeutete, dass ich damit bis zu hundertfünfundzwanzig Meter tief tauchen konnte. Ich war mir nicht sicher, wann ich einmal spontan Tauchen gehen würde, aber ich fand es beruhigend, noch für die unwahrscheinlichsten Herausforderungen, die mir das Leben präsentieren konnte, vorbereitet zu sein. Ich hatte immer zwei Sets Wechselkleidung in meinem Büro und in meinem Wagen, sowohl Geschäftskleidung als auch Freizeitkleidung. Ich hatte mir von einem Ernährungsberater die perfekte Diät zusammenstellen lassen, damit ich während der Arbeit weder mit Leistungsschwäche noch mit Lethargie zu kämpfen hatte. Ich besaß sogar ein zusätzliches Handy mit all meinen Kontakten und Nummern als Back-up, falls mein Handy auf irgendeine Art verloren gehen sollte.

Jede Möglichkeit war abgedeckt. Keine Überraschungen. Keine Rückschläge. Und am wichtigsten: Ich machte denselben Fehler nie zweimal. *Niemals.*

Einer der neuesten Punkte auf meiner Liste, die verhinderte, dass ich Fehler wiederholte, lautete, mich von Beziehungen fernzuhalten. Sie waren den Ärger einfach nicht wert.

Ich hatte beschlossen, die Komplikationen, die der Umgang mit Frauen mit sich brachte, zu vermeiden und mich stattdessen auf die einfacheren Freuden des Lebens zu konzentrieren. Und wo wir gerade davon sprechen, im Pausenraum wartete eine Banane mit meinem Namen darauf auf mich – wortwörtlich. Ich hätte sie natürlich auch in meinem Schreibtisch aufbewahren können, doch ich nutzte die Chance gerne, um vor dem Mittagessen einmal kurz aufzustehen und mich etwas zu bewegen. Außerdem bedeutete es, dass ich mit meinen Angestellten interagieren konnte. Was wiederum vor allem bedeutete, ihnen dabei zuzuhören, wie sie mir in den Hintern krochen, aber ich wusste, dass es gut für die Moral war, mich ab und zu unter die Leute zu mischen. Die Menschen arbeiteten besser für jemanden, den sie mochten.

Ich dankte der sechsten Praktikantin, mit der ich gesprochen hatte, und stand auf, um sie aus dem Büro zu führen. Wie alle Bewerber vor ihr kam sie frisch vom College, war naiv und ängstlich. Ich hatte schon mit so etwas gerechnet, war mir aber nicht ganz sicher, nach welchen Kriterien William die Kandidaten auswählen wollte. Er suchte nach jemandem, der alles, was wir taten, so positiv wie möglich aufnahm – weil er vorhatte, Medien-Auftritte für die Praktikanten zu organisieren, sobald sie genug gelernt hatten. Er meinte, das sei kostenlose PR genau zum richtigen Zeitpunkt – kurz bevor wir unsere neueste Niederlassung in Pittsburg eröffneten.

Eine Werbe-Philosophie, die wir sehr ernst nahmen, lautete, dass man aus so vielen Richtungen wie möglich an eine Sache herangehen musste. Wir wollten nicht, dass unsere Klienten ihr gesamtes Geld in Radio- oder Fernsehwerbespots steckten. Wir wurden kreativ. Und unsere Praktikanten quasi in kostenlose Werbebanner zu verwandeln, war nur eine Facette dieser Strategie. Es ging dabei gar nicht so sehr ums Geld, sondern vielmehr darum, ein cleveres Spiel zu spielen ... und wir liebten einfach beide die Herausforderung. Anders denken. Schneller handeln als alle anderen. Größere Risiken eingehen. Außerdem war das eine weitere Gelegenheit, potenziellen Kunden zu zeigen, wie innovativ und fantasievoll wir unser eigenes Geschäft vermarkteten. Denn wenn man will, dass die besten Firmen einen dafür bezahlen, dass man ihr Marketing macht ... nun, dann sollte man besser selbst auch ein wirklich professionelles Marketing haben.

William und ich hatten uns immer gut ergänzt. Er drängte mich, geschäftlich größere Risiken einzugehen, als ich es von allein getan hätte, und ich bremste ihn ein, wenn er zu wagemutig wurde.

Ich schob meinen Stuhl zurück und trank den letzten Schluck Wasser aus meinem Glas.

Mein Magen knurrte, als ich an die Banane dachte, die auf mich wartete. Meine Diät beinhaltete nur wenig Zucker, daher hatten sich Bananen mit der Zeit zu den kulinarischen Höhepunkten meines Lebens entwickelt. Ich wusste, dass das lächerlich war, weswegen ich es auch niemals offen zugegeben hätte, aber die Banane, die ich vor dem Mittagessen aß, war oft das Highlight meines Tages. William behauptete, die Angestellten, die Angst vor mir hatten, hätten gelernt, sich aus dem Pausenraum fernzuhalten, solange meine Banane noch dort lag. Diejenigen, die darauf aus waren, sich bei mir einzuschleimen, versammelten sich dagegen darum, als wäre sie ein Köder.

Das Büro war sauber und modern. William und ich hatten für den Ausbau einen Innenarchitekten engagiert und dabei keine Kosten gescheut. Ein gutes, ansprechendes Design war mehr als Luxus – es gehörte zum Geschäftsmodell. Wir wollten nicht nur unsere Konkurrenten davon überzeugen, dass wir in jeder Hinsicht spitze waren, wir wollten auch, dass unsere Angestellten das spürten. Leute arbeiteten anders, wenn sie das Gefühl hatten, ganz oben zu stehen und sich anstrengen zu müssen, um dort zu bleiben.

Der Pausenraum war ein Glaskasten mit Blick auf einen Innenhof, in dem so gut wie jede Pflanze wuchs, die fähig war, innerhalb eines Gebäudes zu überleben.

In jedem Stockwerk arbeiteten ungefähr achtzig Angestellte, und ich hatte immer ein gutes Gedächtnis für Gesichter und Namen gehabt. Als ich also das Mädchen in dem marineblauen Bleistiftrock und der weißen Bluse nicht erkannte, wusste ich, dass sie eine der Bewerberinnen für den Praktikumsplatz war. Ihr Haar war zu einem Pferdeschwanz gebunden, doch eine Strähne hatten sie übersehen. Die Locke bewegte sich leicht im Luftstrom der Klimaanlage und erregte meine Aufmerksamkeit. Die Frau war hübsch, mit ausdrucksstarken, haselnussbraunen Augen, einem Mund, der aussah, als würde er oft verschmitzt grinsen und spitze Kommentare von sich geben, und ihr Körper wirkte, als achte sie gut auf sich.

Allerdings spielte nichts davon eine Rolle. Im Augenblick zählte nur, was sie in der Hand hielt.

Eine halb aufgegessene Banane, auf der mit Edding mein Name geschrieben stand. Gerade sah man davon allerdings nur die ordentlichen Buchstaben BRU, weil die geöffnete Schale den Rest der Schrift verbarg.

Es hielten sich noch vier andere Leute im Pausenraum auf. Alle hatten die Banane in ihrer Hand bemerkt und sich daher in die hinterste Ecke des Raums zurückgezogen. Sie beobachteten die Frau, als hielte sie eine entsicherte Handgranate. Gleichzeitig bemühten sie sich, unauffällig zu verschwinden, bevor die Explosion stattfand, von der sie wussten, dass sie drohte.

In diesem Moment bemerkte mich die junge Frau.

Ihre Augen wurden groß, und sie keuchte leise, was anscheinend dazu führte, dass ihr ein Stück Banane im Hals stecken blieb. Sie fing an zu husten.

Ich sah rot. Sie musste eine Praktikantin sein... und sie besaß die Dreistigkeit, meine Banane anzufassen? Sie zu *essen?* Als ich also neben sie trat, um ihr auf den Rücken zu schlagen, damit sie wieder Luft bekam, schlug ich vielleicht etwas fester zu als beabsichtigt.

Sie brummte, hustete ein letztes Mal und schluckte. Ihre Wangen liefen leuchtend rot an, als sie mich von oben bis unten musterte, bevor sie sich in einen der Stühle am Tisch fallen ließ, um wieder zu Atem zu kommen.

»Wissen Sie, wer ich bin?«, fragte ich, sobald sie sich von ihrem Erstickungsanfall erholt zu haben schien. Meine Kehle war wie zugeschnürt vor Wut und Empörung. Sie stellte einen kleinen Chaoswirbel in meinem Leben dar, eine Sabotage meiner Routine. Meine Instinkte schrien förmlich danach, sie so schnell wie möglich aus meinem Leben zu verbannen, wie ein gesunder Körper einen Virus angreift.

»Sie sind Bruce Chamberson«, antwortete sie.

Die halb aufgegessene Banane lag neben ihr auf dem Tisch. Ich deutete mit dem Finger darauf, bevor ich die Schale so zurückschob, dass sie meinen Namen auf der Seite lesen konnte.

Sie riss den Mund auf. »Oh! Es tut mir so leid, Mr Chamberson. Ich habe mein Mittagessen vergessen und Ihren Namen nicht gesehen, als ich mir die Banane genommen habe. Ich dachte, sie wäre für die Angestellten oder ...«

»Eine Banane für die Angestellten?«, fragte ich trocken. »Sie dachten, Galleon Enterprises stellt seinen Angestellten eine einzelne, einsame Banane zur Verfügung?«

Sie hielt inne, schluckte schwer, dann schüttelte sie den Kopf. »O Gott«, meinte sie und sackte in ihrem Stuhl zusammen, als hätte alle Kraft ihren Körper verlassen. »Irgendetwas sagt mir, dass ich nach dieser Sache die Praktikumsstelle nicht bekommen werde.«

»Da liegen Sie falsch. Sie sind eingestellt. Ihre erste Aufgabe jeden Tag wird darin bestehen, mir eine Banane zu kaufen und in mein Büro zu bringen, nicht später als 10:30 Uhr.« Ich achtete sorgfältig darauf, mir meine Überraschung nicht anmerken zu lassen, obwohl mich eine Welle davon überrollte. *Was zur Hölle tat ich da gerade?* Diese Frau war attraktiv, und zwar nicht auf eine Weise, die ich einfach nur beiläufig bemerken konnte. Sie ließ irgendetwas in mir zum Leben erwachen. Ich hatte seit dem Ende meiner Beziehung mit Valerie kein bisschen sexuelles Verlangen mehr empfunden, aber diese Praktikantin änderte das gerade. Ich war nicht nur neugierig, wie sie wohl aussehen würde, wenn dieser Rock um ihre Hüften gerafft wäre ... ich wollte auch wissen, ob sie im Bett laut oder leise war, ob sie ihre Fingernägel in meinen Rücken graben würde oder ob sie sich mir präsentieren würde wie ein Preis, den ich mir erst verdienen musste. Doch gleichzeitig wollte ich sie so schnell wie möglich loswerden. Sie war der Inbegriff von allem, was ich in meinem Leben vermied. Alles, was ich nicht wollte.

Sie runzelte verwirrt die Stirn. »Ich bin eingestellt?«, fragte sie.

Ich verdrängte meine Zweifel. Ich hatte ihr gerade vor allen Anwesenden mitgeteilt, dass sie den Job hatte, und ich wollte vor ihnen nicht wirken, als wäre ich total durchgeknallt. Ich musste das durchziehen. »Schauen Sie nicht so selbstzufrieden. Würde ich Sie mögen, würde ich Sie in die Wüste schicken. Sie werden sich noch wünschen, Sie hätten meine Banane nie angefasst, Praktikantin. Das verspreche ich Ihnen.«

DREI

Natasha Ich ließ das Wasser über meinen Körper rinnen, ohne mich darum zu kümmern, dass es heiß genug war, um meine Haut zu verbrennen. Das lenkte mich zumindest von meinem neusten Patzer ab, der sich schnell zum größten meines Lebens entwickeln konnte. Ich wollte mich so dringend vor Hank beweisen, aber jetzt zweifelte ich daran, dass ich es wirklich schaffen würde, etwas Pikantes über Bruce Chamberson in Erfahrung zu bringen. Zugegeben, überhaupt angestellt zu werden, war schon eine große Hürde gewesen, von der ich mir im Vorfeld nicht sicher gewesen war, ob ich sie überwinden konnte, doch die Art, wie ich mir den Job gesichert hatte, hätte schlimmer nicht sein können.

Das Schlimmste war, dass ich mich jedes Mal zusammennehmen musste, um nicht in kindisches Kichern auszubrechen, wenn er von »seiner Banane« gesprochen hatte. Es war einfach lächerlich. Der Kerl sah aus wie ein Supermodel mit Eis in den Adern. Seine Stirn schien dauerhaft gerunzelt, seine Augen immer ein wenig zusammengekniffen, als hoffe er, wenn er nur böse genug dreinschaute, würden die Leute sich einfach in Luft auflösen. Mir waren fast die Knie weich geworden, als er den Pausenraum betreten hatte. Ich hatte brav über ihn recherchiert – so gut man mit einer Google-Suche eben recherchieren konnte –, doch die Bilder, die ich gefunden hatte, waren ihm nicht gerecht geworden. Bruce Chamberson war groß, aber nicht schlaksig. Er erinnerte auf fast unheimliche Weise an einen NBA-Spieler, mit perfekten männlichen Proportionen. Ultra-maskulin. Er besaß gerade ausreichend Muskelmasse, dass man sie auch unter seinem maßgeschneiderten Anzug erkennen konnte. Ich hatte mich noch nicht über seinen Bruder informiert, aber angeblich waren sie eineiige Zwillinge, so schwer das auch zu glauben war. Ich sollte keinen Schmutz über William Chamberson ausgraben. Nur über Bruce. Mit William würde ich mich dann beschäftigen, wenn es nötig werden sollte.

Aber Bruce... Er faszinierte mich unglaublich, und dabei schien es keine Rolle zu spielen, dass ich gleichzeitig das Gefühl hatte, er könne mich jeden Moment in einen Abgrund reißen.

Und sein Gesicht. Gott. Wäre er nicht so sehr damit beschäftigt gewesen, mich mit Blicken zu erdolchen, wäre ich wahrscheinlich einfach vor seinen Füßen dahingeschmolzen. Mein Überlebensinstinkt war das Einzige gewesen, was meine Lippen in Bewegung gehalten hatte. Er hatte ein Kinn, das kantig genug war, um sich daran zu verletzen, Augen wie blau glühende Kohlen und einen Mund, der für jemanden, der so steif war, viel zu sinnlich und einladend wirkte.

Er war wie ein wütender Roboter. Berichtigung. Ein wütender *Sex*-Roboter. Die Art von Roboter, die so gut aussah, dass es einen nicht interessierte, dass er eigentlich nur piepen und brummen konnte.

Ich stieß einen langen, dramatischen Seufzer aus und wusch mir die letzten Reste Spülung aus dem Haar, bevor ich mich abtrocknete und anfing, mich fertig zu machen.

Ich musste pünktlich sein. Heute war mein erster Tag bei Galleon Enterprises, und mein Bauchgefühl sagte mir, dass ein Mann wie Bruce Chamberson keinerlei Geduld oder Verständnis für Verspätungen aufbrachte. Doch ich konnte nicht aufhören, an das Glitzern in seinen Augen zu denken, als er mir mitgeteilt hatte, dass ich es noch bereuen würde, seine Banane angefasst zu haben. Er hatte einen Witz gemacht, während er mich bedrohte ... und ich konnte diese Tatsache einfach nicht mit der Vorstellung in Einklang bringen, dass er ein gefühlloser Roboter war – egal, wie sehr ich mich auch anstrengte.

In Bruce steckte mehr, als man auf Anhieb erkennen konnte, das war mal sicher.

Ich war zu spät. Ich hatte alles in meiner Macht Stehende getan, um pünktlich zu sein. Unter anderem hatte ich mir vorgenommen, die Bahn zu nehmen, mit der ich eine halbe Stunde zu früh bei Galleon Enterprises angekommen wäre. Ich hatte am Abend vorher sogar Braeden aus meiner Wohnung gescheucht und meinen Eltern eine Nachricht geschrieben, um sicherzustellen, dass er nicht schon in ein paar Stunden wieder auf meiner Türschwelle auftauchte. Natürlich hatte ich nicht die Zeit einberechnet, die ich brauchen würde, um den explosiven Dünnschiss zu entfernen, den meine französische Bulldogge Charlie in meiner Wohnung verteilt hatte. Er war sehr einfühlsam, und sein Darm reagierte auf Anspannung. Ich nahm an, dass er meine Nervosität bemerkt und aus reinem hündischen Mitgefühl meine Wohnung in ein Katastrophengebiet verwandelt hatte.

Als ich im obersten Stockwerk von Galleon aus dem Aufzug stieg, war ich sieben Minuten zu spät. Für meine Verhältnisse war das gar nicht schlecht. Bruce' wütende Miene verriet mir allerdings sofort, dass er nach anderen Standards lebte.

»Sie kommen zu spät«, sagte er. Seine Stimme war tonlos, ausdruckslos.
»Es tut mir leid. Mein Hund ...«
»Ich interessiere mich nicht für Ihre Ausreden. Die Zeit wird Ihnen vom Gehalt abgezogen.«
Ich hob eine Augenbraue. »Ich bin Praktikantin. Ich bekomme kein Gehalt.«
Er biss die Zähne zusammen, seine Augen wurden schmal. *Ups. Da mag es jemand nicht, korrigiert zu werden.*
»Mein Büro. Sofort.«
Er stürmte davon, womit mir keine andere Möglichkeit blieb, als ihm mit bangem Herzen zu folgen. Mein dämlicher Mund hatte mich schon in Schwierigkeiten gebracht, als ich seine Banane gegessen hatte, und Bruce' steifer Haltung und seinen schnellen Schritten nach war er noch nicht damit fertig. Irgendwann zwischen der Banane und heute Morgen hatte sich eine unkluge, schmutzige Fantasie in meinem Kopf eingenistet, daher musste ich ständig Bilder davon unterdrücken, wie Bruce mich in seinem Büro einschloss, um mich übers Knie zu legen und mir den Hintern zu versohlen. Vollkommen lächerlich. Ich stand nicht mal auf so was. Zugegeben, müsste man meine einzige sexuelle Erfahrung in einem Filmtitel ausdrücken, würde der Hauptpreis an denjenigen gehen, der sich für *Fast and Furious* entschied. Allerdings würde *Fast and Disappointing* besser passen, doch ich bezweifle, dass irgendwer in Hollywood diesem Titel grünes Licht gegeben hätte.

Ich kämpfte gegen den Drang, mir die Hände vor die Augen zu schlagen, während er mich in sein Büro führte. Ich war einmal in meinem Leben wegen einer Geschwindigkeitsübertretung angehalten worden und erinnerte mich noch genau an die Scham, als andere Autos vorbeifuhren und die Fahrer hämisch grinsend in mein Fenster starrten. *Schön, dass es dich erwischt hat*, diese Worte hatte ich damals in ihren Mienen gelesen, und dasselbe galt für die Situation jetzt.

Doch das hier war schlimmer. Viel schlimmer. Es war nicht nur mein Stolz, der durch den Schlamm gezogen wurde, als ich hinter Bruce herschlurfte wie ein trauriger, gescholtener Welpe, sondern auch die Chance, Hank zu beeindrucken. Jeder in dieser Firma stellte eine mögliche Informationsquelle dar … und je mehr sie mich als Witzfigur ansahen, desto geringer war die Wahrscheinlichkeit, dass ich von den Leuten hier etwas Nützliches erfahren würde.

Vorausgesetzt, ich würde nicht gefeuert, würde ich hier mehrere Wochen lang arbeiten. Vielleicht sogar Monate. So lange es eben dauerte, Schmutz über Bruce auszugraben. Und ehrlich, ich sehnte mich mit jeder Minute mehr nach diesem Schmutz. Ich wollte nicht nur herausfinden, ob er als Kapitän ein korruptes Schiff steuerte. Ich wollte auch wissen, warum er sich so sehr bemühte, alle davon zu überzeugen, dass er eine totale Spaßbremse war. Und zusätzlich wollte ich erfahren, wieso irgendwer bei *Business Insights* glaubte, dass Bruce irgendetwas Verdächtiges plante. Er schien auf den ersten Blick nicht gerade dem Bild eines zwielichtigen Geschäftsmannes zu entsprechen.

Er schloss die Tür zu seinem Büro und ließ die Jalousien herunter, sodass wir vor fremden Blicken geschützt waren.

»Ich muss Sie nicht daran erinnern, wie wichtig Pünktlichkeit ist, richtig?«, fragte er. Er ließ mich an der Tür stehen, ging zu seinem Schreibtisch und holte eine kleine Schachtel, mehrere Umschläge und ein Dokument aus einer Schublade, um alles vor mir auf die Schreibtischecke zu legen.

O Gott. Das ist der Teil meiner Fantasie, in der er eine Gerte herauszieht und mich übers Knie legt, obwohl ich ihm erkläre, dass ich auf solches Zeug nicht stehe. Und währenddessen sagt er mir immer wieder, dass ich ein böses, böses Mädchen bin.

Ich schloss fest die Augen und wünschte mir inständig, ich könnte zur Abwechslung wenigstens für eine Zehntelsekunde mal keine Idiotin sein. »Sehr wichtig«, stieß ich hervor. »Es wird nicht wieder passieren. Wahrscheinlich. Man weiß schließlich nie, wann der Blitz einschlägt und so. Aber ich werde mich von nun an wirklich bemühen, jeden Tag pünktlich zu sein.«

»Ja. Werden Sie. Weil ich Ihnen eines absolut klarmachen möchte, Natasha Flores...«

Ich ignorierte die Art, wie sich Hitze auf meiner Haut ausbreitete, als er meinen Namen aussprach. Ich nahm an, dass er sich meinen Lebenslauf angesehen hatte, denn mein Name war weder während des Bananen-Vorfalls noch hinterher je zur Sprache gekommen.

»Ich bin kein netter Mann. Sie sind nicht hier, weil ich mich mit Ihnen anfreunden möchte... oder Sie ficken«, fügte er fast beiläufig hinzu, als wäre das eine vollkommen naheliegende Annahme, die verworfen werden musste. »Sie sind hier, weil ich Sie nicht mag und es mir Spaß machen wird, Sie in die Kündigung zu treiben.«

»Ich kann wirklich charmant sein, wenn Sie mir eine Chance geben«, sagte ich, obwohl meine Kehle so eng war, dass es mich fast wunderte, dass ich nicht nur quietschte. Obwohl er gerade klar zu Protokoll gegeben hatte, dass er nicht versuchte, mit mir zu schlafen, schienen die Worte aus seinem Mund nur dafür zu sorgen, dass die Fantasie in meinem Kopf noch klarere Formen annahm. Es war keine romantische Fantasie. Sie war rein körperlich. Und ich hätte darauf gewettet, dass keine Frau Bruce Chamberson ansehen konnte, ohne unzüchtige Gedanken zu hegen. Das bedeutete gar nichts. Es war nur eine Kombination aus Hormonen und chemischen Reaktionen.

Er musterte mich von oben bis unten, wobei sein Blick an

keiner der üblichen Stellen hängen blieb. »Also, dann verraten Sie mir doch, Praktikantin, wie wollen Sie mich für sich einnehmen? Mit Ihrer Arbeitsethik? Ihrer Veranlagung, Dinge zu nehmen, die anderen Leuten gehören, und sie sich in den Mund zu stecken? Oder bilden Sie sich ein, Sie könnten mich verführen?«

Ich richtete mich höher auf. Ich konnte ihn einfach nicht einordnen. In einer Minute glaubte ich, er wäre innerlich genauso kalt und leer, wie er wirkte. In der nächsten war ich mir absolut sicher, dass er mich aufzog. Und es war offensichtlich, dass er es genoss.

»Ich wusste nicht, dass Roboter die Fähigkeit besitzen, sich verführen zu lassen«, sagte ich. »Sind Sie sicher, dass Sie nicht einfach nur einen Schalter auf dem Rücken haben, den ich umlegen kann?«

Der Blick, mit dem er mich bedachte, hatte absolut nichts Roboterhaftes. Ich bereute meine flapsige Antwort sofort, doch ich konnte meine Worte nicht mehr zurücknehmen. Sie hingen in der Luft zwischen uns, bis ich in meiner Hilflosigkeit fast meinte, sie sehen zu können.

»Sie sind eine Anomalie«, sagte er einfach, ohne auf meine Stichelei einzugehen. »Meine Fähigkeit, mit Anomalien umzugehen, ist einer der Gründe, warum ich in meinem Job so gut bin.«

»Das finde ich beleidigend. Glaube ich.«

»Gut. So war es gedacht«, sagte er scharf, als hätte unsere Diskussion damit einen angemessenen, ordentlichen Abschluss gefunden. »Das ist Ihr Arbeitshandy.« Er drückte mir ein Handy in die Hand, das aussah, als wäre es bereits komplett eingerichtet. »Ihr Passwort lautet ›BANANE‹ und nein, Sie dürfen es nicht ändern. Dieses Handy gehört genauso sehr mir wie Ihnen, also überlegen Sie es sich gut, bevor Sie es für Sexting benutzen.«

Jetzt verarschte er mich. Ich wusste es einfach. Jedes Mal, wenn ich anfing zu glauben, dass es hinter diesem atemberaubenden Gesicht wirklich nichts als Zahnräder und Schaltkreise gab, ließ er ein bisschen Menschlichkeit durchscheinen. Und ich hasste es, wie interessant ihn das machte. Ich war schließlich Journalistin und war mir nicht sicher, ob mir je ein so faszinierendes Geheimnis wie Bruce Chamberson begegnet war. Meine Theorie? Er war eigentlich ein normaler Kerl, hielt sich aber vor allen versteckt. Jetzt musste ich nur noch herausfinden, ob der wahre Bruce nur in meiner Gegenwart aufblitzte oder ob er allen gegenüber so schlecht darin war, sein wahres Ich hinter Schloss und Riegel zu halten.

»Und die da?«, fragte ich und deutete auf die Umschläge und das Dokument.

Er öffnete einen der Umschläge, um mir eine Plastikhülle zu zeigen, in der sich verschiedene Kreditkarten, irgendeine Art Bedienungsanleitung und ein Satz Autoschlüssel befanden. Im anderen Umschlag war ein Ausweis, auf dem seltsamerweise mein Foto prangte, obwohl ich definitiv keinen Ausweis beantragt hatte.

»Das sind die Werkzeuge, die Sie brauchen werden, um Ihre Pflichten als meine Praktikantin zu erfüllen. Schlüssel für den Firmenwagen, mit dem Sie mich als meine persönliche Fahrerin herumfahren werden. Kreditkarten für Geschäftstermine, Abendessen mit Klienten oder Firmenausflüge. An all dem müssen Sie übrigens verpflichtend teilnehmen. Und das Handy ist dafür da, dass ich Sie jederzeit erreichen kann, egal, ob Tag oder Nacht. Sie werden es nie ausschalten. Ich bin der Einzige, der die Nummer hat. Das ist meine direkte Verbindung zu Ihnen.«

Ich fühlte, wie meine Nasenflügel sich blähten – was immer dann passierte, wenn ich einen Punkt überschritt, an dem ich nicht mehr nur darüber nachdachte, jemandem mit der Hand zu schlagen, sondern ernsthaft überlegte, ob sich nicht auch meine Stirn als Waffe einsetzen ließ. Dass Bruce sündhaft sexy war, gab ihm nicht das Recht, mich wie eine Sklavin zu behandeln. »Ihnen ist schon klar, dass die normalen Pflichten einer Praktikantin eher beinhalten, kopieren zu gehen, bei Meetings anwesend zu sein oder für alle Kaffee zu holen, oder?« Ich musste die Lippen zusammenpressen, bevor mir herausrutschte, dass ich noch etwas anderes zu tun hatte, auch wenn das grundsätzlich stimmte. Ich würde Zeit brauchen, um jegliche Informationen, die ich hier sammelte, niederzuschreiben und für die Story vorzubereiten, die ich am Ende schreiben würde. Doch so, wie es klang, hatte er nicht vor, mir irgendwelche Freizeit zu gönnen, was mein Leben nicht einfacher machen würde.

»Mir ist egal, was als normal angesehen wird. Das hier ist eine außergewöhnliche Firma, die von außergewöhnlichen Menschen geführt wird. Wenn Sie in irgendeiner Form Teil davon sein wollen, erwarte ich von Ihnen, dass Sie genauso unermüdlich arbeiten wie der Rest von uns auch.«

»Lassen Sie mich raten. Die Tatsache, dass ich nicht bezahlt werde, hat keinerlei Einfluss auf diese übermenschlichen Erwartungen, richtig?«

»Gut. Sie lernen dazu. Vielleicht gibt es doch noch Hoffnung für Sie.«

VIER

Bruce Der erste Arbeitstag der Praktikantin entwickelte sich schnell zu einer Belastungsprobe für meine Selbstkontrolle. Sie war eine wandelnde Katastrophe. Sie verschüttete Kaffee auf meinem Hemd, was mich dazu zwang, meine Ersatzkleidung anzuziehen. Ehrlich, ich war mir nicht mal sicher, ob ein frischer Anzug in der Firma reichen würde, solange diese Frau durch mein Leben tobte. Sie verbeulte den Firmenwagen, als sie aus der Parkgarage fuhr, weil sie das Lenkrad verriss, um »einer riesigen Heuschrecke« auszuweichen – obwohl ich den Großteil meines Lebens in New York City verbracht hatte, hatte ich hier noch nie eine Heuschrecke zu Gesicht bekommen. Und um dem ganzen die Krone aufzusetzen, war die Banane, die sie mir brachte, nicht reif genug.

Es war noch nicht mal Mittag, und die Praktikantin hatte bereits mehr Chaos in mein Leben gebracht, als ich im gesamten letzten Jahr erlebt hatte. Mein Blutdruck ging durch die Decke, und ich fing ernsthaft an, meine Motive für ihre Anwesenheit zu hinterfragen.

Doch ich fühlte mich von ihr angezogen, gegen alle Vernunft. Ihr kastanienbraunes Haar betonte ihre haselnussbraunen Augen und ihre gebräunte Haut. Sie hatte die Angewohnheit, das Kinn an die Brust zu drücken, wenn ich sie zusammenstauchte ... was dafür sorgte, dass diese großen Augen noch größer und schelmischer wirkten, wenn sie so zu mir aufsah. Und jedes Mal wanderte einer ihrer Mundwinkel nach oben, als würde es sie tatsächlich amüsieren, mich sauer zu machen.

Diese verdammte Frau würde noch dafür sorgen, dass ich den Verstand verlor.

»Bei dir alles ... ähm, okay?«

Ich wirbelte herum, bereit, der Person, die gerade den Pausenraum betreten hatte – wer auch immer es sein mochte –, meine Faust ins Gesicht zu rammen. Ich umklammerte immer noch eine Bananenschale, die mehr grün als gelb war. Doch es war mein Bruder.

Ich seufzte. William war wirklich der letzte Mensch, mit dem ich reden wollte, wenn ich genervt war. Ich wollte ihn nicht mal sehen. Sein Haar war ständig verwuschelt, und auf seinen Wangen prangte dauerhaft ein Dreitagebart. Er trug selten eine Krawatte. Stattdessen ließ er die ersten Knöpfe seines Hemdes offen stehen, damit er leichter diejenigen Frauen identifizieren konnte, die sexuell ausgehungert genug waren, um als sein nächster One-Night-Stand zu enden.

Schon wenn ich ihn ansah, sehnte ich mich nach einem Kamm. William war mein exaktes Spiegelbild – davon abgesehen, dass er das war, was ich hätte sein können, wenn ich nicht eine Tendenz zur Zwangsstörung mit einer gesunden Portion Perfektionismus besessen hätte. Er war wie ich, nur ohne Selbstkontrolle. Der Inbegriff eines wandelnden Pulverfasses. Und vor allem war er, was ich hätte sein können, wenn es Valerie nie gegeben hätte. Ohne die lächerlich unordentliche Frisur natürlich.

Ich warf die Bananenschale in den Mülleimer. »Ja. Ich bin, ähm, okay.«

Er verschränkte die Arme und musterte mich mit amüsiertem Blick. »Wieso siehst du dann aus, als hätte gerade jemand in deinen Bananenpudding gespuckt? Und seit wann isst du irgendetwas anderes als perfekte gelbe Bananen? Die da sah eher aus wie eine Gurke.«

»Seitdem die Praktikantin aus der Hölle Einzug in mein Leben gehalten hat.« Es war ein Fehler gewesen, davon auszugehen, dass diese Frau eine angemessene Banane finden würde. Und auch dieser Fehler würde mir nicht zweimal passieren.

»Ich nehme an, es wäre dumm, dich zu fragen, wieso du sie nicht einfach rauswirfst.«

»Korrekt. Ich kann sie nicht feuern. Noch nicht.«

»Ich verstehe.« William runzelte skeptisch die Stirn. »Also ist sie heiß?«

Ich warf ihm einen gequälten Blick zu. »Ernsthaft? Dir ist schon klar, dass wir nur gleich *aussehen*, oder? Einer von uns ist durchaus dazu in der Lage, seinen Schwanz in der Hose zu behalten, besonders während der Arbeit.«

»Hey, ich bin nicht derjenige, der während der Arbeit seinen Schwanz aus der Hose holt. Diese Frauen sind wirklich beharrlich. Außerdem weiß ich, dass du durchaus nichts dagegen hast, deinen Schwanz einzusetzen. Da gab's doch diese eine Frau... Scheiße, wie hieß sie noch mal?«

»Valerie.« Ich bemühte mich sehr, ihren Namen nicht zu knurren. Vielleicht hatte ich irgendwann tatsächlich einmal etwas für sie empfunden. Jetzt allerdings fühlte ich nur noch Leere, wenn ich an sie dachte – nicht, weil die Beziehung zu Ende war, sondern weil ich gleichzeitig einen Teil von mir aufgegeben hatte, den ich gerne zurückbekommen hätte.

»Richtig«, sagte William. »Was für ein Miststück. Wusstest du, dass ich sogar mal darüber nachgedacht habe, ihr als Geburtstagsgeschenk für dich irgendein Bagatelldelikt anzuhängen? Natürlich nichts allzu Ernstes. Aber ich dachte, ein paar Nächte im Gefängnis könnten ihr vielleicht guttun.«

»Bitte sag mir, dass das ein Scherz ist.«

»Sicher, natürlich«, antwortete er auf eine Weise, die mir verriet, dass das Gegenteil zutraf. »Ich muss sagen, ich habe sie schon gehasst, bevor sie dich betrogen hat. Du kannst dir sicher vorstellen, was ich inzwischen von ihr halte, richtig?« Er grinste und boxte mich gegen die Schulter, als wäre das alles ein toller Witz. »Und dann war da noch diese Sekretärinnen-Phase, erinnerst du dich?« Wieder grinste er breit. »Ehrlich, manchmal glaube ich, du fickst nur Frauen, die bei der Arbeit Hosenanzug oder Bleistiftrock tragen. Kurz dachte ich wirklich, du hättest einen Fetisch entwickelt.«

Ich atmete einmal tief durch die Nase ein. William schaffte es immer, dass sich Gespräche in kürzester Zeit um Sex drehten. Und er hatte nie ein Problem damit, über mein Sexleben zu reden.

»Ja, ich hatte Beziehungen. Und nein, ich bin kein Fetischist.«

Mit gewohnt schlechtem Timing stolperte in diesem Moment die Praktikantin in den Raum. Wortwörtlich. Ihr Absatz verfing sich im Teppich, und fast hätte sie wieder Kaffee über mich gegossen.

William zog die Augenbrauen hoch, musterte ihren Körper und bemerkte zweifellos ihren Bleistiftrock. Er grinste. »Wo wir gerade von Fetischen sprechen...«

Natasha sah zu William auf und hätte den Kaffee fast ein zweites Mal verschüttet. Sie sah zu mir, dann wieder zu William, ihre Miene vollkommen verwirrt. Doch sie musste gewusst haben, dass ich einen Zwilling hatte, denn ihre Stirn glättete sich schneller als bei den meisten anderen Leuten, die uns zum ersten Mal zusammen sahen.

»Zwillinge«, sagte William. Er trat näher an sie heran und

legte ihr eine Hand ans Kreuz, als müsste sie gestützt werden. Wahrscheinlich stimmte das sogar. Nach allem, was ich über die Praktikantin wusste, fiel sie vermutlich hin und wieder einfach so nach vorne um.

»Also sind Sie der höfliche Zwilling«, sagte sie zu William. »Ich nehme an, das macht Sie zum bösen Zwilling, Bruce, oder?«

Das zauberte ein fieses Lächeln auf Williams Gesicht. »Hey. Können wir sie behalten? Ich mag sie jetzt schon. Kein Wunder, dass du auf sie stehst.« Dann wandte er sich an Natasha. »Ich bin William. Sparen wir uns das Sie.«

»Ich bin der Zwilling ohne Geschlechtskrankheiten«, presste ich hervor, während ich William gleichzeitig bestmöglich ignorierte.

William hob die Hände, was glücklicherweise auch bedeutete, dass er Natasha nicht mehr befingern konnte. »Hey, immer mit der Ruhe. Ich benutze jedes Mal Kondome. Ich bin sauber.«

»Danke«, sagte ich rau und schnappte mir den Kaffee aus Natashas Hand, getrieben von der Hoffnung, dass sie jetzt gehen würde. Ich wollte nicht, dass mein Bruder noch mehr Gelegenheit bekam, sie in sein Bett zu locken. Und das würde er versuchen, denn sie besaß einen Puls, war hübsch, und – am wichtigsten – er vermutete, dass ich sie für mich selbst haben wollte. Für William stellte diese Kombination ein echtes Aphrodisiakum dar.

Die Praktikantin blieb und sah weiter zwischen uns hin und her, als rechne sie damit, dass wir uns als optische Täuschung entpuppten. »Das ist unheimlich«, sagte sie.

»Eigentlich nicht. Reine Genetik«, antwortete ich.

»Ignorier ihn.« William folgte ihr zum Kühlschrank, als sie darin nach irgendetwas suchte. »Er hat eine chronische Erkrankung. Sie haben den Stock in seinem Hintern schon in der Kindheit entdeckt, aber die Ärzte meinten, man könne ihn nicht entfernen, ohne Bruce umzubringen. Natürlich haben wir trotzdem alles versucht, um ihn rauszuziehen, aber der sture Mistkerl hat keinen Zentimeter nachgegeben. Weißt du, er ist auch noch verklemmt. Wenn man darüber nachdenkt, ist das eigentlich ziemlich tragisch. Manchmal liege ich nachts wach und versuche, herauszufinden, was zuerst kam: der Stock oder der verklemmte Charakter.«

Die Praktikantin versuchte, ein Lächeln zu verstecken, indem sie sich hinter die Kühlschranktür duckte, doch ich konnte hören, wie sie keuchte, um ihr Lachen zu unterdrücken.

»Raus«, sagte ich zu William.

Er machte einen Schritt Richtung Tür, als hätte er sowieso vorgehabt zu gehen. »Übrigens... trag weiter Bleistiftröcke. Überhaupt diese ganze Sekretärinnen-Nummer – für ihn ist das quasi ein Fetisch. Macht ihn wirklich heiß. Er ist wie ein altes Auto. Das Starten dauert, aber sobald er sich mal in Bewegung gesetzt hat, kommt er *richtig* in Fahrt. Mach einfach weiter so.«

Sie senkte den Blick, um sich ein paar Falten aus dem Rock zu streichen. Gleichzeitig glühten ihre Wangen. Wie lange kannte ich sie jetzt? Und wie oft war sie in dieser Zeit bereits rot geworden? Ich hatte das noch nie einer Menschenseele gestanden, aber es war durchaus möglich, dass ich eine gewisse Schwäche für den Sekretärinnen-Look hatte. Und vielleicht mochte ich auch Frauen, die schnell erröteten.

Doch nichts davon spielte eine Rolle, weil die Liste der Dinge, die mir an dieser Frau nicht gefielen, einfach endlos lang war. Sie war die Katastrophe zu meiner Perfektion; die Abrissbirne, die jede meiner sorgfältig errichteten Schutzmauern, die für Zufriedenheit in meinem Leben sorgen sollten, durchbrechen würde. Sie war in quasi jeder Hinsicht absolut falsch für mich... und doch schmiss ich sie nicht raus. Und ich wusste auch, dass ich das nicht tun würde. Ich würde sie behalten, bis...

Bis was?

Ich verbrachte den Rest des Nachmittags damit, genau darüber nachzudenken. Worauf zur Hölle wartete ich?

Später am Abend saß ich an einem Tisch im *Seasons 12*. Es war ein Restaurant mit weißen Tischdecken und Kerzen, in dem stillschweigend erwartet wurde, dass man Anzug oder Abendgarderobe trug. In der Mitte des Speisesaals stand ein riesiges Aquarium voller exotischer, teurer Fische, inklusive eines Hais und einer riesigen Muräne, die aus einem Steinhaufen starrte und immer wieder lautlos das Maul öffnete, als wolle sie das Wasser kosten. Während ich das Tier beobachtete, fragte ich mich geistesabwesend, ob die Gefangenschaft Fische wohl wahnsinnig werden ließ. Menschen hätten unter solchen Bedingungen schon nach Wochen, wenn nicht sogar nach Tagen, den Verstand verloren.

Ich dachte auch darüber nach, dass Natasha mich einen Roboter genannt hatte. Vielleicht lag sie damit gar nicht so falsch – zumindest in mancher Hinsicht. Es war nicht so, als empfände ich nicht wie andere Menschen oder würde mich nicht nach denselben Dingen sehnen. Der Unterschied lag darin, dass ich für gewöhnlich all diese Gefühle und Sehnsüchte unterdrückte. Ich nahm an, William und ich hatten jeweils unsere eigenen Schutzmechanismen gegen das Drecksloch entwickelt, in dem wir aufgewachsen waren. Er hatte gelernt, nichts ernst zu nehmen. Ich hatte mir beigebracht, selbst die unkontrollierbarsten Situationen unter Kontrolle zu bringen, das Chaos zu nehmen und daraus Ordnung zu schaffen.

Das war nicht plötzlich passiert. Das Leben hatte mir jede Menge Mist an den Kopf geworfen... und Stück für Stück hatte ich mich abgekapselt. Ich schätzte, das Problem war, dass es zwar dem Schutz dient, Dinge, die einem wichtig sind, tief in sich zu vergraben, aber gleichzeitig verliert man damit auch den Kontakt zu ihnen. Ich hatte das Gefühl, dass ich irgendwann einen zu großen Teil von mir weggeschlossen hatte, bis ich der Welt nichts anderes mehr geben konnte als professionelle Kompetenz und ein Gesicht, das Frauen gefiel. Fast war es zum Lachen. Natasha kannte mich gerade mal seit zwei Tagen und schien trotzdem bereits den Nagel auf den Kopf getroffen zu haben. Ich war tatsächlich nicht viel mehr als ein Roboter.

Meine Eltern kamen zehn Minuten später. Meine Mutter war Anfang fünfzig. William und ich hatten ihre Augen und Augenbrauen geerbt, kombiniert mit dem kantigen Kinn und den breiten Schultern meines Vaters. Gott allein wusste, woher wir unsere Körpergröße hatten, denn meine Eltern waren beide ein gutes Stück unter eins achtzig.

Mein Vater hatte einen Gang, mit dem es ihm mühelos gelang, seine Missachtung für alles und jeden auszudrücken, dem er begegnete. Die Bewegung lag irgendwo zwischen Schlendern und Watscheln, mit sich ununterbrochen drehendem Kopf und einem schlecht gelaunten Grienen im Gesicht. Er ließ die Welt ständig wissen, dass sie ihn nicht beeindruckte – obwohl das Beeindruckendste, was er selbst je zustande gebracht hatte, darin bestand, mich und William in die Welt gesetzt zu haben. Er schien davon ebenfalls überzeugt zu sein, was der Grund war, warum wir diese monatlichen »Zusammenkünfte« über uns ergehen lassen mussten, die eigentlich nicht viel mehr waren als schlecht verschleierte Versuche, Geld aus uns herauszupressen.

Inzwischen waren diese Treffen der letzte Ausdruck von Respekt, den ich meinen Eltern dafür entgegenbrachte, dass sie mich aufgezogen hatten. Ich hatte jegliche Schulden, die ich vielleicht bei ihnen gehabt hatte, mehr als abbezahlt –

aber aus irgendwelchen Gründen gelang es mir nicht, sie ganz aus meinem Leben zu verbannen. Zumindest noch nicht.

Meine Mutter war eine unauffällige Frau. Zart, mit einem ständig überraschten Gesichtsausdruck und unfähig, auch nur ihren Lippenstift richtig aufzutragen, weshalb ihr Mund immer irgendwie schief wirkte.

»Wo ist dein Bruder?«, fragte mein Vater, als er sich setzte.

»Er hatte keine Zeit.« In Wirklichkeit hatte ich William zu einem Restaurant am anderen Ende der Stadt bestellt. Inzwischen hatte er wahrscheinlich herausgefunden, dass ich ihn in die Irre geführt hatte, aber er würde darüber hinwegkommen. Dieser Trottel gab unseren Eltern immer wieder Geld, statt einzusehen, dass das alles nur noch schlimmer machte.

Meine Mutter sah nervös zu meinem Vater. Sie wusste, dass ihre Chancen, mir Geld aus den Rippen zu leiern, ungefähr genauso gut standen, wie Wasser aus einem Stein zu quetschen.

»Sohn«, sagte mein Vater. Er lehnte sich zurück und ließ seine Zunge in einer Art über seine Lippen gleiten, die mich an ein Reptil erinnerte. »Wir bitten dich nicht um Almosen. Wir sind auf der Suche nach einem Geschäftspartner.«

Das würdigte ich keiner Antwort. Ich hielt meinen Blick kalt, meine Miene ausdruckslos.

Er räusperte sich, dann versuchte er, noch lässiger zu wirken, indem er einen Arm über die Stuhllehne meiner Mutter drapierte und ein »Ach komm schon«-Gesicht zog. »Für dich sind das doch nur Peanuts, Bruce. Verdammte Peanuts. Habe ich dich zum selbstsüchtigen Arschloch erzogen oder ist daran deine Mutter schuld?«

»Ich habe inzwischen mehr als ausgeglichen, dass ihr mich großgezogen habt.«

»Brucie«, sagte meine Mutter. »Du schuldest uns nichts dafür, dass wir dich großgezogen haben. Du warst unser Baby.

Wir bitten dich einfach nur um Hilfe, weil du dich im Leben so gut geschlagen hast. Denk darüber nach. Dein Wechselgeld ist unser Lottogewinn.«

»Ein Lottogewinn, den ich euch bereits gegeben habe. Mehrfach. Und was habt ihr daraus gemacht? Spielschulden, ein Boot, das ihr gegen eine Kaimauer gerammt habt, weil ihr total besoffen wart, und massenweise Plastik in euren Gesichtern. Ach ja, und dann habt ihr das Geld noch benutzt, um eure Strafzettel wegen Trunkenheit am Steuer zu bezahlen.«

Das sorgte dafür, dass ihre Haltung steif wurde. »Du willst dich also aufs hohe Ross schwingen?« Mein Vater lehnte sich vor und stemmte die Ellbogen auf den Tisch, um dann seine Stimme ein wenig zu senken, als andere Gäste in der Nähe sich zu ihm umdrehten. »Ich werde hier nicht sitzen und mich von dir von oben herab behandeln lassen. Ich habe dir die verdammten Windeln gewechselt, als du noch reingeschissen hast, du harter Kerl.«

»Stimmt«, sagte ich. »Und jetzt willst du, dass ich dir die Windeln wechsele? Nimm was von dem Geld, das William und ich dir bereits gegeben haben, und stell eine Nanny an. Ich bin nicht dein Geldautomat.«

Ich war überrascht und mehr als nur ein bisschen erleichtert, als beide aufstanden und empört aus dem Restaurant eilten. Sie hatten eine Belastungsgrenze, und es freute mich, dass es mir mit jedem Jahr schneller gelang, sie zu finden. Ich hätte mich natürlich weigern können, mich überhaupt mit ihnen zu treffen, doch die Wahrheit war, dass ich darauf wartete, dass irgendetwas geschah – wie bei der Praktikantin. Das Problem war nur, dass ich auch bei meinen Eltern nicht wusste, worauf ich eigentlich wartete.

Vielleicht war das ein Nebeneffekt davon, dass ich mich emotional schon so lange abgekapselt hatte: Ich verstand mich nicht einmal mehr selbst.

FÜNF

Natasha Am nächsten Morgen stand ich extra früh auf, um bei *Business Insights* vorbeizuschauen. Hank saß mit verschränkten Armen an seinem Schreibtisch, die einschüchternden Schnurrbärte, die seine Augenbrauen waren, hoch auf die Stirn gezogen.

»Also bist du drin?«, fragte er. »Das ist gut. Ich bin tatsächlich beeindruckt, Nat.«

Stolz wallte in mir auf. Hank betrachtete mich schon mit Mitleid, solange ich mich erinnern konnte. Vielleicht wusste er meinen Schreibstil in gewissem Maße zu schätzen, aber er hatte mich immer behandelt wie eine Almosenempfängerin. Als diejenige, die zu feuern er einfach nicht übers Herz brachte. Ihn sagen zu hören, dass er beeindruckt war, ging mir runter wie Öl. Sofort verzehrte ich mich nach mehr. Ich wollte ihn stolz machen. Ich wollte ihn mit einer unglaublichen Geschichte vom Hocker reißen. »Ich bin drin«, stimmte ich zu.

»Wie hast du es geschafft? Hast du im Vorstellungsgespräch geglänzt?«

Ich antwortete nicht, sondern wedelte stattdessen unbestimmt mit der Hand.

Er warf mir einen verwirrten Blick zu.

»Wichtig ist nur, dass ich den Job bekommen habe, richtig?«

Er schmunzelte. »Sicher, Nat. Und wenn ich so darüber nachdenke, will ich vermutlich gar nicht wissen, wie du es angestellt hast. So wie ich dich kenne, spielte dabei eine Reihe unwahrscheinlicher und sehr seltsamer Zufälle eine Rolle.«

Ich lächelte, wobei ich inständig hoffte, dass er die Röte nicht bemerkte, die meine Wangen zum Brennen brachte. Streng genommen verdankte ich den Job der Tatsache, dass ich Bruce' Banane in meinen Mund genommen hatte. »Aber ich wollte dich vorwarnen. Er will, dass ich so ziemlich rund um die Uhr für ihn arbeite. Wahrscheinlich kann ich nicht allzu oft hier vorbeischauen.«

Hank machte nur eine wegwerfende Handbewegung. »Dann lass es. Wichtig ist nur, dass ich die Story bekomme. Grab etwas Deftiges über ihn aus, und du bekommst so richtig Kohle. Weinstead zahlt ordentlich für Schmutz über Bruce Chamberson, also werden wir ihn finden.«

»Weinstead will die Story?«, fragte ich. »Wieso will er sie so dringend? Und wieso ist er sich so sicher, dass es um Bruce geht und nicht um seinen Bruder? Nach allem, was ich bisher mitbekommen habe, scheint sein Bruder der wahrscheinlichere Verdächtige zu sein.«

Hank zuckte mit den Achseln. »Spielt das wirklich eine Rolle?«

Das war Hank-Sprech für »Ich weiß es nicht«. Und ich war klug genug, nicht noch mal nachzuhaken. Hank war der Chef hier, und so gefiel es ihm auch. Er gab nicht gerne zu, dass er über irgendetwas nicht informiert war.

Ich schaute noch bei Candace' Schreibtisch vorbei, bevor ich wieder ging. Sie grinste wissend. Ich hatte keine Ahnung, was sie zu wissen glaubte, aber sie wartete nur darauf, dass ich es ausspuckte.

»Erzähl mir alles«, sagte sie.

»Es gibt nichts zu erzählen. Ich hatte mein Vorstellungsgespräch. Ich habe den Job bekommen. So einfach ist das.« Ich hielt sie hin, und das wussten wir beide. Die Wahrheit war, dass ich Candace einfach gerne aufzog. Sie war wie ein frecher Terrier, und ich genoss es, zu sehen, wie sie sich aufregte, wenn ich mit etwas vor ihrer Nase herumwedelte, das sie haben wollte.

Sie verschränkte die Arme und schenkte mir einen bitterbösen Blick. »Nat. Ich kenne dich. Wenn du mir Blödsinn erzählst, zertrümmere ich dir die Kniescheiben.« Sie nahm ihren Regenschirm und fing an, damit nach meinen Knien zu stechen, sodass ich lachend nach hinten sprang.

»Himmel! Okay. Okay!«, sagte ich, bevor ich nach dem Regenschirm griff und ihn ihr aus den Händen riss. Ich trat ein wenig näher heran und senkte meine Stimme. »Ich habe Bruce Chambersons Banane gegessen. Und das meine ich nicht im anzüglichen Sinne. Ich spreche von einer gelben Banane, auf die er mit Edding seinen Namen geschrieben hatte. Offensichtlich habe ich den nicht gesehen, sonst...« Ich verstummte, als ich ihre entgeisterte Miene bemerkte.

Sie musterte mich ein paar Sekunden lang, bevor sie anfing zu lachen. »Es tut mir leid«, sagte sie. »Das sieht dir nur so unglaublich ähnlich. Und es sagt einiges über dich aus, dass ich nicht mal nachfrage, ob du mich verarschst. Natürlich hast du seine Banane gegessen. Allerdings verstehe ich noch nicht ganz, wie diese Tatsache dafür gesorgt haben soll, dass du den Job bekommen hast.«

»Das versuche ich auch immer noch zu begreifen.«

»Hat ihm gefallen, dass du die Banane gegessen hast oder so? Vielleicht ist er pervers. Hat zwischen den Zeilen gelesen. Verstehst du?« Sie senkte ihre Stimme, um jämmerlich schlecht eine Männerstimme zu imitieren. »Oh, Natasha. Deine Lippen machen mich ganz Banane. Ein bisschen schneller und ich platze. Oh ... oh ...«

»Candace!«, zischte ich. Ich musste zwar grinsen, doch gleichzeitig drehte ich den Kopf, um sicherzustellen, dass niemand uns belauschte. »Zum einen: Das waren die schlechtesten Wortspiele, die ich je gehört habe. Zum anderen: Nein. Einfach nein. So ist er nicht. Ich meine, wenn er es mochte, ist er ein wirklich guter Schauspieler. Er wirkte eher, als wolle er mir den Kopf abreißen und ihn mit einem ordentlichen Tritt aus dem Fenster befördern.«

Sie zog die Augenbrauen hoch und kniff die Augen zusammen. »Also ist er irgendwie barbarisch? Wie sexy.«

»Eher roboterhaft. Sexy, ja, aber irgendwie erinnert er an einen Burrito aus der Mikrowelle. Äußerlich heiß wie die Hölle, aber innerlich eiskalt.«

»Bitte bestätige mir, dass du gerade einen Mann mit einem Burrito verglichen hast. Ich liebe dieses Bild.«

»Das kann ich bestätigen«, meinte ich grinsend.

Sie seufzte. »Hör mal, Nat. Mir ist egal, ob er innerlich gefroren ist oder nicht. Du musst da dranbleiben. Vergiss die Story. Vergiss alles. Irgendwas läuft da zwischen euch. Du isst die Banane von diesem Kerl, und er stellt dich ein? Komm schon. Da hast du deine Geschichte. Bei dieser Sache ist nicht alles, wie es auf den ersten Blick wirkt. Absolut nicht.«

»Hey, er hat ziemlich klargemacht, dass er mich nur angestellt hat, um mich zu bestrafen.«

Candace breitete die Arme aus, als hätte ich ihre Theorie gerade bestätigt. »Siehst du? Der Kerl ist total verdreht. Er will dich in seine Sex-Folterkammer verschleppen oder irgendwas. Denk darüber nach. Du musst mit ihm schlafen, um seine harte Schale zu knacken. Das gehört zu deinem Job.

Das verlangt deine verdammte Journalistenehre. Du kriegst Probleme, wenn du *nicht* mit ihm schläfst.«

Ich lachte, obwohl sich bei dem Gedanken an Bruce und Sex kribbelnde Hitze auf meiner Haut ausbreitete. Gleichzeitig wurde mir bei dem Gedanken an Bruce und eine Beziehung innerlich ganz kalt. »Ich hasse ihn irgendwie ...«, meinte ich.

Candace schürzte abschätzig die Lippen, dann pustete sie sich eine Strähne ihres kurzen Haars aus der Stirn. »Du musst ihn nicht mögen, um mit ihm zu schlafen, ist dir das bewusst? Du bist ein großes Mädchen. Manchmal ist es okay, einfach zu nehmen, was man kriegen kann. Sex muss kein großes, emotionales Geständnis sein, weißt du? Er kann einfach nur Spaß machen.«

Ich war mir in diesem Punkt nicht so sicher, aber ich musste mich verabschieden und aus dem Gebäude rennen, als ich auf die Uhr sah und merkte, dass ich schon wieder in Gefahr geriet, zu spät zu kommen. Ich hatte ganz vergessen, dass ich jetzt mit dem Auto unterwegs war, nicht mehr mit der relativ verlässlichen U-Bahn. Jetzt hatte ich es mit dem Verkehr von New York City zu tun.

Bruce stand mit säuerlicher Miene vor seinem Wohngebäude. Ich parkte den inzwischen verbeulten Firmenwagen und wartete darauf, dass er einstieg. Als er sich nicht bewegte, wurde mir klar, dass er tatsächlich erwartete, dass ich ausstieg und ihm die Tür öffnete.

Die halbe Stunde, die es mich gekostet hatte, drei Meilen zurückzulegen, hatte ausreichend an meinen Nerven gezerrt, dass ich es nicht einsah, auf sein Getue einzugehen, also streckte ich einfach nur den Arm aus und stieß die Beifahrertür auf.

Zuerst starrte er sie böse an, doch irgendwann riss er die Tür ganz auf und stieg in den Wagen.

»Ist das nicht irgendwie entmannend?«, fragte ich. »Auf dem Beifahrersitz zu sitzen, während die Praktikantin fährt?«

Er bedachte mich mit einem kalten Blick. »Nein.«

Ich räusperte mich unangenehm berührt, dann fuhr ich los. Bruce reagierte auf meine scherzhaften Kommentare so feindselig, dass ich sie fast immer sofort bereute. Aber nicht ganz. Es machte auch Spaß, ihn aufzuziehen. Vielleicht war das ein ganz natürlicher Instinkt, wenn jemand ständig so ruhig und beherrscht schien. Ich wollte sehen, wie er sich aufregte. Im Moment starrte er auf sein Handy und schaffte es ziemlich gut, so zu tun, als existiere ich gar nicht – was Candace' Theorie, dass er eigentlich an mir interessiert war, ziemlich unwahrscheinlich wirken ließ.

»Was treibst du da drüben?«, fragte ich. Nachdem William mir das Du angeboten hatte, waren auch Bruce und ich dazu übergegangen.

Ich fühlte, dass er mich aus dem Augenwinkel böse musterte, und entschied mich schnell, meinen Blick auf die Straße gerichtet zu halten, statt in diese eisige Hitze zu sehen. »Ich arbeite.«

»Oh«, sagte ich. »Für eine Sekunde dachte ich, du würdest dir auf dem Handy Katzenvideos anschauen.«

»Sehe ich aus wie jemand, der Katzenvideos schaut?«

Ich presste die Lippen aufeinander. »Na ja, das tun doch alle. Richtig?«

»Ich nicht.«

»Ich werde dir heute ein paar Links schicken. Vielleicht können süße Kätzchen dich ein wenig entspannen.«

Er ließ das Handy sinken und wandte sich mir halb zu. »Machst du das absichtlich?«

»Was ... soll ich absichtlich machen?«

»Mich nerven. Bist du unfähig, den Wagen schweigend zu fahren, während ich Dinge erledige?«

»Ich dachte, du hättest mich gezwungen, deine Chauffeurin zu spielen, weil du Gesellschaft haben willst.«

»Tja, falsch gedacht.«

Ich sah kurz zu ihm. Er konzentrierte sich wieder auf sein Handy, doch die kleine Amateurpsychologin in mir fand seine Haltung ein wenig defensiv. Zu steif und starr. »Ich verstehe. Aber warum spiele ich dann deine Fahrerin?«

»Ich will, dass du kündigst.«

»Wirklich?«, fragte ich skeptisch. »Das klingt ziemlich unglaubwürdig, selbst in meinen Ohren. Ich meine ... Erst stellst du mich scheinbar ohne guten Grund ein, und dann weist dein Bruder mich auf deinen Fetisch hin. Hier läuft doch noch was anderes ...«

»Es reicht«, sagte er leise. »Ich muss mich dir nicht erklären. Du arbeitest für mich, bis du beschließt zu kündigen. Und du tust, was ich sage, bis du beschließt zu kündigen. So einfach ist das. Du musst es weder verstehen noch muss es dir gefallen. Tatsächlich hoffe ich inständig, dass es dir *nicht* gefällt.«

Ich schürzte die Lippen, sagte aber nichts dazu. In diesem Moment hupte jemand hinter uns, doch ich hätte beim Grab meiner Großmutter schwören können, dass ich ihn murmeln hörte: *Das wird dich lehren, etwas zu essen, was nicht dir gehört.*

Ich drehte mich zu ihm um, was fast dafür gesorgt hätte, dass ich auf den Wagen vor uns auffuhr. Da war er wieder. Dieser Funken Menschlichkeit, der sich irgendwo zwischen den Zahnrädern und Drähten in seinem Inneren versteckte.

»Einen Unfall zu bauen und uns beide umzubringen, würde dafür sorgen, dass du den Job loswirst, ohne kündigen zu müssen. Aber ich halte das trotzdem für keine gute Idee.«

»Wüsste ich es nicht besser, würde ich vermuten, dass du gerade versucht hast, einen Witz zu reißen, Mr Roboter.«

Er bedachte mich mit einem trockenen Blick. »Wie wäre es, wenn du einfach das Auto fährst, statt zu versuchen, mich zu verstehen?«

»Du glaubst, das wäre es, was ich hier tue? Versuchen, dich zu verstehen?« Ich schnaubte. »Sei nicht so selbstgefällig.«

»Fantastisch. Ich hatte schon Angst, du würdest anfangen, mir Fragen nach dem Trauma meiner Kindheit zu stellen oder nach dem schrecklichen Unfall, der dafür gesorgt hat, dass meine Persönlichkeit verkrüppelt ist.«

»Darauf falle ich nicht rein.«

Er zuckte mit den Achseln. »Das ist okay.«

»Du hast das doch nur erfunden, oder?«, fragte ich ein paar Sekunden später, obwohl ich mich selbst dafür hasste, dass ich dem Köder nicht widerstehen konnte.

Dummerweise hielt er einfach nur den Kopf gesenkt und tippte etwas in sein Handy. Ich meinte sogar, ein Schmunzeln auf seinen Lippen zu erkennen. Den Rest der Fahrt zum Büro verbrachte ich in genervtem Schweigen, dann rammte ich fast noch eine Beule in den Wagen, als ich über den Bordstein holperte und dabei nur knapp ein Straßenschild verfehlte. Es war eine Weile her, dass ich Auto gefahren war – und trotz allem, was die Leute so behaupteten, war es absolut nicht wie Fahrradfahren. Andererseits hatte ich eine lange Geschichte von Fahrradunfällen vorzuweisen, also lagen die Leute vielleicht doch nicht so falsch.

Die erste Hälfte des Arbeitstages verlief so ziemlich wie der Tag zuvor. Ich holte Kaffee – keine Milch und kein Zucker für Mr Sex-Roboter. Ich musste durch drei Läden rennen, um eine einzige Banane zu finden, die kein Grün in der Schale hatte und auch keine braunen Flecken. Ich glaube, ich hatte Bruce noch nie so ernst gesehen wie in dem Moment, als er mir seine Erwartungen an eine Banane erklärte. Mindestens fünfundzwanzig Zentimeter lang. Fest. Keine Flecken. Kein Grün in der Schale. Er zwang mich sogar, meine Hände im richtigen Abstand zu halten, um sicherzustellen, dass ich wusste, wann sie groß genug war, aber nicht zu groß. Und er wirkte dabei, als erkläre er mir gerade, wie man eine Bombe im Kellergeschoss eines Kindergartens entschärft.

Kurz vor dem Mittagessen kam ich mit der Banane in der Hand zurück und legte sie auf seinen Schreibtisch. Bruce hob sie hoch, drehte sie in den Händen und untersuchte sie lächerlich genau. Schließlich nickte er. »Hm. Nicht schlecht.« Dann warf er sie in den Mülleimer und stand auf.

Ich deutete mit schockiert aufgerissenem Mund auf den Mülleimer. »Ist dir bewusst, wie viele Läden ich nach diesem dämlichen Ding durchsuchen musste?«

»Ich kann es mir vorstellen. Du warst eine Stunde und zehn Minuten unterwegs. Angenommen, du bist schnell gegangen, dürftest du damit genug Zeit für drei Läden gehabt haben, vielleicht sogar vier, wenn du die Obstabteilung schnell gefunden hast.«

Ich verdrehte die Augen. »Diese ganze Roboter-Sache macht es wirklich nicht besser. Drei Läden, vielleicht sogar vier, wenn…«, sagte ich in meiner besten Roboter-Imitation, nur um abzubrechen, als ich seine Miene sah.

»Ich bin präzise«, sagte er leicht defensiv. Das war neu.

»Nun, ich versuche zu verstehen, wie du in derselben Welt existieren kannst wie ich, in der nicht immer alles perfekt läuft. Was passiert, wenn dein Zug Verspätung hat oder du eines Tages mal krank aufwachst?«

»Ich finde einen Weg, das Problem zu lösen. Wenn das nicht funktioniert, verändere ich mein Verhalten, um sicherzustellen, dass ich vorbereitet bin und mir derselbe Fehler nicht noch einmal unterläuft.«

Er sorgte dafür, dass ich mir vorkam wie ein Teenager…

weil ich ununterbrochen gegen den Drang ankämpfen musste, die Augen zu verdrehen. Doch gleichzeitig fühlte ich mich auch wie das Opfer überbordender Hormone, die mich dazu zwangen, ständig zu bemerken, wie sein Anzughemd an allen richtigen Stellen eng an seinem durchtrainierten Oberkörper anlag oder wie seine Beine in diesen Stoffhosen aussahen. *Sex-Roboter*, erinnerte ich mich selbst. Ich hätte mich genauso gut von einem Sportwagen angezogen fühlen können. Ja, sicher, er war hübsch anzusehen, aber unter der Haube versteckte sich rein gar nichts. Wahrscheinlich abgesehen von einem harten Waschbrettbauch und einer voll funktionstüchtigen, superleckeren *Banane*.

Irgendetwas faszinierte mich an Bruce. Ich fragte mich, wie viel von der Persönlichkeit, die er der Welt präsentierte, einem Verteidigungsmechanismus entsprang und wie viel davon wirklich Bruce war. Aber *warum* versteckte er sich? *Was* versteckte er? Wahrscheinlich hätte es mich nicht überraschen sollen, dass mein erster Impuls mich dazu drängte, aus reiner Neugier all seine Schutzmauern einzureißen. Außerdem hatte ich einen Job zu erledigen. Vielleicht versteckte er hinter diesen Schutzmauern ja die bösartigen Gedanken eines korrupten Geschäftsmannes.

»Also ... Du machst denselben Fehler nie zweimal? Hast du deswegen die Persönlichkeit einer Waschmaschine? Bist du mal damit auf die Nase gefallen, sympathisch zu sein?«

Er stoppte auf seinem Weg zur Tür und warf mir einen fast überraschten Blick zu, bevor seine Miene wieder ausdruckslos wurde. »Ich bin so geboren worden.«

»Okay«, murmelte ich, als ich ihm folgte. »Aber warum genau hast du meine Banane weggeworfen? Machst du dir Sorgen, dass ich sie vergiftet haben könnte? Ich habe tatsächlich darüber nachgedacht, dann aber beschlossen, einfach zu hoffen, dass du daran erstickst.«

Wieder hielt er an und drehte den Kopf in meine Richtung. Hätte ich es nicht besser gewusst, hätte ich behauptet, dass er gegen ein amüsiertes Lächeln ankämpfen musste. »Ich habe sie weggeworfen, weil im Pausenraum bereits eine Banane mit meinem Namen darauf auf mich wartet. Außer natürlich, irgendeine ahnungslose Praktikantin isst sie gerade.«

»Ist das ein häufiges Problem?«

»Du bist die Einzige, die meinen in großen Buchstaben geschriebenen Namen nicht bemerkt hat. Also nein, es ist kein häufiges Problem.«

Als wir den Pausenraum betraten, versteiften sich alle Anwesenden. Es wäre leicht gewesen, zu vergessen, wieso ich wirklich hier war, doch in diesem Moment erwachte die Reporterin in mir. Ich musste es bald mal schaffen, mich von Bruce abzusetzen, um seine Angestellten nach Informationen auszuquetschen.

»Mr Chamberson«, sagte eine Frau Mitte dreißig mit einem tollen Körper und einem hübschen Gesicht. Ich hörte einen Eifer in ihrer Stimme, der schwer nach Verzweiflung roch. Ich blieb im Türrahmen stehen, verschränkte die Arme und beobachtete sie amüsiert. *Dumme Frau. Du könntest dich genauso gut einem Sack Kartoffeln an den Hals werfen.*

Bruce schenkte ihr nur einen Teil seiner Aufmerksamkeit, während er nach seiner Banane griff. Ich bemerkte, dass er diesmal seinen Namen auf jede Seite der Schale geschrieben hatte, sodass niemand ihn jemals wieder übersehen konnte. Anscheinend unterlief ihm derselbe Fehler wirklich nie zweimal.

»Eine Sekunde«, sagte ich und unterbrach damit die Frau, die gerade versuchte, irgendein Problem im Computersystem zu beschreiben, das die Arbeitsleistung ihrer Abteilung einschränkte. Für mich klang es sowieso nach einer erfundenen Geschichte, die dafür sorgen sollte, dass Bruce sie an ihrem

Schreibtisch besuchte. »Du hast mich auf die wilde Jagd nach einer Banane geschickt, obwohl du die ganze Zeit über schon eine hier liegen hattest?«

Er öffnete die Banane und biss auf eine Weise davon ab, von der ich mir fast sicher war, dass sie nicht verführerisch wirken sollte... die aber trotzdem dafür sorgte, dass sich Hitze auf meiner Haut ausbreitete. *Er hat so schöne Zähne. Und diese Lippen...*

»Ich musste überprüfen, ob du dazu fähig bist, mir etwas Essbareres zu liefern als die Gurke, die du mir gestern gebracht hast.«

»Die Schale hatte nur einen Anflug von Grün. Wenn du sie für eine Gurke gehalten hast, solltest du lieber mal deine Augen überprüfen lassen.«

Mir war durchaus bewusst, dass uns alle im Raum vollkommen erstaunt anstarrten. Die einzige Ausnahme bildete die hübsche Frau, die mich stattdessen mit dem bösen, besitzergreifenden Blick bedachte, den Frauen über Jahrhunderte perfektioniert hatten und der deutlich sagte: »Du schärfst dir gerade die Krallen an meinem Kratzbaum, Miststück, und wenn du nicht sofort verschwindest, werde ich dir die Augen auskratzen.«

Mit Mühe gelang es mir, sie zu ignorieren und mich weiter auf Bruce zu konzentrieren. Sosehr mich sein Verhalten auch aufregte, es machte irgendwie Spaß, zu versuchen, mit ihm Schritt zu halten. Jedes Wort, das wir wechselten, war Teil eines verbalen Duells, das ich noch nicht ganz durchblickt hatte. Doch ich wollte es durchblicken.

Er biss ein weiteres Mal in seine Banane, dann musterte er mich kauend, anscheinend ohne bemerkt zu haben, dass uns alle im Pausenraum beobachteten. Irgendwie war es sogar süß, wie sehr er seinen Snack zu genießen schien. Er hatte ein genüssliches Glitzern in den Augen, wie andere Leute es nur bekamen, wenn sie ein köstliches, vor Kalorien strotzendes Dessert aßen.

»Wir haben heute Abend ein Geschäftsessen mit zwei sehr wichtigen Klienten. Das Auto sollte um fünf Uhr bereitstehen.« Er aß den letzten Bissen, dann warf er, ohne hinzusehen, die Schale Richtung Mülleimer.

»Daneben«, sagte ich, als die Schale gegen den Rand des Eimers knallte und zu Boden fiel.

»Wie gut, dass ich eine Praktikantin habe«, sagte er über die Schulter hinweg, bereits auf dem Weg nach draußen.

Ich ging in die Knie, um die Schale aufzuheben – vor allen Anwesenden, die mich mit einer Mischung aus Mitleid und grausamer Erheiterung beobachteten. Und genau in diesem Moment entschied ich, dass dieser Kampf keine Einbahnstraße sein würde. Er wollte mir das Leben zur Hölle machen? Er wollte mich dazu bringen, dass ich kündigte? Dann konnte ich nur hoffen, dass er bereit war für Krieg – weil ich ihm zeigen würde, dass ich keine Angst davor hatte, zurückzubeißen.

Das Restaurant war schick. Ich war am unteren Ende der Mittelschicht aufgewachsen, also definierte ich den Unterschied zwischen einem schicken Restaurant und einem normalen Restaurant darüber, ob man voll bekleidet sein musste oder auch in Freizeitklamotten auftauchen konnte. Unglücklicherweise war dieser Laden hier noch um einiges feiner, sodass ich mich selbst in meiner Business-Kleidung unscheinbar und billig fühlte.

Alle Gäste hier sahen reich oder wichtig aus. Die Klasse drang ihnen förmlich aus jeder Pore, von den glänzend weißen Zähnen, die so strahlten, dass ich mir fast eine Sonnenbrille wünschte, bis zu der seltsam glatten Haut, die reiche Leute irgendwie immer zur Schau trugen. Man ist, was man isst – also nahm ich an, dass sie einfach so viel teures Essen verschlangen, dass selbst ihre Haut sich veränderte.

Mir war aufgefallen, dass auch Bruce tolle Haut hatte. Für einen Roboter. Aber wahrscheinlich hätte mich das nicht wundern sollen. Er war so wahnsinnig organisiert, dass er sich vermutlich nie mit ungewaschenen Händen ins Gesicht fasste oder auch nur fettige Finger hatte. Das sorgte dafür, dass in mir der Wunsch aufstieg, ihm beim Essen eine Pommes ins Gesicht zu schnippen... nur dass mir irgendetwas verriet, dass es in diesem Laden gar keine Pommes geben würde. Wahrscheinlich würde ich eine Stunde damit verbringen, mit meiner Gabel in Entenleber herumzustochern, während ich mich bemühte, mich nicht zu übergeben.

Wir saßen in einer Sitznische in der Ecke, ein wenig entfernt von den anderen Tischen. Das Restaurant war nicht besonders voll, aber alle Kellner und Angestellten eilten schwer beschäftigt hin und her, als wäre die Hölle los.

»Vielleicht haben deine wichtigen Geschäftspartner dich versetzt«, meinte ich, sobald wir Platz genommen hatten.

»Wir sind eine Viertelstunde zu früh.«

»Ach ja«, sagte ich, als wäre so etwas keine neue Erfahrung für mich. Ein Effekt, den Bruce jetzt schon auf mich hatte, war, dass er meinem Leben zumindest den Anschein von Struktur verlieh. Ich war immer noch eine wandelnde Katastrophe, aber Bruce diente sozusagen als mein Sicherheitsnetz. Und obwohl sein Verhalten einengend und unangenehm kühl war, vermittelte es mir doch das Gefühl, dass er mich vor den schlimmsten Ausprägungen meines Charakters schützen konnte – was zugegebenermaßen ganz schön war.

Trotzdem wollte ich immer noch, dass er verstand, was für einen Fehler er gemacht hatte, als er beschlossen hatte, mich zu tyrannisieren. Er würde mich nicht feuern? Gut. Das bedeutete, dass ich tun und lassen konnte, was ich wollte, ohne mir Sorgen um meinen Job machen zu müssen. Und im Moment hatte ich es auf Rache abgesehen.

Seine wichtigen Klienten tauchten ein paar Minuten später auf.

Sie waren ein Team aus Ehemann und Ehefrau. Soweit ich es aus dem Gespräch heraushören konnte, waren sie gerade dabei, einen aufwendigen Marketing-Plan für einen neuen Zweig ihrer Technik-Firma zu entwickeln. Ich hatte mein gesamtes Berufsleben damit verbracht, Magazine und andere Quellen nach Insider-Informationen über aufstrebende Firmen zu durchforsten, also war es ein seltenes Vergnügen, an einem Tisch zu sitzen und die Infos aus erster Hand zu erhalten.

Letztendlich sprachen sie allerdings über nichts, was berichtenswert gewesen wäre. Unsere Getränke wurden serviert, und ich nahm mir etwas von dem Wein, trotz der warnenden Blicke, die Bruce mir immer wieder zuwarf. Er schien mich vor seinen Klienten nicht laut ermahnen zu wollen. Und ich hatte vor, das auszunutzen. Ich aß krosses Brot mit einem Krabbendip, während sie über die Termine für die erste große Werbewelle sprachen. Und ich spülte das Brot mit einem Glas Wein herunter.

Als Nächstes wurde eine grüne »Reduktion« aus Erbsen serviert, die mit essbaren Blüten bestreut war. Es sah hübsch aus, und zu meiner Überraschung schmeckte es auch gut. Bruce rührte sein Essen kaum an und nippte auch nur ein paarmal an seinem Weinglas. Er schien vielmehr darauf konzentriert, seinen Klienten das Marketing-Konzept zu erklären.

»Das wird am siebzehnten stattfinden«, sagte Bruce. »Bis zum achtundzwanzigsten des Folgemonats werden wir eine Low-Cost-Kampagne auf dem Bildschirm fahren. Sobald wir die Top-Performer haben, können wir aggressiver in die Kampagne investieren. Achten Sie nur darauf, dass die bestehende

Infrastruktur in der Lage ist, den verstärkten Traffic zu verarbeiten. Ihre neue Website wird nicht der einzige Bereich Ihres Unternehmens sein, der von alledem profitiert. Nicht vergessen, wir verkaufen hier Ihre Marke.«

Das Paar wechselte nervös lächelnd einen Blick. Ihnen gefiel, was Bruce sagte. Und sie mochten, *wie* er es sagte. Das konnte ich ihnen nicht übel nehmen. Bei einem solchen Gespräch neben Bruce zu sitzen, machte mir absolut klar, wie er es geschafft hatte, die mächtigsten und einflussreichsten Klienten für sich zu gewinnen. Er sprach mit so viel Leidenschaft und Selbstbewusstsein über den Marketing-Plan, dass es einfach unmöglich war, an ihm zu zweifeln. Er wirkte wie ein Mann, der die Welt verstanden hatte – und vielleicht stimmte das sogar.

Aber, dachte ich mit einem gehässigen Stich der Aufregung, ich stellte ein kleines Stück der Welt dar, das er noch nicht verstanden hatte.

»Hm«, sagte ich, bevor ich noch mal an meinem Wein nippte, um lässig zu wirken. Das war wahrscheinlich ein Fehler, denn mir drehte sich schon jetzt der Kopf. »Das würde bedeuten, dass die Hauptkampagne genau zwei Wochen vor dem Launch von WeConnect anläuft.« Ich wartete darauf, dass meine Worte einsanken. Bruce war es bis jetzt leichtgefallen, mich als unbeholfenen Tollpatsch abzutun… daher konnte ich es kaum erwarten, seine Miene zu sehen, wenn ihm klar wurde, dass ich tatsächlich ein Gehirn besaß.

Bruce wirkte, als koste es ihn seine gesamte Selbstkontrolle, mir nicht den Kopf abzureißen. Das war nicht unbedingt der Ausdruck, den ich mir erhofft hatte, aber auf seine Art auch sehr befriedigend.

»WeConnect?«, fragte die Frau und rettete mich damit für den Moment vor Bruce.

Der Mann nickte, den Blick nachdenklich auf den Tisch

gerichtet. »Ein Start-up. Ich habe den Namen schon gehört, erinnere mich aber an keine Details.«

»Alles weist darauf hin, dass das das nächste große Ding wird«, sagte ich. »Sie finanzieren sich nur über Crowdfunding, und schon beim ersten Mal haben sie bei Kickstarter über fünfunddreißig Millionen eingesammelt. Einfach ausgedrückt planen sie, alles zu vereinen, was jetzt Facebook, Instagram und Twitter machen, nur besser. Und Sie sprechen im Moment davon, mit Ihrer Werbekampagne mit WeConnect in Konkurrenz zu treten.«

Beide richteten ihre Augen auf Bruce, der immer noch mich anstarrte. Ich versuchte, nicht in vorauseilendem Gehorsam unter seinem zu erwartenden Wutausbruch zusammenzuzucken. Doch stattdessen schien er tatsächlich über meine Worte nachzudenken. Schließlich nickte er, erst einmal langsam, dann mehrfach enthusiastischer. »Sie hat recht. Verdammt. Ich verstehe nicht, wie wir das übersehen konnten.«

Die nächste halbe Stunde hörte ich dabei zu, wie Bruce einen Plan entwarf, um die Bedrohung durch die parallele Kampagne von WeConnect zu entschärfen. Ich dagegen versuchte, nicht ständig stolz wie Oskar noch mal in meinem Kopf durchzuspielen, wie er »Sie hat recht« gesagt hatte. Nachdem ich seit dem Beginn meines Praktikums von Bruce eigentlich nichts anderes als böse Blicke und ungläubiges Starren geerntet hatte, fühlte sich dieses Lob überwältigend gut an. Aus rein professioneller Sicht, natürlich. Wenn ich irgendwie an Insider-Informationen kommen wollte, musste er mir vertrauen.

Irgendwann um den Hauptgang herum – Hummer in einer sehr einfachen Buttersauce, die aber besser schmeckte als alles, was ich bisher in meinem Leben gegessen hatte – verlor ich den Überblick darüber, wie viele Gläser Wein ich schon getrunken hatte. Inzwischen war ich nicht mehr einfach nur beschwipst, sondern bereits auf dem Weg zu richtig betrunken. Ursprünglich war genau das mein Plan gewesen, als Bruce mich zu diesem Essen gezwungen hatte. Ich hatte gedacht, wenn ich ihn in Verlegenheit brachte, würde er vielleicht aufhören, mich zu solchen Veranstaltungen zu schleppen.

Inzwischen schien es mir klüger, Bruce zu beeindrucken, als ihn wütend zu machen, doch leider konnte ich nicht einfach mit den Fingern schnippen und mich de-alkoholisieren. Ich beschloss, stattdessen nichts mehr zu trinken und ruhig sitzen zu bleiben, aber gleichzeitig sorgte der Alkohol dafür, dass sich die Welt um mich herum drehte.

Der Kellner machte Anstalten, mein Glas nachzufüllen, doch Bruce hob leicht die Hand, um ihn mit dieser subtilen Geste davon abzuhalten. Mein betrunkenes Ich wurde plötzlich sauer, dass Bruce die Frechheit besaß, mir vorzuschreiben, wann es Zeit war, mit dem Trinken aufzuhören. Mein betrunkenes Ich war außerdem eine Idiotin.

»Immer her damit«, sagte ich lallend. Meine Trunkenheit war bereits weiter fortgeschritten, als ich geahnt hatte. Ich hatte inzwischen den Punkt erreicht, wo jegliche Worte, die aus meinem Mund kamen, mich selbst genauso sehr überraschten wie alle anderen.

Der Kellner wirkte, als wünsche er sich inständig an irgendeinen anderen Ort. Bruce versuchte immer noch, keine Szene zu machen – seine ach so geschätzte Ordnung in allen Dingen aufrechtzuerhalten.

»Komm schon, großer Junge«, sagte ich. Irgendwo tief in meinem Hirn rollte sich mein nüchternes Ich zu einem verlegenen Ball zusammen, weil ich wusste, dass ich diesen dämlichen Kommentar so schnell nicht wieder loswerden würde. Mein betrunkenes Ich fand ihn zum Schreien komisch.

»Sie hatte genug«, sagte Bruce und zwang den Kellner, sich zu entfernen.

Ich sackte zusammen und sah trotzig zu dem Ehepaar, das auf seinen Stühlen herumrutschte und sich sehr bemühte, überall hinzusehen, nur nicht zu mir. Irgendwie ergab meine Umgebung plötzlich keinen Sinn mehr. Ich wollte mich einfach nur irgendwo hinlegen und schlafen, aber dann fiel mein Blick auf Bruce, den man nun wirklich nicht durch den Boden eines Glases betrachten musste, um ihn atemberaubend zu finden. Mit fast einer Flasche Wein intus sah er aus wie eine Art schimmernder Engel. Ich fühlte, wie etwas Dummes, Unangemessenes in mir aufstieg, und wusste doch gleichzeitig, dass mir die Selbstkontrolle fehlte, um es aufzuhalten.

Es folgte ein langer, unangenehmer Moment der Stille, in dem anscheinend alle auf irgendetwas warteten. Mir war viel zu schwindelig, um auch nur ansatzweise zu kapieren, was sie erwarteten. Aber natürlich hielt mich das nicht davon ab, den Mund zu öffnen und das Erste zu sagen, was mir in den Sinn kam.

»Also, Brucie«, sagte ich. »Willst du das Dessert sein? Denn ich denke, ich will dich nicht mit diesen beiden da teilen.«

SECHS

Bruce Ich entschuldigte mich zum fünften Mal, als ich Donna und Gregory nach draußen begleitete. Natasha hing schlaff an meiner Schulter, sodass ich sie halb aus dem Restaurant tragen musste.

»Es ist okay. Wirklich. Wir waren doch auch mal jung«, sagte Donna.

Gregory dagegen schenkte mir nur ein angespanntes Lächeln, das mir verriet, dass Natasha es geschafft hatte, mein Ansehen bei ihm ernsthaft zu beschädigen, und ich ein hartes Stück Arbeit vor mir hatte, um das wieder in Ordnung zu bringen.

Sobald sie verschwunden waren, richtete Natasha sich ein wenig auf und sah mich aus halb geschlossenen Augen an. »Hey. Das war toll. Soll ich dich zu dir fahren oder ins Büro?« Sie lallte und schien ihren Blick nicht länger als ein paar Sekunden auf dieselbe Stelle richten zu können. Sie war vollkommen fertig.

Das war eine Katastrophe. Ich hatte mir närrischerweise eingebildet, ich könnte sie unter Kontrolle halten, wenn ich sie nur nicht aus den Augen ließ. Offensichtlich hatte ich ihre Fähigkeit unterschätzt, meine Pläne zu torpedieren.

Ich hätte natürlich jemanden rufen können, der sie abholte. William hätte es getan, doch bei diesem Arschloch konnte ich mir nicht sicher sein, auf was für dumme Ideen er kommen würde. Er hätte sie nie ausgenutzt, während sie so betrunken war, doch ich hätte es ihm durchaus zugetraut, sie auf seiner Couch schlafen zu lassen, um sie dann am Morgen anzubaggern, wenn sie wieder nüchtern war.

Ich hatte es bisher geleugnet, sogar vor mir selbst, aber jetzt musste ich mir eingestehen: Ich wollte nicht nur meinen Bruder von Natasha fernhalten. Ich wollte jeden anderen Mann von ihr fernhalten. Natasha war mein Problem. Ich würde niemanden aus dem Büro anrufen, um sie nach Hause bringen zu lassen, weil sie – selbst wenn sie vollkommen betrunken war – zu der Sorte Frau gehörte, in die Männer sich einfach verlieben mussten. Die meisten Männer, zumindest. Bei mir reichte der Gedanke an Valerie, um mich wieder daran zu erinnern, warum ich mich von jeder Art von Beziehung fernhielt – ganz zu schweigen von Liebe.

Als der Parkdiener den Wagen vor das Restaurant fuhr, zog ich Natasha eng an meine Seite und führte sie zum Auto. Ich legte sie auf den Rücksitz und deckte ihre Beine mit meinem Jackett zu, damit ich im Rückspiegel nichts Anzügliches zu sehen bekommen konnte. Dann setzte ich mich hinters Steuer. Ich musste im Büro anrufen, um mir ihre Adresse geben zu lassen.

Als ich sah, wo sie lebte, wand ich mich innerlich. Ihre Wohnung befand sich in einem heruntergekommenen Ziegelbau, der aussah, als läge er ständig im Schatten der umstehenden Gebäude. Es hätte mich überrascht, wenn zu irgendeiner Tageszeit auch nur drei Lichtstrahlen durch ihre Fenster gefallen wären. Das war eine düstere Erinnerung daran, wie weit ich gekommen war. Und auch wenn Natasha ein Stachel in meinem Fleisch war, gefiel es mir doch nicht, dass sie hier wohnte.

Als ich endlich einen Parkplatz gefunden hatte, musste ich Natasha zwei Blocks weit tragen, um ihr Apartment zu erreichen. Es sagte einiges darüber aus, in welcher Art von Gegend sie lebte, dass niemand auch nur mit der Wimper zuckte, als ich sie bewusstlos herumschleppte. Sie lag so klein und zerbrechlich in meinen Armen ... und ich konnte einen Stich der Sehnsucht nicht unterdrücken, weil die Berührung sich so gut anfühlte. Seit Valerie waren zwei Jahre vergangen, doch der Schmerz war immer noch frisch genug, um das Versprechen nicht zu vergessen, das ich mir nach unserer Trennung gegeben hatte: keine Beziehungen mehr. Keine Verpflichtungen. Ich würde niemandem mehr vertrauen, wenn es sich vermeiden ließ.

Ich musste ungeschickt mit einer Hand in Natashas Handtasche herumkramen, während ich gleichzeitig versuchte, sie mit einem Knie und dem anderen Arm zu stützen. Irgendwann fand ich den Schlüssel zur Eingangstür. Sie hatte die Nummer ihres Apartments dämlicherweise mit Edding darauf notiert. War ihr denn nicht bewusst, dass, sollte sie den Schlüssel einmal verlieren, irgendein Irrer ihn finden und in ihr Apartment einbrechen konnte?

Natürlich nicht. Hätte Natasha über solche Dinge nachgedacht, wäre sie nicht das wandelnde Katastrophengebiet gewesen, das sie nun einmal war.

Bevor ich Natashas Wohnung betreten konnte, stürmte eine Frau, die keinen Zentimeter größer als eins fünfzig und keinen Tag jünger als siebzig Jahre alt war, aus der Tür gegenüber.

»Hmph«, sagte sie, wobei sie das Kinn vorschob und mich streng musterte. »Sie hat genug Geld, um sich zu betrinken, aber nicht, um ihre Miete zu zahlen?«

»Wie viel schuldet sie Ihnen?«, fragte ich. Bei solchen Leuten war es immer besser, sofort zum Punkt zu kommen. Das wusste ich aus Erfahrung.

Ich erkannte etwas in den Augen der Frau, das mir verriet, dass sie Geld witterte und gerade einen Plan schmiedete, um so viel wie nur möglich aus mir herauszupressen. »Vier Monate Miete. Das sind, ähm...« Sie runzelte die Stirn, als sie versuchte, die Summe im Kopf auszurechnen.

»Schieben Sie innerhalb der nächsten zehn Minuten einen Zettel unter der Tür durch, auf dem alle nötigen Informationen stehen. Stellen Sie sicher, dass ich auch alles lesen kann. Ich werde Ihnen bis morgen einen Scheck zukommen lassen, der alles abdeckt, was sie Ihnen schuldet.«

Die Frau wirkte, als würde sie gleich behaupten, dass Natasha ihr noch viel mehr Geld schuldete, doch ich schloss die Tür auf, bevor sie Gelegenheit dazu hatte. Zweifellos hatte ich mich gerade auf irgendeine Weise abzocken lassen, doch das war egal. Einer der großen Vorteile daran, jede Menge Geld zu besitzen, war, dass man die eigene Zeit wichtiger nehmen konnte als fast jede Summe Geld. Wenn ein paar Tausend Dollar dafür sorgten, dass ich nicht mehr als ein paar Minuten mit dieser Frau diskutieren musste, dann war das die Sache wert.

Natashas Wohnung war ein Einzimmerapartment mit einer kleinen Küchenzeile, einem einzigen Fenster mit wunderschönem Blick auf das dreckige Gebäude gegenüber und einem Bad, das kaum groß genug war, um die Tür zu öffnen. Natashas Bett stand nur ein paar Schritte von der Tür entfernt. Kaum hatte ich die Wohnung betreten, rannte eine lächerlich dicke französische Bulldogge auf mich zu. So wie es aussah, hatte der Hund sich die Freiheit genommen, überall Durchfall zu verteilen. Und dem Geruch nach war der Kot frisch.

Vorsichtig legte ich Natasha aufs Bett, wobei ich sorgfältig darauf achtete, nicht in Kacke zu treten. Ich ging in die Hocke, um den Hund an meinen Fingern schnüffeln zu lassen. »Ich bin ein Guter, keine Sorge. Deine Mommy ist da vielleicht anderer Meinung, aber das kann unser kleines Geheimnis bleiben.«

Der Hund schnupperte vorsichtig an meiner Hand. Nach ein paar Sekunden schien ich die strenge, hündische Qualitätskontrolle bestanden zu haben und wurde mit einer nassen Zunge am Kinn belohnt.

»Warst das du oder sie?«, fragte ich den Hund, als ich mir die widerlichen Haufen überall ansah. »Sag die Wahrheit.«

Der Hund duckte sich leicht und zog sich in eine Ecke zurück.

»Dachte ich mir.«

Ich rollte die Ärmel hoch und verbrachte die nächste halbe Stunde damit, alles sauber zu machen. Glücklicherweise hatte Natashas Wohnung Parkettboden, also gab es nichts, was sich nicht mit ein wenig Seife, Wasser und einer Riesenmenge Toilettenpapier entfernen ließ. Als ich fertig war, versuchte ich das Fenster zu öffnen, um ein wenig zu lüften. Zu dieser Jahreszeit war es ziemlich heiß in der Stadt, doch selbst die stickige Luft von draußen wäre immer noch besser als der Geruch hier drinnen. Es überraschte mich nicht, dass das Fenster klemmte und sich daher nicht öffnen ließ.

Sobald die Hundekacke verschwunden war, konnte ich erkennen, dass Natashas Apartment ungefähr so unordentlich war, wie ich es erwartet hatte. Es herrschte absolutes Chaos. Neben der Eingangstür lag ein Haufen Kleidung, der nicht gefaltet war, aber trotzdem sauber wirkte. Nachdem ich davon ausging, dass die Klamotten inzwischen den Geruch des Hundeproblems angenommen hatten, konnten sie vermutlich trotzdem noch mal eine Wäsche vertragen.

Ich sah auf die Uhr. Es wurde langsam spät, aber wahrscheinlich konnte ich es noch in ein paar Läden schaffen, bevor Natasha wieder aufwachte. Ich würde ihr ein wenig Toilettenpapier kaufen, um die Rollen zu ersetzen, die ich verbraucht hatte, um die Hinterlassenschaften ihrer Jumbo-Bulldogge zu beseitigen, und ein bisschen Werkzeug, um ihr Fenster zu reparieren. Und ich konnte kurz in meiner Wohnung vorbeischauen und ihre Kleidung waschen.

Ich zog Natasha die Schuhe aus und legte eine Decke über sie. Dann starrte ich sie ein paar Sekunden lang an, um mich darüber zu wundern, wie unschuldig sie im Schlaf wirkte. Man hätte leicht vergessen können, dass dies dieselbe Frau war, die sich zweifellos absichtlich betrunken hatte, um mir irgendeine Lektion zu erteilen. Passte zu ihr, dass sie sich selbst wie einen Rammbock einsetzte, um mir eins auszuwischen. Sie war nicht gerade subtil, und ich musste mir widerwillig eingestehen, dass ich genau das an ihr bewunderte. Vielleicht hatte das auch etwas damit zu tun, dass ihre Persönlichkeit sich vollkommen von Valeries unterschied. Vielleicht lag es aber auch nur daran, dass sie irgendwie süß war, wenn sie sich bemühte, mich sauer zu machen, es dabei aber nur schaffte, mich für sich einzunehmen.

Ich hatte mit etwas in dieser Art gerechnet, als ich sie zu dem Geschäftsessen mitgenommen hatte, doch ich hätte nicht gedacht, dass sie sich tatsächlich als nützlich erweisen könnte. Morgen würde jemand richtig zusammengestaucht werden, weil er die Sache mit WeConnect übersehen hatte. Es überraschte mich, dass Natasha sich gut genug in der Geschäftswelt auskannte, um dieses Problem zu erkennen. Auch wenn es vielleicht nur ein Glückstreffer gewesen war... Natürlich hätten wir das Problem in ein paar Wochen, bei der letzten Besprechung der Kampagne, selbst bemerkt, trotzdem war ich beeindruckt.

Ich rollte sie sanft auf die Seite und stopfte ihr ein paar Kissen in den Rücken, um sicherzustellen, dass sie sich nicht übergeben konnte, während sie auf dem Rücken lag.

»Pass auf sie auf, okay?«, sagte ich zu dem Hund. »Und

komm aus dieser verdammten Ecke raus. Du kriegst keinen Ärger.«

Fröhlich stand er auf, trottete zum Bett und sprang auf die Matratze, um sich neben Natashas Beinen zu einem Ball zusammenzurollen. Dann grunzte er.

»Was?«, fragte ich.

Er grunzte noch einmal, setzte sich auf und starrte mich mit diesem lächerlichen Unterbiss-Gesicht an. Ich musterte seine schiere Körpermasse. »Sie verwöhnt dich zu sehr, nicht wahr? Worauf wartest du? Ein Leckerli? Vielleicht hast du deswegen Darmprobleme, großer Kerl. Ich sag dir was: Ich werde dir aus dem Laden eine Karotte mitbringen.« Ich beugte mich vor und kraulte ihm das faltige Gesicht. »Willst du eine Karotte?«

Er wedelte verwirrt mit dem Schwanz und leckte meine Hand. Ich tätschelte ein letztes Mal seinen Kopf. »Stell sicher, dass sie nicht stirbt. Streng genommen ist sie meine Angestellte, und ich will nicht dafür verantwortlich gemacht werden. Wenn ihr etwas passiert, werde ich meine besten Anwälte auf dich hetzen.«

SIEBEN

Natasha Ich wachte mit der Art von Kopfweh auf, die dafür sorgte, dass man die eigene Existenz tief bereute. Ich wollte nicht einfach nur sterben, ich wollte in der Zeit zurückkreisen und meine Eltern davon abhalten, mich überhaupt zu zeugen.

Mein melodramatischer Anfall verklang, sobald ich eine Tasse Kaffee heruntergestürzt und mir ein Rührei gemacht hatte. Beim Kochen befand ich mich noch in einer Art geistigem Nebel, während Charlie zu meinen Füßen nicht aufhörte zu kläffen.

»Heute Morgen wird nicht gespielt, Dicker«, sagte ich zu ihm. »Tut mir leid. Mommy hat einen Kater.«

Und da kamen die Erinnerungen zurück, ein unangenehmes Bild nach dem anderen.

Komm schon, großer Junge.

Das hatte ich wirklich gesagt, oder?

Dann erlitt ich quasi eine Panikattacke, als ich zu rekonstruieren versuchte, wie ich nach Hause gekommen war. Ich erinnerte mich daran, wie Bruce mich aus dem Restaurant geführt hatte, und – *O Gott* – daran, wie ich mich wie eine verzweifelte Betrunkene an ihn geklammert hatte. Ich hatte das

Gefühl, ihm sogar an den Hintern gefasst zu haben. Bei der Erinnerung begannen meine Wangen zu glühen.

Mir fiel auf, dass Charlie ausnahmsweise nirgendwo hingemacht hatte, was eine große Erleichterung war. Ich hatte keine Zeit gehabt, nach Hause zu fahren und ihn rauszulassen, also hätte ich ihm nicht mal etwas vorwerfen können. Und nach meiner Heimkehr war ich definitiv auch nicht mehr mit ihm Gassi gegangen.

»Es tut mir leid, Kumpel«, sagte ich, als ich in die Knie ging, um ihm die Wangen zu kraulen. »Lass mich das nur kurz fertig machen, dann bringe ich dich raus. Du musst ja kurz vor dem Platzen sein.« Plötzlich bemerkte ich etwas aus dem Augenwinkel. Ich drehte den Kopf, um zu seinem Hundebettchen zu sehen, wo deutlich sichtbar eine große Karotte lag. Und sie wirkte echt. Wo zur Hölle hatte er eine Karotte her?

Ich nahm den Eierkarton und öffnete den Kühlschrank, um ihn zurück neben das Hühnchen und das Gemüse zu stellen. Dann zuckte ich überrascht zusammen. Hühnchen und Gemüse?

Zum ersten Mal, seitdem ich aufgewacht war, nahm ich meinen Kühlschrankinhalt wirklich wahr und entdeckte, dass sich dort genügend Essen stapelte, um mich durch die gesamte Woche zu bringen. Das Tiefkühlfach war ebenfalls gefüllt, mit Fleisch und ein paar Brotlaiben. Ich stand einfach nur da und starrte verwirrt die Lebensmittel an, die ungefähr den Gegenwert von hundert Dollar haben mussten.

Dann fiel mir auf, wie ordentlich alles eingeräumt war, inklusive der Soßenflaschen, die inzwischen wahrscheinlich seit ein paar Jahren in meinem Kühlschrank herumstanden, weil man ja nie wusste, wann man mal Tabasco brauchte. Alle Flaschen waren nach Farbe und Größe sortiert. Ein schneller Blick in den Rest meiner Wohnung bestätigte, dass jemand mein gesamtes Zeug aufgeräumt hatte. Inklusive des Haufens sauberer Wäsche auf dem Boden – denn die lag jetzt ordentlich gestapelt vor meinem Schrank. Sogar meine Unterwäsche war gefaltet.

Bruce.

Das musste Bruce gewesen sein. Er musste mich gestern Abend nach Hause gebracht haben – und dann hatte der Zustand meiner Wohnung irgendeine Ordnungsfimmel-Sicherung in seinem Kopf durchbrennen lassen. Aber wieso hatte er für mich eingekauft? Und so wunderbar, wie die gefaltete Kleidung roch, hatte er sie noch mal mit irgendeinem teuren Waschmittel gewaschen.

Fast hätte ich das Handy herausgezogen, das er mir gegeben hatte, um ihn anzurufen, doch bevor ich das tun konnte, fiel mein Blick auf die Uhr.

Ich war bereits eine Stunde zu spät dran, und dabei hatte ich das Haus noch gar nicht verlassen.

Ich hob Charlie hoch, rannte durch den Hausflur und die Treppe hinunter, setzte ihn in die kleine Rasenfläche vor dem Haus und wartete, bis er alles Nötige erledigt hatte, dann rannte ich mit ihm in den Armen wieder nach oben, als wäre er ein Football und ich ein Feldspieler. Ich war fast schockiert, dass meine Vermieterin die Chance nicht nutzte, um aus ihrer Wohnung zu stürmen und mich wegen meiner Miete anzupöbeln, doch ich wollte mich nicht beschweren.

Ich sprang für drei Sekunden unter die Dusche und schlüpfte in Unterwäsche und Klamotten – wobei ich mich bemühte, bei dem Gedanken nicht zu erröten, dass Bruce ab jetzt eine zehnprozentige Chance hatte, an jedem gegebenen Tag die Farbe meiner Unterwäsche richtig zu erraten. Ich drückte Charlie einen schnellen Kuss auf den Kopf und rannte nach draußen. Bruce hatte einen wirklich guten Parkplatz direkt vor der Tür gefunden, was wunderbar war, weil ich mir schon Sorgen gemacht hatte, ich müsste die gesamte Umgebung nach dem Auto absuchen.

Ich sah erst auf das Handy, das Bruce mir gegeben hatte, als ich schon im Auto saß. Er hatte mir eine Nachricht geschrieben.

Du musst mich heute nicht abholen. Triff mich im Büro. Bring die Banane mit.

Erleichterung und ein wenig Verwirrung machten sich in mir breit. Er war offensichtlich derjenige gewesen, der gestern dafür gesorgt hatte, dass ich sicher nach Hause und ins Bett gekommen war. Und er war definitiv der besessene Ordnungsfanatiker, der wie das Gegenteil eines Tornados in meiner Wohnung gewütet hatte. Ich wollte es nicht Freundlichkeit nennen – weil ich mir nicht sicher war, ob Mr Sex-Roboter wirklich zu Freundlichkeit fähig war. Wahrscheinlich hatte es in seinem Kopf auf seltsame Weise Sinn ergeben, und er hatte es einfach tun müssen. Vielleicht war ihm auch klar geworden, dass er seine Praktikantin nicht länger quälen konnte, wenn sie betrunken auf die Straße lief und überfahren wurde oder wenn sie dank einer Diät von Tütensuppen an Unterernährung starb. Das Aufräumen war wahrscheinlich einfach das Ergebnis seiner Zwangsstörung und kein Versuch, sich nützlich zu machen. Wahrscheinlich räumte er beim Einkaufen auch Supermarktregale auf.

Kurz nach zehn Uhr öffnete ich die Tür zu Bruce' Büro. Ich war spät dran, selbst für meine Verhältnisse, also streckte ich die Banane, die ich auf dem Weg noch besorgt hatte, vor mir aus wie eine Sühnegabe.

Bruce stand auf, schnappte sie sich und warf sie sofort in den Mülleimer, ohne sie wirklich anzusehen.

Ich stieß den Atem aus. Es war kein echtes Seufzen, aber nahe dran. »Was stimmte diesmal nicht mit der Banane?«

»Sie wurde zu spät geliefert.«

»Wieso hast du mich dann gebeten, eine mitzubringen?«

»Ich brauche keinen guten Grund, *Praktikantin*.« Das Wort glitt langsam und wohlüberlegt über seine sinnlichen Lippen.

»Richtig.« Ich bemühte mich, meine Miene vollkommen ausdruckslos zu halten, um ihn nicht merken zu lassen, dass er mich damit getroffen hatte. Die Befriedigung wollte ich ihm einfach nicht gönnen. »Nur zur Sicherheit: Möchtest du deinen Kaffee heute Morgen mit Spucke oder ohne?«

»Das überlasse ich ganz dir.«

Ich stieß ein genervtes Brummen aus und stürmte aus dem Büro, um ihm seinen Kaffee zu machen. Bruce hatte wirklich ein Talent, mich daran zu erinnern, dass ich ihn eigentlich hassen sollte, wann immer ich anfing, stattdessen ein gewisses Maß an Verwirrung zu empfinden. Es wäre ihm recht geschehen, wenn ich wirklich in seinen Kaffee gespuckt hätte… aber er schien bereit, es darauf ankommen zu lassen. Es gab ein Niveau, auf das ich einfach nicht herabsinken wollte, nicht einmal, um ihn wütend zu machen und obwohl er es so sehr verdient hätte. Stattdessen entschied ich mich für eine weniger widerliche Lösung und versenkte eine Tüte Zucker in seiner Tasse. Ich goss sogar einen Tropfen Milch hinein, in der Hoffnung, dass der Mistkerl an Laktoseintoleranz litt und sein perfekter Zeitplan durch einen Ausflug ins Bad durcheinandergeraten würde.

Okay, zugegeben, das war eigentlich schlimmer, als in seinen Kaffee zu spucken. Doch ich musste mich nur an das triumphierende Glitzern in seinen Augen erinnern, als er die Banane weggeworfen hatte, um mich im Recht zu fühlen.

Ich betrat erneut sein Büro. Bruce telefonierte gerade. Ich gab ihm seinen Kaffee und blieb vor ihm stehen, während er einen Schluck nahm.

Es folgte ein Geräusch, als wäre ein Rohr geplatzt, und plötzlich stand ich in einem Nebel warmer Flüssigkeit.

Ich senkte den Blick, weil ich nicht ganz verstand, wieso auf einmal kleine braune Punkte auf meiner Bluse prangten. Und sich mein Gesicht feucht anfühlte. Dann sah ich das Entsetzen in Bruce' Augen.

»Scheiße«, sagte er. Er schnappte sich eine Handvoll Servietten aus einer Schublade seines Schreibtisches und wischte mir erst das Gesicht ab, bevor er anfing, an meiner Bluse herumzutupfen.

Wir erstarrten beide, als uns anscheinend zur selben Zeit bewusst wurde, dass er die Serviette gegen meine Brust drückte. Ich sah zu Bruce auf, der irgendwie verwirrt seine eigene Hand anstarrte. Doch gleichzeitig erkannte ich Verlangen in seinem Blick.

»Wenn du mich befingern wolltest«, presste ich hervor, weil meine Kehle plötzlich wie zugeschnürt war, »hättest du dafür keinen Kaffee auf mich spucken müssen.«

Er zog die Hand zurück... und zum ersten Mal, seitdem ich ihn kannte, lächelte er. Es war ein gutes Lächeln. Die Art von Lächeln, die einem das Herz zum Schmelzen brachte und Frauen dazu veranlasste, sich zu verlieben. Es war selbstironisch, ehrlich und unglaublich sexy. Und die Art, wie er den Blick hob, um mich anzusehen, während in seinen Augen fast so etwas wie Übermut aufblitzte, war das Sahnehäubchen.

»Süß«, sagte er.

»Ja?«

Er runzelte die Stirn, dann hob er die Hand, um sein immer breiter werdendes Lächeln zu verstecken. Schließlich lachte er.

»Oh«, stieß ich hervor. »O ja. Der Kaffee war süß. Ich habe Zucker hineingetan.« Ich hatte ernsthaft gedacht, er würde mich süß nennen... und dann hatte ich auch noch darauf reagiert. *O mein Gott.*

Immer noch mit diesem unglaublichen Lächeln im Gesicht sah er auf mich herunter, dann stellte er seinen Kaffee auf den Tisch. »Also«, sagte er. »Soll ich dich statt Praktikantin lieber so nennen? *Süße?*«

Hitze explodierte in meinen Wangen. Ich ließ den Kopf hängen, hin- und hergerissen zwischen dem Drang zu lachen und zu weinen. »Eigentlich wüsste ich gerade lieber, wo ich mich zusammenrollen und vor Peinlichkeit sterben kann. Kennst du da vielleicht einen netten Ort?«

»Du könntest unter meinen Schreibtisch kriechen«, sagte er.

Ich war mir nicht sicher, ob er absichtlich mit mir flirtete – doch so, wie er sich nach einer Sekunde plötzlich versteifte, war die Anspielung nicht beabsichtigt gewesen. »Ich glaube nicht, dass das im Augenblick eine gute Idee wäre. Ich würde da unten nur in Schwierigkeiten geraten.«

Er zog eine Augenbraue hoch. »In welche Schwierigkeiten könntest du denn bitte unter meinem Schreibtisch geraten?«

»Man sagt, wenn eine Praktikantin einmal die Banane ihres Chefs gekostet hat, wird sie sich immer danach verzehren.« Ich hatte wirklich versucht, mich davon abzuhalten, diesen Satz auszusprechen – ehrlich –, aber die Vorlage, die er mir geliefert hatte, war einfach zu gut, um den dreckigen Witz nicht zu machen. Ich schuldete es dem Universum einfach.

Ich rechnete damit, dass er lachen oder enttäuscht wirken würde, doch stattdessen entdeckte ich wieder dieselbe Hitze und Intensität in seinem Blick wie in dem Moment, als er die Serviette an meine Brust gedrückt hatte.

Er trat einen kleinen Schritt auf mich zu. Für einen verrückten Moment dachte ich, er würde mich gleich an die Tür pressen und küssen. Und für einen ebenso verrückten Moment hatte ich fast das Gefühl, genau das zu wollen.

Ich räusperte mich und griff eilig an ihm vorbei nach der Kaffeetasse. »Ich bringe das in Ordnung. Tut mir leid«, sagte ich und rannte förmlich zurück in den Pausenraum.

Eine Minute später lehnte ich dort an der Wand und atmete tief durch, um mich zu beruhigen, während eine neue Kanne Kaffee durch die Maschine lief. Ich zuckte zusammen, als Bruce in den Raum schlenderte, doch irgendetwas an ihm stimmte nicht. Dann machte es klick. Unordentliches Haar. Keine Krawatte. Die obersten Knöpfe des Hemds nicht geschlossen. Das war William.

»Die verlorene Praktikantin«, sagte er fröhlich. »Verrat mir eins: Lässt mein Bruder dich auch Kaffee für andere Leute machen, oder will er dich ganz für sich?«

»Ich bin nicht sein Eigentum«, meinte ich ein wenig bissiger als beabsichtigt. »Also, damit möchte ich sagen, dass ich dir gerne eine Tasse machen kann, wenn du möchtest.«

William nickte, doch sein Grinsen war meinem Geschmack nach viel zu wissend. »Was ist mit dir passiert? Hast du versucht, mal mit Kaffee zu duschen? Und zwar angezogen?«

»Dein Bruder kann offensichtlich den Geschmack von Zucker nicht ertragen.«

William kniff die Augen zusammen, als verstände er nicht ganz. Gleichzeitig schien es ihm aber auch relativ egal zu sein. »Also«, sagte er, als er sich mit verschränkten Armen in den Türrahmen lehnte. »Was hat es mit dir auf sich? Wieso interessiert sich Bruce so brennend für dich?«

»Hat er das gesagt?«, fragte ich. Ich hasste den hoffnungsvollen Unterton in meiner Stimme.

Williams Grinsen wurde breiter. »Weißt du was? Ist egal. Ich verstehe schon.« Er lachte leise. »Übrigens, ist dir eigentlich bewusst, dass du nur noch Bleistiftröcke trägst, seitdem ich dir erzählt habe, dass mein Bruder darauf steht? Ungezogene kleine Praktikantin.«

Ich errötete heftig. Ich konnte nicht lügen und behaupten, das wäre nur Zufall. »Meine Kleidungsauswahl ist begrenzt.«

»Genau. Nun, nachdem du offensichtlich nicht im Geheimen darauf hoffst, meinen Bruder zu verführen, hast du sicher auch kein Interesse daran, seine größte Schwäche zu erfahren.«

Ich bemühte mich sehr, die Frage nicht zu stellen, aber ich schaffte es einfach nicht. »Und die wäre?«

»Bananensplit. Dieser Kerl würde seine Seele für Bananen mit Eis verkaufen.«

Ich verzog skeptisch das Gesicht. »Ich kann mir nicht mal vorstellen, wie er Eiscreme isst.«

»Nun, glaub es oder glaub es nicht, aber er war nicht immer so verkniffen. Eine Frau hat ihn ziemlich verarscht und seine gesamte ›Mach niemals denselben Fehler zweimal‹-Ideologie ist außer Kontrolle geraten. Seitdem ist er unerträglich. Ich habe die ganze Zeit darauf gewartet, dass er der Sache irgendwann überdrüssig wird, aber bis jetzt konnte ich keine Verbesserung feststellen.«

»Ich verstehe. Und du lieferst mir sein Kryptonit, weil du hoffst, dass ich mit ihm schlafe und er dadurch lockerer wird? Das ist krank. Das ist dir doch bewusst, oder?«

»Hey, es ist nicht krank, wenn zwei Erwachsene Sex miteinander haben. Und es ist nichts krank daran, das Beste für seinen Bruder zu wollen. Denk mal darüber nach. Er braucht es. Du tust uns beiden damit einen Gefallen.«

Ich stieß ein angewidertes Geräusch aus. »Selbst wenn ich im Geheimen darüber nachgedacht hätte, mit ihm zu schlafen – was ich nicht habe –, hast du die ganze Situation gerade so seltsam gemacht, dass ich es jetzt gar nicht mehr könnte.«

William wischte meine Bedenken mit einer lässigen Handbewegung und seinem typischen, lockeren Grinsen fort. »Es ist immer unangenehm, wenn jemand dich durchschaut. Das verstehe ich. Ich werde meinen Kaffee nehmen und dich in Ruhe lassen. Aber vergiss nicht: Bananensplit. Oh, und er mag Dirty Talk. Merk dir das. Das treibt ihn total in den Wahnsinn.«

William zwinkerte mir tatsächlich zu, als er seine Kaffeetasse entgegennahm.

Ich starrte noch ein paar Minuten die Kaffeemaschine an, bevor ich den Mut fand, in Bruce' Büro zurückzukehren. Ich war nicht besonders begeistert von William und seiner festen Überzeugung, dass ich an Bruce interessiert war. Irgendwie war es mir nie gelungen, die naive Highschool-Vorstellung hinter mir zu lassen, dass Sex etwas Besonderes sein sollte. Die meisten Frauen, die ich kannte, besonders hier in New York, sahen Sex sehr viel lockerer. Für sie war mit einem Kerl zu schlafen einfach nur Spaß. Etwas, was man bedenkenlos tun konnte, solange der Typ offensichtlich kein Spinner und gesund war.

Ich wusste nicht mal genau, was mich dazu gebracht hatte, Sex als etwas Heiliges, fast Mythisches anzusehen. Sicher, ich hatte schon mit ein paar Kerlen geschlafen. Okay, mit *einem* Kerl. Aber ich hatte jede Menge Filme gesehen und die Geschichten meiner Freundinnen gehört. Ich hatte am eigenen Leib erfahren, wie schnell ein Mann zum Höhepunkt kommen konnte, und ich hatte die tiefe Scham danach durchlebt.

Den Kerl, der mir meine Jungfräulichkeit nahm, hatte ich auf einer Dating-Seite kennengelernt, nachdem meine College-Freunde mich quasi dazu gezwungen hatten, ein Profil anzulegen. Wir gingen dreimal miteinander aus. Alle hatten mir erklärt, wenn die Dinge gut liefen, würde Sex beim dritten Date quasi erwartet. Ich hatte mich damit seltsam gefühlt.

Sehr seltsam. Der Kerl war süß, und wir waren ganz gut miteinander ausgekommen, aber eigentlich hatte es sich nicht richtig angefühlt. Trotzdem zog ich es durch. Die ganzen dreißig Sekunden lang.

Ich brach den Kontakt kurz darauf ab, weil ich den Eindruck hatte, dass der Sex in gewisser Weise die Probleme der Zukunft voraussagte. Wahrscheinlich war das eine Überreaktion, aber ich hatte so empfunden, und seitdem machte mir Intimität irgendwie Angst.

Und dann war da Bruce.

Wenn William glaubte, ich würde ernsthaft darüber nachdenken, mit diesem Mann zu schlafen, verstand er mich nicht im Mindesten. Ich hatte schon genug Probleme damit gehabt, mir Sex mit dem Kerl vorzustellen, mit dem ich ausgegangen war – ein Kerl, der genau das wollte. Aber Bruce?

Sex mit ihm wäre ... gehässig? Ich war mir nicht sicher. Ich konnte mir nur vorstellen, dass es roh und ruppig und intensiv sein würde. Es wäre nicht im Geringsten wie die romantische Partie im Kerzenschein, zu der ich meine perfekte sexuelle Erfahrung in meiner Fantasie hochstilisiert hatte. Und doch überlief mich jedes Mal ein kalter Schauder, der schnell in Hitze umschlug, wann immer ich darüber nachdachte, wie es wäre, seine starken Arme um mich zu spüren; wie sonderbar gut es sich anfühlen würde, irgendeine Art von Macht über diesen Mann auszuüben, dem quasi die Welt zu Füßen lag. Ich dachte ständig darüber nach, wie seltsam wunderbar es wäre, seine Erektion zu umfassen und zu beobachten, wie all diese Macht ihn verließ und auf mich überging, weil ich die Kontrolle über sein Leben übernommen hatte – und sei es auch nur für einen kurzen Moment.

Ich stöhnte. Vielleicht lag William nicht vollkommen falsch – aber er ging trotzdem ziemlich plump vor und war einfach ein Idiot.

Dann schüttelte ich den Kopf, um diese Gedanken zu vertreiben. Ich hatte einen Job zu erledigen.

Ich wusste, dass Bruce ungeduldig auf seinen Kaffee wartete. Ich traute es ihm durchaus zu, genau zu wissen, wie lang es dauerte, zum Pausenraum zu gehen und eine frische Tasse Kaffee zu kochen. Er würde mir wahrscheinlich haarklein erklären, wie viele Minuten und Sekunden ich zu spät dran war. Sollte er doch. Und wenn er wirklich nachfragte, würde ich ihm einfach erzählen, dass ich auf der Toilette war.

Ich blieb noch eine Minute im Pausenraum, bis zwei Frauen hereinkamen.

»Frag nicht mal nach dem Murdoch-Account«, sagte die ältere der beiden mit einem reumütigen Lächeln. »Damit erinnerst du ihn nur daran, und dann hängen wir alle hier fest, bis alles geklärt ist.«

»Ugh«, sagte die andere, als sie sich einen Kaffee nahm. »Da hast du wahrscheinlich recht.«

In diesem Moment bemerkte mich die Frau an der Kaffeemaschine. Sie war ein wenig größer als ich und schien so um die dreißig, mit einem hübschen Gesicht voller Sommersprossen und braunem Haar. »Sie sind Bruce' neue Praktikantin, richtig?«

»Jep«, sagte ich. »Es hat sich also schon herumgesprochen?«

Sie nickte. »Bruce hat nie einen Hehl daraus gemacht, wie sehr er die Idee eines Praktikanten hasst, und er hatte auch noch nie einen. Da waren die Leute natürlich ziemlich neugierig, als Sie aufgetaucht sind.«

Sie hielt inne. Erst nach einem Moment wurde mir klar, dass sie darauf wartete, dass ich die Hintergründe erklärte. Außerdem wurde mir klar, dass ein Großteil des Büros sich längst eine eigene Erklärung zurechtgelegt hatte. Sie dachten, ich würde mit ihm schlafen oder dass er zumindest darauf hoffte, mich in sein Bett zu bekommen. Ich wünschte mir, diese Annahme würde mich nicht treffen und ich könnte sie einfach achselzuckend abtun, doch das gelang mir nicht. All diese Leute, die mich überhaupt nicht kannten, waren allzu bereit, davon auszugehen, dass ich das Klischee der jungen Praktikantin erfüllte, die versuchte, mithilfe sexueller Gefälligkeiten beruflich vorwärtszukommen. Wahrscheinlich hätte mich das nicht überraschen sollen. Es war immer einfacher, das Schlimmste über jemanden anzunehmen, als tatsächlich die Wahrheit herauszufinden.

Ich lachte kurz. Das schien mir die beste Lösung zu sein, um die Situation zu entschärfen, ohne die Wahrheit erklären zu müssen, die wahrscheinlich sowieso zu lächerlich war, um sie zu glauben. *Er hat mich dabei erwischt, wie ich seine Banane gegessen habe, und hat mich angestellt, um mich zu bestrafen.*

»Also?«, fragte sie. Offensichtlich hatte sie nicht vor, mich so einfach vom Haken zu lassen. »Sind Sie beide ... *Sie wissen schon.*«

»Nein, nein. Definitiv nicht.« Ich versuchte, das Gesicht zu verziehen, um ihr zu zeigen, wie verrückt diese Idee war. »Absolut nicht.«

»Dann haben Sie also eine Beziehung?«

»Nein«, antwortete ich, obwohl ich langsam an den Punkt kam, wo ich dieser neugierigen Frau am liebsten gesagt hätte, dass sie sich ihre Fragen sonst wohin schieben und mich in Ruhe lassen solle.

Die andere Frau, die zusammen mit meiner Gesprächspartnerin den Raum betreten hatte, beugte sich leicht vor. »Wenn Bruce Chamberson mich als seine Praktikantin haben wollte, nur um mit mir zu schlafen, würde ich nicht Nein sagen.«

Die Frau mit dem Kaffee in der Hand lachte überrascht auf. »Stacy! Du bist verheiratet!«

Stacy zuckte mit den Achseln. »Wenn Michael Bruce sehen

würde, würde er es verstehen. Aber meiner Meinung nach könnte man mit William mehr Spaß haben.«

Die andere Frau nickte. »Stimmt schon. Aber wenn man wirklich eine Beziehung wollte, wäre Bruce wahrscheinlich die bessere Wahl. William taugt eher für ein Abenteuer ohne Verpflichtungen. Bruce erscheint mir dagegen wie jemand, der wirklich besitzergreifend werden kann.« Sie dachte kurz darüber nach, dann grinste sie so breit, dass sich kleine Fältchen in ihren Augenwinkeln bildeten. »Auf eine sexy Neandertaler-Art.«

Stacy lachte. In diesem Moment sah ich meine Chance gekommen, um mich aus dem Gespräch zu verabschieden.

»Nun, dann gehe ich mal zurück zu dem *Neandertaler*«, meinte ich.

Beide Frauen lachten.

»Oh, noch mal jung sein«, sagte Stacy, als ich den Pausenraum verließ, obwohl sie nur ein paar Jahre älter sein konnte als ich.

Ich bemühte mich sehr, mich auf dem Weg zurück in Bruce' Büro wieder zu sammeln. Ich arbeitete erst seit einer Woche hier, fühlte mich aber bereits, als wäre ich in einen Strudel gesaugt worden, der sich meiner Kontrolle vollkommen entzog. Ich spürte deutlich, dass ich Emotionen investierte, obwohl das hier eigentlich nur ein Job sein sollte. Candace schien die Idee für verrückt zu halten, dass ich nicht mit Bruce schlafen wollte. Die Frauen im Pausenraum gingen offensichtlich ebenfalls davon aus, dass ich es tat. Und selbst Bruce' Bruder hatte mir ziemlich deutlich gesagt, ich solle doch mit ihm in die Kiste springen.

Langsam hatte ich das Gefühl, dass Bruce und ich die einzigen Menschen auf der Welt waren, die nicht wollten, dass wir miteinander schliefen. Doch wenn ich mir gegenüber ehrlich war, stimmte das nicht ganz. Ich erinnerte mich an den

Ausdruck in Bruce' Augen. Und ich konnte auch nicht vergessen, wie er meine Brust berührt hatte. Das hatte tief in mir ein Feuer aufflackern lassen, das noch immer brannte.

Schmutz über Bruce auszugraben, war offensichtlich die geringste der Herausforderungen, denen ich mich stellen musste. Langsam sah es so aus, als müsste ich vor allem erst einmal herausfinden, was ich mit meinen verwirrenden, stärker werdenden Gefühlen ihm gegenüber anfangen sollte.

ACHT

Bruce Der Tag war so schön, dass mir fast schlecht wurde. Vögel sangen, der Rasen auf dem Golfplatz war grün und perfekt gepflegt. Sorgfältig positionierte Steine umgaben den See, der das Zuhause einer Entenfamilie war. Ab und zu senkten die Tiere ihren Kopf unter Wasser, um sich ein saftiges Stück von dem zu schnappen, was Enten eben so fraßen. Selbst das Wetter war wunderbar.

Ich stieg aus dem Golfwagen und sah meinen Caddie an. Sehr zu meiner Überraschung hatte sie wirklich den Hut auf, den zu tragen ich sie angewiesen hatte. »Das Fünfer-Eisen, bitte.«

Natasha wirkte, als wolle sie mir den Golfschläger lieber über den Schädel ziehen, als ihn mir zu reichen. »Und welcher genau ist das, Meister?«, fragte sie sarkastisch.

»Der Schläger mit einer Fünf darauf. Kein Wunder, dass ich dich nicht bezahle.«

Sie zog den Schläger aus der Tasche und kam mit vor Wut brennendem Blick auf mich zu. Ich bemühte mich, nicht zu bemerken, wie ihre Hüften in den jungenhaften Khaki-Hosen schwangen oder wie ihr schwarzes Polohemd perfekt an ihrem Oberkörper anlag und mir kurze Einblicke in ihr

Dekolleté gewährte. Mit dem labberigen Hut, den sie trug, weil ich ihr erklärt hatte, dass er Voraussetzung dafür sei, als mein Caddie zu fungieren, sah sie absolut lächerlich aus – aber zugegebenermaßen auf eine sehr süße Art lächerlich. Es war die Art von Hut, die in den Fünfzigerjahren quasi jeder Mann getragen hatte.

Ich nahm ihr den Schläger ab und spürte Erregung in mir aufsteigen, als unsere Finger sich berührten.

Es war seltsam. Mein Drang, Natasha aus meinem Leben zu entfernen, wurde nur stärker, je mehr Zeit ich mit ihr verbrachte. Sie arbeitete inzwischen seit über einer Woche für mich, und ich hatte bereits den Überblick darüber verloren, wie oft sie mich in dieser Zeit aus meiner Routine gerissen hatte. Doch gleichzeitig genoss ein seltsamer, verwirrender Teil von mir die Herausforderung, sie halbwegs auf Linie zu bringen. Vielleicht war das mein beschützerisches Ich, das Natasha vor sich selbst retten wollte. Schließlich hatte ich selbst miterlebt, wie wahrscheinlich es war, dass sie eine Treppe hinunterfiel oder aus Versehen mitten auf eine Hauptstraße lief. Es ging mir gar nicht mehr so sehr um das seltsame Spiel, das wir spielten – ich behielt sie schlichtweg in meiner Nähe, um sie am Leben zu erhalten.

»Könntest du mich noch einmal daran erinnern, wieso das hier als Geschäftstermin gilt?«, fragte sie.

»Nun«, antwortete ich. »Siehst du diese Männer da drüben?« Ich deutete auf Alec und Von, die ein paar Hundert Meter entfernt am Loch hinter uns spielten. »Das sind zwei schwedische Unternehmer, die überlegen, eine Restaurantkette in Amerika zu eröffnen. Angeblich planen sie, schon in fünf Jahren im ganzen Land vertreten zu sein. Ich möchte, dass sie den Auftrag für das Marketing an Galleon vergeben, also spiele ich zur selben Zeit Golf wie sie. Ich lasse ihnen ihren Freiraum, aber sie sehen mich regelmäßig – rein zufällig natürlich. Wenn nach unserer Runde alle im Clubhaus zusammenkommen, um etwas zu trinken, endet das vielleicht damit, dass wir über Geschäftliches reden.«

»Und um das zu erreichen, musstest du mich ausstaffieren wie einen Clown?«, fragte sie.

»Um ehrlich zu sein, dachte ich nicht, dass du die Kleidung, die Linda dir gebracht hat, wirklich tragen würdest.«

Ich hatte Natasha schon unzählige Male erröten sehen, doch jetzt war das erste Mal, dass ihre Wangen vor Wut rot leuchteten.

Ich konnte nicht anders, als leicht zu grinsen, was sich irgendwie seltsam anfühlte. Ich war noch nie ein Mensch gewesen, der oft lächelte oder die Welt besonders amüsant fand. Zumindest nicht mehr seit Valerie.

»Weißt du«, sagte sie zornig. »Jeder in deinem Büro denkt, du würdest mich nur als eine Art Sex-Sklavin halten. Mich so zu verkleiden wird nicht dabei helfen, diese Gerüchte zu zerstreuen.«

»Ist doch egal, was sie denken. Das dürfte die Männer im Büro zumindest davon abhalten, dich anzugraben.«

»Was?«, fragte sie. »Jetzt darf mich nicht mal mehr jemand angraben?«

Sie verschränkte die Arme vor der Brust, was dummerweise dazu führte, dass ihre Brüste auf sehr ablenkende Weise hochgeschoben wurden. »Das ist also alles Teil meiner Strafe? Du willst sicherstellen, dass ich nicht mal darauf hoffen kann, einen Mann kennenzulernen, während ich deine Sklavin bin?«

»Nein. Es geht darum, dass du für mich arbeitest. Du gehörst mir. Ich will nicht, dass irgendjemand berührt, was mir gehört. So einfach ist das.«

»Dir gehört?«, fragte sie ungläubig. »Und was passiert, wenn ich keine Lust habe, die verstaubte Trophäe auf deinem Regal zu spielen?«

»Dann kannst du kündigen. Bis dahin spielst du nach meinen Regeln.«

»Du bist wirklich ein Arsch, weißt du das?« Sie presste die Lippen zusammen, bis sie nur noch einen schmalen, wütenden Strich bildeten, sah kurz auf meine Golftasche hinunter, dann sprang sie in den Golfwagen und fuhr davon. Ich blickte ihr hinterher, nur um beinahe laut aufzulachen, als sie nach ein paar Sekunden das Lenkrad herumriss und zurückkehrte. Wütend stieg sie aus dem Wagen, kramte im vorderen Fach meiner Golftasche herum und zog den Autoschlüssel heraus. »Den habe ich vergessen. Okay?«, blaffte sie mit leuchtend rotem Kopf, dann stieg sie wieder in den Wagen und brummte davon.

Ich schüttelte den Kopf. Diese verdammte Frau besaß wirklich die Fähigkeit, mich gleichzeitig sauer zu machen und zu faszinieren.

Es war fast neun Uhr abends, und ich saß noch immer im Büro. Ich bemühte mich für gewöhnlich, mich an meine strikte Zeitplanung zu halten, doch länger auf der Arbeit zu bleiben, war ein Bruch mit meiner Routine, der mich überraschenderweise nicht besonders störte.

Der Unterschied heute war nur, dass auch Natasha immer noch da war, was bedeutete, dass bis auf uns beide und das Putzpersonal das gesamte Gebäude leer war.

Ich saß an meinem Schreibtisch und überprüfte, ob ich alle Details für das Briefing eines wichtigen Klienten morgen perfekt geordnet hatte. Mein Magen knurrte, weil mir irgendwie das Abendessen, das ich mir vorbereitet hatte, abhandengekommen war. Ich war mir sicher, dass ich es in den Kühlschrank im Pausenraum gestellt hatte, doch als ich zu meiner üblichen Abendessenszeit vor einer halben Stunde dort nachgesehen hatte, war es verschwunden.

Natasha streckte den Kopf ins Büro. »Dir ist klar, dass ich hier draußen nicht arbeite, oder? Du hast mir eigentlich nie irgendwelche Aufgaben übertragen, außer hinter dir herzulaufen und dich zu nerven, also habe ich mich gefragt, ob ich vielleicht nach Hause gehen könnte.«

Ich starrte sie böse an. Sie hatte bereits dreimal gefragt, ob sie für heute Schluss machen könnte. Ich war fast bereit, sie gehen zu lassen. Langsam begann ich, die Motive zu hinterfragen, aus denen ich sie in meiner Nähe behielt und bestrafte. Der Vorfall mit der Banane war jetzt schon Tage her. Und wenn ich ganz ehrlich war, hatte ich sie inzwischen genug durchmachen lassen, um das Vergehen auszugleichen. Doch so einfach war die Sache mittlerweile nicht mehr.

Ich musterte ihr kastanienbraunes Haar und die braunen Augen. Sie stand außerhalb des Raums, und nur ihr Kopf und die Schultern schauten zur Tür herein, als ginge sie davon aus, eine schnelle Flucht hinlegen zu müssen, falls irgendetwas schieflief.

»Es gibt tatsächlich etwas, was du für mich tun könntest, bevor du gehst«, sagte ich. »Geh und hol uns irgendwas vom Chinesen oder so.«

Sie trat ganz in den Raum, riss die Augen in gespieltem Entsetzen auf und schlug sich eine Hand vor den Mund. »Du? Liefer-Essen? Machst du dir keine Sorgen, dass du plötzlich aufgehen könntest wie ein Hefekloß und ich dich heute Abend aus dem Büro rollen muss?«

»Ich esse, wie ich esse, um meinen Geist fit zu halten. Die richtigen Nährstoffe zur richtigen Tageszeit halten das Energielevel stabil und erzeugen gute Laune.«

Sie zog eine Augenbraue hoch. »Da liegt also das Problem. Mit deiner Nährstoffaufnahme stimmt was nicht ... ich glaube nämlich nicht, dich jemals gut gelaunt gesehen zu haben – außer dieses eine Mal, als du mich begrapscht hast.«

Ich konnte mich nicht erinnern, wann ich das letzte Mal rot geworden war, doch in diesem Moment meinte ich, eine leichte Wärme in meine Wangen steigen zu fühlen. »Ich habe dich nicht begrapscht. Ich habe versucht, den Kaffee aus deiner Bluse zu reiben, bevor er Flecken hinterlässt.«

»Genau. Und du dachtest einfach, es wäre eine gute Idee, damit an meinen Brüsten anzufangen.«

»Sie waren ... mir am nächsten.«

Sie lachte überrascht auf, dann schenkte sie mir ein wunderbares Lächeln. »Stimmt das, was dein Bruder behauptet? Dass du einen Sekretärinnen-Fetisch hast?«

»Ich hatte niemals einen Sekretärinnen-Fetisch.«

»Vergangenheitsform«, bemerkte sie.

Ich grinste. »Hör mal, wenn du mich aushorchen willst, solltest du uns besser etwas zu essen besorgen. Schnell. Ich glaube, uns bleiben vielleicht noch zehn Minuten, bevor ich nicht mehr sprechen und nur noch Schäumen und Knurren von mir geben kann. Ich habe eine sehr geringe Hungertoleranz.«

»Nur fürs Protokoll, ich bin mir ziemlich sicher, dass Schäumen kein Geräusch ist.«

Sie bemerkte meine Miene und hob abwehrend die Hände. »Okay, okay. Was willst du vom Chinesen?«

»Ist egal, aber bring auf jeden Fall Wan Tan mit Krabbenfüllung mit. Die habe ich seit Jahren nicht mehr gegessen, und ich glaube, im Moment würde ich dafür alles tun.«

»Alles?«, fragte sie mit einem schelmischen Glitzern in den Augen.

Eine halbe Stunde später kam sie zurück, beladen mit zwei riesigen braunen Tüten voll chinesischer Gerichte. Nährwerttechnisch war es das schlimmste Essen, das man sich vorstellen konnte. Meine Ernährungsberaterin würde wahrscheinlich schon bei seinem Anblick einen Herzinfarkt bekommen, und ich war mir sicher, dass ich mich morgen früh fruchtbar fühlen würde, doch aus irgendeinem Grund war mir das egal. Vielleicht lag es an meinem laut knurrenden Magen. Aber vielleicht färbte auch einfach die wandelnde Katastrophe Natasha auf mich ab.

Ich fing an, Kartons aus den Tüten zu ziehen, auf der Suche nach den Krabben-Wan-Tan. Erst nach einem Moment bemerkte ich, dass Natasha mich nur beobachtete.

»Was?«, fragte ich.

»Ich habe irgendwie das Gefühl, dass ich deinen Wärter rufen sollte oder so. Bist du dir sicher, dass alles in Ordnung ist?«

Ich stellte die fettige Box voller Wan Tan ab und zuckte mit den Achseln. »Wieso sollte nicht alles in Ordnung sein?«

»Oh«, meinte sie lässig. »Keine Ahnung.«

Ich biss in eine Teigtasche und kaute, bevor ich mich lächelnd in meinem Stuhl zurücklehnte. »Verdammt, sind die gut. Im College habe ich mir die ständig geholt. In manchen Restaurants formen sie sie zu einer Art Flügel, mit der Füllung ganz unten und einem langen, knusprigen Ende. Aber die hier? Das sind die besten.« Ich drehte das Wan Tan in meinen Fingern, um ihr die vier kleinen Spitzen aus knusprigem Teig zu zeigen, die von der mit saftiger Krabben-Käse-Mischung gefüllten Tasche abstanden.

»Freut mich, dass sie dir schmecken.«

»Isst du auch was, oder willst du da nur herumstehen und dich seltsam benehmen?«

Seufzend setzte sie sich, dann öffnete sie den langweiligsten Karton überhaupt, in dem sich einfach nur ein Haufen weißer Reis befand. Ich hatte den Eindruck, dass irgendetwas sie beschäftigte, war mir aber gleichzeitig nicht sicher, ob ausgerechnet ich die Person war, der sie sich anvertrauen wollte.

Daher gab ich mich damit zufrieden, ein paar Minuten einfach nur schweigend dazusitzen und mein Essen zu genießen.

Irgendwann sah Natasha vom Reis auf, den sie bisher kaum angerührt hatte. Ihre Stirn lag in Falten. »Was hatte es mit den Dingen auf sich, die du in meiner Wohnung gemacht hast?«, fragte sie.

Die Frage überraschte mich. Ich legte den Rindfleischspieß ab, mit dem ich gerade beschäftigt gewesen war. »Das war nichts.«

»Nein. Nichts wäre es gewesen, wenn du deine Abermillionen von Dollar eingesetzt hättest, um einen persönlichen Assistenten zu rufen, der mich in meine Wohnung bringt. Was du getan hast, war tatsächlich aufmerksam. Und du hast meinem Hund eine Karotte gekauft. Ich weiß, dass du das warst, also versuch nicht mal, es zu leugnen.«

»Also ist die Karotte der springende Punkt oder was?«

»Nein«, sagte sie. »Es gibt keinen springenden Punkt. Ich bin es einfach leid, zu glauben, ich hätte dich durchschaut... und dann kommst du und tust etwas, was einfach keinen Sinn ergibt. Du stellst mich an, um mich zu bestrafen. Du zwingst mich quasi, deine Sklavin zu spielen. Du machst mich runter, wann immer sich dir die Chance dazu bietet. Doch gleichzeitig reißt du auch schmutzige Witze, flirtest mit mir, *begrapschst* mich und bist verwirrend aufmerksam, nachdem ich mich in die Bewusstlosigkeit gesoffen habe.« Sie zuckte fast niedergeschlagen mit den Achseln. »Ich bin es einfach leid. Ich will wissen, ob ich dich hassen oder mögen soll. Aber du sorgst dafür, dass ich mich wie das emotionale Äquivalent eines Ping-Pong-Balls fühle.«

Ich ließ mich gegen die Lehne meines Stuhls sinken. »Ein Ping-Pong-Ball zwischen Hass und Sympathie«, meinte ich. »Das bedeutet also, dass du mich hin und wieder tatsächlich magst?«

Sie verdrehte die Augen auf ihre typische Art. Bei ihr wirkte das nicht so respektlos oder unreif, wie es bei anderen Leuten vielleicht der Fall gewesen wäre, sondern vielmehr verspielt und sexy. Ich fühlte mich dabei immer, als hätten nur wir beide einen Witz verstanden. »Es bedeutet auch, dass ich dich hin und wieder hasse.«

Warnsirenen heulten in meinem Kopf. *Stopp. Abbrechen. Hör damit auf. Sofort.*

Die Alarmanlage, die ich in den letzten zwei Jahren in mir errichtet hatte, wollte irgendetwas tun, um mich davon abzuhalten, dieses Gespräch fortzuführen, doch Natasha besaß die unheimliche Fähigkeit, all meine Schutzmaßnahmen zu unterlaufen. In ihrer Nähe konnte ich mich einfach nicht kontrollieren. Zumindest nicht immer.

»Nun«, sagte ich. »Damit sind wir schon zu zweit.«

Sie verzog den Mund zu einem schiefen Lächeln. »Also bedeutet das, dass du mich hin und wieder tatsächlich magst?«

»Hin und wieder«, sagte ich. »Und gewöhnlich dann, wenn es absolut überhaupt keinen Sinn ergibt.«

Sie biss sich auf die Unterlippe. »Wann hast du mich gemocht? Ich frage natürlich nur aus reiner Neugier.«

»Als du bei dem Geschäftsessen den Mumm hattest, auf den zeitlichen Konflikt mit WeConnect hinzuweisen. Als du dieses lächerliche Caddie-Outfit getragen hast, das ich dir habe schicken lassen. Als du versucht hast, Zucker in meinen Kaffee zu mogeln. Als ich gemerkt habe, dass es dich anturnt, dass ich diesen Kaffee von deiner ... Bluse wische.«

Sie senkte den Blick und atmete zitternd durch. »Und woran hast du gemerkt, dass es mich anturnt?«

»An denselben Zeichen, die ich auch jetzt erkenne«, erklärte ich. »Du blinzelst kaum und atmest flach. Deine Wangen und dein Dekolleté leuchten rot. Du sitzt stocksteif da. Dein ganzer Körper ist in höchster Alarmbereitschaft. Ich wette, deine Haut fühlt sich an, als würde sie unter Strom stehen.«

Sie rieb sich geistesabwesend über den Arm, wo Gänsehaut dafür sorgte, dass die feinen Härchen gerade in die Luft standen. »Falsch«, sagte sie leise. »Es fühlt sich mehr an wie die Sonne. Als scheine hier ein warmes Licht, das dafür sorgt, dass mir am ganzen Körper heiß wird.« Sie hielt inne, sah mich an und kaute erneut auf eine Weise auf ihrer Unterlippe, die dafür sorgte, dass ich all meine Vorsätze, jeder Art von Komplikation aus dem Weg zu gehen, infrage stellte.

»Und dieses warme Gefühl«, meinte ich. »Was löst es in dir aus?«

Sie grinste. »Ehrlich? Es sorgt dafür, dass ich mich nach Bananen verzehre.«

Die reine Lächerlichkeit ihrer Antwort riss mich aus dem Moment. »Was?«, fragte ich.

»Ich verzehre mich nach etwas Kaltem... Wie nach dem Bananensplit, das ich geholt habe, nachdem ich beim Chinesen war. Ich habe es im Pausenraum kalt gestellt, und es ist genug für uns beide da.«

NEUN

Natasha Als ich das Bananensplit aus dem Kühlschrank holte, sah ich Bruce Chamberson zum zweiten Mal seit unserem Kennenlernen lächeln. Glücklicherweise stand der Eisbecher erst seit zwanzig Minuten im Tiefkühlfach, sodass die Bananen noch eine gute Temperatur hatten. Er war riesengroß. Zwischen zwei Bananen lagen drei Kugeln Eis – Schokolade, Erdbeer und Vanille. Alles war großzügig mit Schlagsahne überzogen, und es gab Schokosoße auf dem Schokoladeneis, Erdbeersirup auf dem Erdbeereis und Karamellsauce auf dem Vanilleeis.

»Du hast mit William gesprochen, richtig?«, fragte Bruce.

»Vielleicht«, gestand ich.

Bruce warf mir einen Blick zu, der selbst eine Nonne dazu gebracht hätte, sich in Windeseile die Kleider vom Leib zu reißen. Dieser Blick war der Inbegriff von Sex. Glühend heiß. »Das letzte Mal, als William eine Frau dazu überredet hat, mir ein Bananensplit zu besorgen, hat er ihr auch gesagt, dass sie auf diese Art in meine Hose kommen würde. Willst du zufälligerweise in meine Hose?«

»Das wäre verrückt«, sagte ich eilig. »Sie wäre mir viel zu groß.«

Er fing an zu lachen. Er hatte ein gutes Lachen. Ehrlich. Sogar ansteckend. Ich lächelte, wobei ich ihn nicht aus den Augen ließ, um nicht zu verpassen, was er als Nächstes tat. Was auch immer hier gerade passierte, der Ball lag jetzt in seinem Feld. Ich mochte ihn überhaupt erst zum Spiel geschleppt haben, aber gleichzeitig wusste ich, dass von jetzt an alles von Bruce abhing. Und das war eine Erleichterung. Ich war mir immer noch nicht ganz sicher, was ich wirklich wollte. Ich wusste nur, dass es nichts brachte, mich gegen seine Anziehungskraft zu wehren. Keine Ahnung, ob eine Beziehung zwischen uns funktionieren könnte, aber Candace hatte recht: Ich war ein großes Mädchen. Ich musste ihn nicht mögen, um mit ihm zu schlafen.

Doch es hätte die Sache um einiges einfacher gemacht, wäre ich davon überzeugt gewesen, dass ich ihn wirklich nicht mochte. Das Problem war nur, dass ich mir genau in diesem Punkt nicht mehr so sicher war. Ich ertappte mich dabei, wie ich ständig an Bruce dachte. Ich sehnte mich nach diesen kurzen Momenten, in denen manchmal so etwas wie Freude in seiner Miene aufblitzte. Mir gefiel es, der Grund dafür zu sein und mich zu fühlen, als hätte ich eine besondere Wirkung auf ihn.

Er verschwendete keine Zeit, bevor er sich auf das Dessert stürzte, doch er stellte sicher, dass ich mir ebenfalls einen Löffel nahm und mitaß. Es fühlte sich irgendwie intim an, eine Nachspeise mit Bruce zu teilen, besonders, nachdem er dabei ständig sexy, genussvolle Geräusche ausstieß. Es war, als könnte er einfach nicht anders.

»Hast du Familie?«, fragte er. Die Frage kam wie aus dem Nichts. Ich stellte fest, dass wir uns gute fünf Minuten lang einfach nur wortlos den Bauch vollgeschlagen hatten, also ging ich davon aus, dass er angefangen hatte, über mich nachzudenken. Bruce wusste eigentlich nur, was er bis jetzt gesehen hatte, er wusste so gut wie nichts über mein Privatleben, meine Vergangenheit oder meine Familie. Und irgendwie schmeichelte es mir, dass er neugierig war.

»Jep«, sagte ich, bevor ich mit einem Seufzer die Rückseite meines Löffels ableckte, um ihn dann zur Seite zu legen. Ich wollte mich vor Bruce nicht vollstopfen, bis mir schlecht wurde, egal, wie lecker das Eis war. »Meine Mom und mein Dad leben außerhalb der Stadt. Sie sind Lehrer. Mein älterer Bruder wohnt noch bei ihnen.«

Bruce nickte auf die Art, die ich oft zu sehen bekam, wenn ich diese Information über meinen Bruder preisgab. Mit einer Mischung aus Mitgefühl und Neugier.

»Braeden hat irgendwie nie ein Ziel im Leben gefunden«, erklärte ich. »Er investiert all seine Energie in irgendwelche Pläne, um schnell reich zu werden. Er hat es mit Multi-Level-Marketing versucht. Einmal hat sein Geschäftsmodell aus einem Schwindel bestanden, bei dem er Sonderangebote aus verschiedenen Supermärkten mit Preisaufschlag über das Internet verkauft hat. Wenn es irgendwo Handschuhe im Angebot für zwei Dollar gab, hat er einen ganzen Haufen davon für vier Dollar bei eBay eingestellt. Sobald jemand eine Bestellung aufgegeben hat, ist er losgefahren, hat das Zeug gekauft, es verpackt und mit Profit verkauft. Ich bin mir ziemlich sicher, dass das illegal war, aber sein eBay-Account wurde dann irgendwann wegen einer ganz anderen dämlichen Aktion gesperrt.«

»Ich kenne solche Leute«, sagte Bruce. »Meine Eltern sind da ähnlich. Sie glauben, William und ich wären ihre persönlichen, immer gut gefüllten Geldautomaten. Sie vergessen nur allzu gerne, dass sie im Grunde alles in ihrer Macht Stehende getan haben, um uns davon abzuhalten, dorthin zu kommen, wo wir heute sind. Jetzt, wo wir erfolgreich sind, haben wir das natürlich nur ihnen zu verdanken.«

»Das muss hart sein«, meinte ich. »Ich habe schon oft darüber nachgedacht, wie schwer es sein muss, wenn man richtig groß rauskommt. Und wenn einem dann nach einiger Zeit bewusst wird, dass jeder, den man kennt, nur ein Stück vom Kuchen abhaben will.«

Er lachte, doch es klang traurig, und der Blick in seinen Augen verriet mir, dass ich einen Nerv getroffen hatte.

»Ist das passiert?«, fragte ich. »Mit der Frau, meine ich. Die Frau, die dein Bruder erwähnt hat.«

Bruce schien lange über meine Frage nachzudenken. Ich war mir nicht sicher, ob er überlegte, wie er ihr am besten ausweichen konnte, oder ob versuchte, die richtige Antwort zu finden. »Das ist nichts, worüber ich im Moment sprechen möchte«, sagte er schließlich.

Ich nickte schnell. In meiner Eile, mich für meine Neugier zu entschuldigen, schaffte ich es irgendwie, mit der Hand seinen Löffel aus dem Eisbecher zu katapultieren, sodass wir beide mit Eisresten und Soße bespritzt wurden. Ich starrte entsetzt auf seinen Schoß, wo drei große Flecken Eiscreme – einer von jeder Sorte – in den Stoff seiner Hose einzogen.

Ich hatte die Hand schon ausgestreckt, um die Flecken wegzuwischen, als mir bewusst wurde, dass in diesem Fall ich diejenige wäre, die ihn begrapschte.

Er senkte den Blick auf meine Hand und beobachtete, wie ich sie langsam zurückzog und dabei rot wurde wie eine Idiotin.

Ohne jede Eile fuhr er mit seinem Zeigefinger durch den schmelzenden Schokoladeneis-Fleck, musterte seine Fingerspitze und hielt sie mir dann vor den Mund. »Willst du dein Chaos nicht beseitigen, Praktikantin?« Seine Stimme war tief, rau und unglaublich sexy, und es war unmöglich, seinen verschleierten Blick unter diesen dichten Wimpern falsch zu deuten.

Wollte er ... *O Gott.* Plötzlich fühlte ich mich sexuell absolut unzulänglich. Ich wollte das. Ich wusste, dass ich es wollte. Das war keine dieser irgendwie peinlichen, unangenehm angespannten College-Sex-Situationen. Das hier war echt. Die volle Nummer. Und ich war mir niemals zuvor so bewusst gewesen, wie jämmerlich unvorbereitet ich darauf war.

»Ähm«, stammelte ich und griff nach meiner Serviette.

»Nein«, sagte er bestimmt. »Nicht mit der Serviette.«

Ich schluckte schwer, bevor ich meine Hand auf seinen Arm legte, um seinen Finger einen nervösen Zentimeter nach dem anderen näher an meinen Mund zu ziehen. Dann schloss ich meine Lippen um seine Fingerspitze. Meine gesamte Unsicherheit und Nervosität verpuffte, als ich in Bruce' Gesicht sah. Er war vollkommen überwältigt, außer sich vor Lust.

Ich hatte das Gefühl, ich könnte ihn mit der leisesten Bewegung meiner Zunge in die Knie zwingen. Diese Art von Macht war berauschend.

Ich löste meine Lippen von seinem Finger, meine Hand immer noch auf seinem Arm. Als unsere Blicke sich trafen, durchfuhr mich brennendes Verlangen. »Ich ... So was tue ich gewöhnlich nicht«, sagte ich.

»Also machst du immer nur Dreck, ohne hinterher sauber zu machen?«, fragte er.

Ich sah mit einem schiefen Grinsen auf seinen Finger herunter. »Gewöhnlich säubere ich Dinge nicht mit meinem Mund ... besonders, wenn sich das Chaos, das ich angerichtet habe, auf dem Schoß einer Person befindet.«

»Gewöhnlich? Also tust du es manchmal, aber nicht immer?«

»Ob du es glaubst oder nicht, das passiert mir zum ersten Mal.«

»Gut«, sagte er. »Mir gefällt die Vorstellung, dich ganz für mich zu haben.«

Seine Worte jagten Hitze über meine Haut, als wären sie ein Zauber, der mich irgendwie an ihn band. Ich war mir nicht sicher, wie er es gemeint hatte. Ich wusste, dass unsere Körper sich inzwischen wahrscheinlich im Autopilot-Modus befanden, um uns näher und näher an das Unvermeidliche heranzuführen... doch ich wusste nicht, was danach passieren würde. Laut Candace sollte es mich auch nicht kümmern. Weil es nur um Sex ging. Nur darum, ein wenig Spaß zu haben.

Aber das reichte mir nicht.

»Ist das eine gute Idee?«, fragte ich.

Bruce war inzwischen aufgestanden. Sein Körper war meinem so nahe, dass ich die Hitze fühlen konnte, die von ihm ausstrahlte. Ich fragte mich, ob ich wohl seine Erektion spüren würde, wenn er auch nur fünf Zentimeter näher kam.

Bruce hob die Hand an meine Wange, ließ seine Finger über meinen Kiefer zu meinem Kinn gleiten, wobei er seine Berührung mit den Augen verfolgte, als rechne er damit, irgendetwas zu entdecken. »Vielleicht nicht«, sagte er. »Vielleicht bist du nur hinter meinem Geld her. Oder vielleicht will ich dich nur einmal kosten und dann abservieren. Aber wir könnten tagelang darüber reden und würden es trotzdem erst wissen, wenn wir es versucht haben.«

Ich beugte mich vor, bis meine Stirn seinen Brustkorb berührte. Meine Gedanken rasten. »Woher soll ich wissen, dass du nicht hinter meinem Geld her bist?«, fragte ich nach einer Weile.

Ich spürte ein leises Lachen in seiner Brust. »Ich nehme an, du musst dir selbst eine wichtige Frage stellen. Glaubst du, du hast Glück, Praktikantin? Hm?«

Ich sah mit einem schiefen Lächeln zu ihm auf. »Im Moment? Ja. Zur Abwechslung einmal ja.«

Dann küsste er mich... und der Kuss war mehr, als ich

erwartet hatte. Die Welt um uns herum schrumpfte zusammen. Der Lärm der Autos von der Straße, das Rauschen des Windes vor den Fenstern und das Säuseln der Klimaanlage verklangen zu nichts. Es war, als hätte sich jeder Nerv in meinem Körper abgeschaltet bis auf die in meinen Lippen und Händen, um sich so gut wie möglich auf die Stellen zu konzentrieren, wo Bruce und ich uns berührten.

Seine Lippen waren so unglaublich warm und weich – mit gerade genug Feuchtigkeit, um sich nicht trocken anzufühlen, aber nicht so viel, dass der Kuss wirklich feucht gewesen wäre. Ich konnte die leichte Süße unserer Nachspeise auf seinen Lippen und seiner Zunge schmecken. Er küsste mich, als hätte er sich das bereits seit unserer ersten Begegnung gewünscht. Er trat näher, umfasste meine Schultern und schob mich langsam zur Tür des Pausenraums, um mich dagegenzudrängen.

Ich fühlte, wie seine eine Hand neben meinem Kopf an der Tür landete. Die andere vergrub er in meinem Haar, bis er zupacken und meinen Kopf nach hinten schieben konnte. Sein warmer, harter Körper drückte sich auf voller Länge gegen meinen, und ich konnte seine Erektion an meinem Bauch spüren.

»Mein Bruder hatte recht«, hauchte er zwischen Küssen. »Aber nicht ganz.«

»Mit was?«, fragte ich. Meine Hände bewegten sich von ganz alleine, erkundeten schamlos jede Stelle seines wohlgeformten Oberkörpers, die ich durch sein Anzughemd ertasten konnte. Ich verzehrte mich danach, ihm den Stoff vom Körper zu reißen, aber gleichzeitig war das alles absolutes Neuland für mich. Ich wollte Bruce die Führung überlassen. Wollte darauf vertrauen, dass er mich an der Hand nehmen und mir zeigen würde, was ich tun sollte.

»Mit seinem Kommentar über die Bleistiftröcke und den

Sekretärinnen-Look. Aber es ist kein Fetisch. Ich musste einfach nur ständig daran denken, diesen Rock nach oben zu schieben und deine Beine zu spreizen, um dafür zu sorgen, dass du meinen Namen stöhnst, bis du heiser bist.«

Ich schluckte schwer und vergaß für eine Sekunde, seinen Kuss zu erwidern, weil seine Worte ihre ganz eigene Magie in mir wirkten, von meinen kribbelnden Fingerspitzen bis zu der Wärme, die in meinem Unterleib explodierte. Und dann, mit der Plötzlichkeit einer kalten Hand, die aus der Dunkelheit meinen Knöchel packte, brach die Realität über mich herein und zerstörte diesen Moment. Ich musste ihm die Wahrheit sagen. Ich konnte *das hier* nicht tun, während ich gleichzeitig vorhatte, meine Story zu schreiben. Er musste davon erfahren.

»Bruce, da ist etwas...«

»Ist das der Augenblick, wo du gestehst, dass du eine russische Spionin bist, die geschickt wurde, um mich zu töten?«, fragte er und fiel mir damit ins Wort. »Spar es dir. Gerade ist mir das vollkommen egal.«

Ich versuchte, mich dazu zu zwingen, es trotzdem zu sagen. Ich versuchte es wirklich. Aber jedes Mal, wenn er mich küsste oder seine großen Hände voller Hunger über meinen Körper gleiten ließ, wurde ich zurückkatapultiert in diese Traumwelt, an diesen seltsamen Ort, an dem es keine Rolle zu spielen schien, dass ich Rechnungen bezahlen musste und nur Geld bekommen würde, wenn ich Bruce verriet. Im Moment zählte nur, dass sich das alles gut anfühlte und vollkommen natürlich. Und Gott, ich hatte nie verstanden, was natürlich bedeutete, bis Bruce' Hände mich berührten und seine Lippen auf meinen lagen. Es gab nichts Natürlicheres auf der Welt, als mir mehr davon zu nehmen, mich nach mehr zu sehnen.

Bruce hob mich hoch, küsste mich weiter, während ich meine Beine um seine Hüfte schlang und er mich zu dem

Tisch trug, der über den innen liegenden Garten im Hof unter uns hinwegsah. Mein Rock bauschte sich um meine Taille. Und zu meinem Entsetzen wurde mir klar, dass ich mein hässlichstes Höschen trug, ein schreckliches grasgrünes Ding, bei dem bereits Fäden aus den Nähten hingen. Und noch schlimmer: Es war mir ein bisschen zu groß, sodass es eher aussah wie ein Großmutter-Schlüpfer.

Zu meiner Erleichterung entschied sich Bruce – Mr Kontrolliert und Ruhig –, in vollen Barbaren-Modus zu schalten. Ohne seinen Mund von meinem zu lösen, griff er nach dem Saum meines Höschens und zog daran. Er machte es nicht einfach nur kaputt, er *riss* es mir vom Leib.

Ich keuchte in seinen Mund und packte seinen Nacken, um meine Fingernägel in seiner Haut zu vergraben.

»Ich hoffe, du mochtest es nicht besonders«, sagte er. Ich meinte fast, Überraschung in seiner Stimme zu hören, als hätte er nicht damit gerechnet, so die Beherrschung zu verlieren. Es tröstete mich ein wenig, dass ich anscheinend nicht die Einzige war, die hilflos von einer unsichtbaren, aber übermächtigen Strömung davongerissen wurde.

»Ich habe es geliebt«, log ich. »Jetzt werde ich dich verklagen.«

»Jetzt verstehe ich«, sagte er, während er mich sanft dazu zwang, mich auf den Tisch zu legen, die Beine noch immer um ihn geschlungen. »Du *warst* die ganze Zeit nur hinter meinem Geld her. Das alles war ein abgekartetes Spiel, um mich dazu zu bringen, dein Höschen zu zerreißen, damit du mich vor Gericht zerren kannst.«

Ich leckte mir die Lippen, zu erregt, um ihn wirklich aufzuziehen. »Stimmt«, hauchte ich. »Mir deine Banane in den Mund zu schieben, war nur der erste Schritt eines komplizierten Plans, von dem du keine Ahnung hattest. In Wirklichkeit bin ich ein kriminelles Genie, kein Tollpatsch.«

Er lachte leise, doch die Erregung vertrieb die Erheiterung sofort wieder aus seiner Miene, als könnte sie ihn nur für kurze Zeit von dem ablenken, was vor ihm lag. *Von mir.* »Du hattest mich fast, bis du behauptet hast, du wärst kein Tollpatsch.«

»Verdammt«, sagte ich. »Dann bin ich wohl aufgeflogen.«

Dann stahl Bruce mir den Atem, als er die Hand an seine Krawatte legte und sie in einer einzigen fließenden Bewegung löste. Er wandte den Blick keinen Moment von mir ab ... und Gott, ich erkannte die wunderbarsten schmutzigen Versprechen darin. Er wusste genau, dass seine langsamen, kontrollierten Bewegungen für mich die reine Folter waren, während ich entblößt vor ihm lag ... doch er zeigte keine Gnade.

Einen nach dem anderen öffnete er die Knöpfe an seinem Hemd, und es schien eine Ewigkeit zu dauern.

Ein Knopf. Ich erhaschte einen Blick auf seine gebräunte Brust und sein Schlüsselbein.

Zwei Knöpfe. Die tiefe Spalte zwischen seinen Brustmuskeln.

Drei Knöpfe. Die Stelle, wo seine Brustmuskulatur auf seinen perfekten Waschbrettbauch stieß.

Zum vierten Knopf kam er nie, weil ich die Geduld verlor. Ich setzte mich auf, packte sein Hemd und riss es auf. Mir war vollkommen egal, dass dabei ein paar Knöpfe absprangen. Er hatte schließlich mein Höschen zerrissen. Und es war mir egal, dass sein Hemd wahrscheinlich hundert Dollar gekostet hatte, während mein Höschen von einem Grabbeltisch stammte – darum ging es hier nicht.

Bruce stieß ein Geräusch irgendwo zwischen einem Knurren und einem Stöhnen aus, als das Hemd aufklaffte und ich mich in der ersten Reihe vor einem Körper wiederfand, wie man ihn normalerweise nur im Kino oder in Modemagazinen zu Gesicht bekam. »Nun, da geht deine Klage dahin, Praktikantin«, knurrte er.

»Scheiß auf das Geld. Ich will nur dich.«

Ich musste mich keinen Augenblick lang fragen, ob meine Worte einen Effekt auf ihn hatten, denn in gefühlten Millisekunden hatte er seine Hose abgeschüttelt und mir den Rest der Kleidung vom Körper gerissen. Schon eine Sekunde später waren wir beide vollkommen nackt. Ich hätte mich vielleicht unwohl gefühlt, doch die Art, wie er mich mit Blicken verschlang, ließ keinen Raum für Zweifel. Ihm gefiel, was er sah.

Ich wusste, dass manche Frauen Pornos schauten, aber ich hatte mich dabei immer sonderbar gefühlt. Das Ergebnis war, dass ich bisher nur einen Mann nackt gesehen hatte. Und damals war mir nicht aufgefallen, dass dieser Kerl wohl eher klein geraten war. Das, oder Bruce konnte sich glücklich schätzen. Sehr glücklich.

Ich rechnete damit, dass er sofort Anstalten machen würde, in mich einzudringen, doch stattdessen ging er vor dem Tisch in die Knie. Ich setzte mich halb auf und musste gegen den Drang ankämpfen, meine Beine zu schließen. Es war eine Sache, nackt vor ihm zu liegen, aber etwas vollkommen anderes, sein Gesicht nur Zentimeter von meiner intimsten Stelle entfernt zu sehen. Doch er ließ mir gar keine Zeit, weiter darüber nachzudenken – als er die Lippen auf die Innenseite meines Oberschenkels drückte, wurde all mein Unsicherheit von einer Welle heiß glühender Lust fortgerissen.

Ich ließ mich auf die Ellbogen zurücksinken. Ich wollte mich nicht hinlegen, weil der Anblick einfach zu erregend war, um den Blick abzuwenden.

»Du musst nicht ...« Meine Stimme war kaum mehr als ein Flüstern. Ich wusste gar nicht genau, warum ich versuchte, es ihm auszureden, obwohl doch jede Nervenzelle in meinem Körper danach schrie, dass er weitermachte.

Er sah mir in die Augen, als er die Zunge langsam von meinem Schenkel zu meiner Pussy gleiten ließ. Ich riss den Mund zu einem lautlosen Keuchen auf, und mein gesamter Körper spannte sich an. Schon diese kurzen Sekunden intimer Berührung raubten mir den Atem und sorgten dafür, dass ich mich nach mehr verzehrte.

»Also willst du, dass ich aufhöre?«, fragte er mit einem frechen Grinsen.

»Wag es ja nicht.«

Er vergrub sein Gesicht zwischen meinen Beinen und schien mich zu genießen, als wäre ich das Köstlichste, was er je gekostet hatte. Ich krallte meine Finger in sein Haar, klammerte mich an die Tischkante, an seine Schulter und alles andere, was ich erreichen konnte.

Er setzte seine Lippen ein, seine Zungenspitze, den Rest seiner Zunge und seine Finger. Alles verband sich zu einer Art Choreografie, die darauf abzielte, mich von innen heraus zum Schmelzen zu bringen. Ein seltsamer Druck, den ich noch nie zuvor empfunden hatte, baute sich in mir auf, so stark, dass ich fast Angst vor dem Orgasmus hatte, der offensichtlich immer näher kam.

Ich explodierte, als Bruce drei Finger in mir versenkte und seine Zungenspitze über meine Klit gleiten ließ, während er gleichzeitig mit diesen unglaublich sexy Augen zu mir aufsah. Es war einfach zu viel. Ich bäumte mich auf dem Tisch auf und konnte die Geräusche meiner Lust nicht mehr zurückhalten. Bisher hatte ich das leise Stöhnen unterdrückt, das immer wieder drohte, über meine Lippen zu dringen, doch jetzt brach alles aus mir heraus. Ich keuchte, ich wand mich und setzte mich irgendwann auf, um den Mann anzusehen, der gerade vom Sex-Roboter zum Sex-Magier aufgestiegen war – weil das, was da gerade geschehen war, absolut nichts Roboterhaftes gehabt hatte ... und weil die Art, wie seine geschickte Zunge es geschafft hatte, mich all die Male vergessen zu lassen, die er mich in der letzten Woche gegen sich aufgebracht hatte, einfach etwas Magisches hatte.

Mein Blick wanderte an seinem Körper nach unten zu seiner harten Erektion, dann zog ich die Augenbrauen hoch. Und in diesem Moment begann sein Telefon zu klingeln.

Ich rechnete damit, dass er es ignorieren würde, doch Bruce warf einen Blick auf das Gerät, das an der Tischkante lag. Er musste es dort hingelegt haben, bevor er sich seiner Hose entledigt hatte. Er schien die Nummer zu kennen und streckte tatsächlich den Arm aus, um nach dem Telefon zu greifen.

»Was ist?«, fragte er.

Ich versuchte, mir meine Enttäuschung nicht anmerken zu lassen. Bisher hatte ich mich gefühlt, als wäre ich das Einzige auf der Welt, was gerade für ihn zählte. Das war ein gutes Gefühl. Ein unglaubliches Gefühl. Und dann hatte er es geschafft, das alles mit einer einzigen Handlung zu zerstören. Ich setzte mich auf, griff nach meiner Bluse, die neben mir auf dem Tisch lag, und breitete sie mir über den Schoß, bevor ich mit den Armen so gut wie möglich meine Brüste bedeckte. Er hatte mich nicht weggeschickt, doch ich fühlte mich seltsam und dämlich, weil ich hier nackt herumsaß – obwohl er vor mir stand wie ein griechischer Adonis, vollkommen nackt und immer noch hart.

Es folgte ein Moment der Stille, als die Person am anderen Ende der Leitung etwas sagte. Bruce' Augen glitten zu mir, und sein Blick war nicht hundertprozentig freundlich. So sah man jemanden an, von dem man befürchtete, dass er lauschen könnte.

»Ich kann gehen«, sagte ich schnell.

Bruce zögerte. Er konzentrierte sich wieder auf sein Handy und runzelte die Stirn, während er zuhörte, was am anderen Ende gesprochen wurde. »Ein andermal?«, fragte er.

Mir rutschte das Herz in die Hose. Ich fühlte mich beschämt, verlegen und war mehr als nur ein bisschen sauer darüber, dass ich wegen eines Telefonanrufs rausgeworfen wurde. Offensichtlich ging es für ihn hier gerade nur um Spaß, auch wenn ich eifrig damit beschäftigt gewesen war, mir einzureden, dass es etwas zu bedeuten hatte. Ich wollte allerdings nicht, dass er meine Enttäuschung bemerkte. Hätte Bruce gewusst, wie sehr mich seine Zurückweisung verletzte, hätte er auch erkannt, wie viel ich zu geben bereit gewesen war. Zumindest konnte ich auf diese Weise vorgeben, das alles wäre auch für mich eine zwanglose Sache.

Ich stand so lässig auf, wie ich eben konnte, und zog mir BH, Bluse und Rock wieder an. Ich schnappte mir sogar die zerrissenen Reste meines Höschens und schob sie in meine Handtasche, bevor ich ihm ein letztes, angespanntes Lächeln zuwarf und den Raum verließ.

Ich spürte immer noch die Wärme seines Mundes und die Feuchtigkeit seiner Zunge zwischen meinen Beinen. Ich spürte das Kribbeln in meinen Lippen, das unsere leidenschaftlichen Küsse hinterlassen hatten. Doch jetzt empfand ich das alles als Hohn. Es war einfach nur eine weitere Erinnerung daran, dass ich ihm gehörte und für ihn nichts anderes war als ein Spielzeug, das er grausam herumschubsen konnte, bis er der Sache überdrüssig wurde.

Plötzlich war ich froh, dass ich ihm den wahren Grund für mein Praktikum nicht gestanden hatte. Vielleicht würde mein Gewissen jetzt nicht mehr protestieren, wenn ich Schmutz über ihn ausgrub und meinen Artikel schrieb.

ZEHN

Bruce Ich erklärte Natasha, sie solle sich den Tag freinehmen. Eigentlich hätte es mich nicht überraschen sollen, als sie trotzdem mit dem Firmenwagen vor meinem Gebäude auf mich wartete. Sie hatte ihr Haar zu einem strengen Dutt gebunden, der *fast* dafür sorgte, dass sie professionell aussah.

Ich lehnte mich durchs offene Beifahrerfenster zu ihr und streckte die Hand aus, um ihr einen purpurfarbenen Fleck aus dem Mundwinkel zu wischen. Dann leckte ich meinen Finger ab und grinste. »Gab es zum Frühstück Toast mit Marmelade?«, fragte ich.

Sie räusperte sich und rieb sich noch einmal den Mund. »Ich habe keine Ahnung, wie das da hingekommen ist. Ich muss beim Verlassen des Hauses in das Frühstück von jemand anderem gelaufen sein.«

»Natürlich.« Ich öffnete die Tür und stieg ein. »Das ist die naheliegendste Erklärung. Also, möchtest du mir verraten, warum du dir den Tag nicht freigenommen hast, obwohl ich es angeboten habe?«

Sie umklammerte das Lenkrad, bis ihre Knöchel weiß hervortraten, ohne den Blick von der Straße abzuwenden. »Weil ich nicht zulassen werde, dass das, was letzte Nacht im Büro passiert ist, irgendetwas verändert. Was auch immer es war ... es ist passiert, und es spielt keine Rolle, *wie* es passiert ist. Ich bin immer noch deine Praktikantin, und ich werde meinen Job erledigen.«

»Auch wenn dein Job eigentlich nur darin besteht, meinen ganzen Mist zu ertragen, bis du aus reinem Frust kündigst?«

Sie entspannte ihre Finger ein wenig und grinste. »Und inwiefern unterscheidet sich das von irgendeinem anderen Job?«

»Na ja, zum einen bezahle ich dir mal kein Gehalt.«

»Das stimmt natürlich«, gab sie zu. »Aber Praktika sind die neue Form der Sklaverei. Wenn man unter dreißig ist und einen Job sucht, muss man schon sehr viel Glück haben oder unendlich talentiert sein, um ohne Praktikum etwas zu erreichen.«

»Vergiss nicht die Leute über vierzig«, merkte ich an. »Sie bekommen entweder keine Stelle, weil sie teurer sind als ihr jungen Sklaven, oder wir gehen einfach davon aus, dass sie nicht mal wissen, wie man eine E-Mail versendet.«

Sie dachte kurz darüber nach. »Ich nehme an, du hast den einzigen Weg gefunden, wie man in der Welt etwas erreichen kann, hm? Selbst Chef werden und eigene Regeln festlegen.«

»Bis man jemanden trifft, der sich weigert, nach diesen Regeln zu spielen«, sagte ich. Ich ließ meinen Blick lange genug auf ihrem Gesicht verweilen, dass sie verstand, was ich damit sagen wollte.

Sie senkte die Augen und kaute auf eine Weise auf ihrer Unterlippe herum, die sich schnell zu meinem persönlichen Kryptonit entwickelte. »Natasha ... das mit gestern Abend tut mir leid.«

Sie schüttelte den Kopf, richtete sich auf und starrte wieder auf die Straße. »Du musst dich nicht entschuldigen. So war es nun einmal. Sex ist nur Sex, richtig?«

»Yeah«, antwortete ich, obwohl es sich für mich angefühlt hatte, als ginge es um viel mehr als Sex. Ich hatte mich gefühlt, als stände ich kurz davor, alle Vorsicht der letzten zwei Jahre in den Wind zu schießen; als wollte ich mich einfach kopfüber in diese Sache hineinstürzen, ohne einen Gedanken an die Konsequenzen zu verschwenden. Doch dann hatte ich Valeries Nummer auf meinem Handy gesehen. Sie rief immer nur an, wenn irgendetwas mit Caitlyn nicht stimmte, daher hatte ich gewusst, dass ich den Anruf annehmen musste.

»Ich werde ganz offen sein«, sagte ich. »Ich habe dich gebeten, zu Hause zu bleiben, weil ich mich heute mit meiner Exfreundin treffen werde. Sie war es, die gestern Abend angerufen hat.«

Natashas Gesichtszüge entgleisten für einen Moment, doch sie schaffte es schnell, wieder eine ausdruckslose Miene aufzusetzen. »Okay. Wo wohnt sie?«

»Natasha«, meinte ich. »Ich kann meinen Fahrer rufen, um mich hinzufahren. Du musst nicht...«

»Ich bin nur deine Praktikantin«, sagte sie. »Richtig? Wieso sollte es mir etwas ausmachen, dich zu deiner Exfreundin zu fahren?«

»Ich sage nur, dass du nicht musst. Du kannst den Tag freinehmen.«

»Nein«, sagte sie. Sie startete den Motor und fädelte sich in den Verkehr ein. Ich war fast dankbar, dass sie den Rest der Fahrt über schwieg.

Wir parkten am nördlichen Ende von Tribeca, stiegen aus und liefen los. Natasha sah sich um, bevor sie mir einen neugierigen Blick zuwarf. »Ist das nicht der Teil der Stadt, in der Leute wie Leonardo DiCaprio leben? Ist deine Ex ein Filmstar?«

»Nein«, sagte ich. Es war nicht leicht, aber es gelang mir, die Bitterkeit aus meiner Stimme herauszuhalten. »Um genau zu sein, war sie Kellnerin.«

Die Neugier in Natashas Miene vertiefte sich. »Und sie lebt hier?«

»Ja.«

»Okay, du hast gewonnen. Ich bin neugierig. Muss ich betteln oder dich erpressen? Glaub nicht, ich hätte mein zerrissenes Höschen vergessen? Soweit ich weiß, ist Zerstörung von Privateigentum vor Gericht eine große Sache.«

Ihre Worte versetzten mich sofort zurück zum gestrigen Abend... und augenblicklich spürte ich wieder den Rausch, den sie in mir ausgelöst hatte. Sie hatte so verdammt gut geschmeckt. Aber je mehr Zeit verging, desto mehr drängte sich mir das Gefühl auf, dass wir diese Erfahrung nicht wiederholen durften. Valeries Anruf war zum schlechtmöglichsten Zeitpunkt gekommen, und ich deutete ihn als eine Warnung des Universums, denselben Fehler nicht noch mal zu begehen.

Obwohl Natasha nichts mit Valerie gemein hatte. Trotzdem, es gab diverse Wege zum selben Ziel, und jeder dieser Pfade begann mit einer Beziehung oder einer Verpflichtung, die schließlich in dieselbe Sackgasse führten.

»Eigentlich gibt es nichts zu erzählen. Ich war dämlich und dachte, sie würde mich mögen. Letztendlich hat sich aber herausgestellt, dass sie nur mein Bankkonto mochte. Von dem sie sich auch großzügig bedient hat. Ich war der Trottel, der entschieden hatte, dass unsere Beziehung ernst genug war, um ihr zu vertrauen. Als sie endlich genug bekommen hatte, war es schon zu spät. Ich wollte sie nicht in einen Rechtsstreit verwickeln, weil das bedeutet hätte, auch ihre Tochter mit in die Sache hineinzuziehen.«

»Du hast eine Tochter?«, fragte Natasha und blieb abrupt stehen, um eine Hand auf meinen Arm zu legen.

»Nein«, sagte ich. »Caitlyn ist Valeries Tochter aus einer früheren Beziehung. Nächsten Monat wird sie neun.«

»Und du hast Valerie erlaubt, dich auszuplündern, um ihre Tochter zu beschützen? Himmel«, sagte sie fast zu sich selbst. »Caitlyn muss dir wirklich viel bedeuten.«

»Sie ist ein tolles Kind. Aber kein Richter würde mir jemals irgendwelche Besuchsrechte zugestehen.« Ich lachte leise, dann starrte ich auf den Boden und ging weiter. »Um ehrlich zu sein, ahnte ich schon lange davor, dass in meiner Beziehung mit Valerie etwas nicht stimmte; aber ich wusste auch, dass sie mir Caitlyn wegnehmen würde, wenn ich mich von ihr trennte. Sie ist ein sehr boshafter Mensch. Und sie wusste immer, wie sie mich am besten treffen kann.«

»Es tut mir leid. Ging es bei dem Anruf gestern darum? Will sie mehr Geld?«

Wieder überraschte es mich, wie scharfsinnig Natasha war. Es fiel leicht, nur das hübsche Gesicht und den fitten Körper zu sehen und zu glauben, sie wäre wie so viele andere Frauen in dieser Stadt – äußerlich hübsch und innerlich leer. Doch sie schaffte es immer wieder, mir zu zeigen, dass sie so viel mehr zu bieten hatte. »Mehr oder weniger«, sagte ich.

»Also lebt sie in Tribeca, bettelt aber immer noch um mehr Geld?«

»Weißt du was? Wieso kommst du nicht einfach mit rein. Ich glaube, wenn du es selbst siehst, fällt es dir leichter, alles zu verstehen.«

ELF

Natasha Valeries Wohnung war riesig. Es war die Penthouse-Suite in einem Gebäude, das früher einmal irgendeine Art von Fabrik gewesen war – wie die meisten Wohnhäuser in dieser Gegend. Irgendwann war ein Architekt des Weges gekommen und hatte die Industriegebäude entkernt, um sie zu etwas umzubauen, was in der Innenstadt von New York einer Villa noch am nächsten kam. Ich wand mich innerlich bei dem Gedanken, wie viel Geld Valerie Bruce abgenommen haben musste, um so zu residieren.

Bruce wirkte so kontrolliert und gefasst, als ich ihm durch die Lobby folgte. Es war unmöglich, mich nicht an den perfekten Körper unter diesem Anzug zu erinnern und daran, wie er mit seinem Kopf zwischen meinen Beinen gegrinst hatte. Die Erinnerung jagte heiße Schauder über meinen Körper.

Der zeitliche Abstand zu unserer sexuellen Begegnung hatte nur dafür gesorgt, dass ich mich noch verwirrter fühlte. Einerseits war ich immer noch beleidigt, weil er mich wegen eines Anrufs so plötzlich abserviert hatte. Ich hätte wenigstens eine Erklärung verdient gehabt. Er hätte wissen müssen, welche Unsicherheiten es in mir auslösen würde, einfach so weggeschickt zu werden, als hätte ich etwas falsch gemacht oder er das Interesse verloren.

Die Erklärung, die er mir auf dem Weg hierher geliefert hatte, war der erste Schritt in die richtige Richtung ... doch sie reichte nicht aus, um meinen inneren Konflikt zu befrieden.

Ich musste auch über den Artikel für Hank nachdenken. Und je mehr Zeit verging, desto verzweifelter wünschte ich mir, in dieser Sache endlich in irgendeiner Richtung voranzukommen. Ursprünglich war ich davon ausgegangen, dass es reichen würde, mich in Bruce' Nähe aufzuhalten, um irgendwelche Informationen aufzuschnappen, doch ich hatte bis jetzt nichts Nützliches in Erfahrung gebracht. Außerdem stellte ich jedes Mal, wenn meine Gefühle Teil der Gleichung wurden, infrage, ob ich einen Artikel schreiben konnte, der ihn verletzen würde. Wenn ich ehrlich war, wusste ich bereits, dass ich das nicht konnte – zumindest so, wie die Dinge gerade standen. Aber es war leichter, einfach weiterzumachen, als mich der Realität zu stellen.

Wenn ich den Artikel nicht schrieb, würde ich kein Geld bekommen – und den Artikel sausen zu lassen, würde außerdem bedeuten, die Position als Bruce' Praktikantin aufzugeben. Doch meine Story zu schreiben, hieße, Bruce aus meinem Leben zu verbannen. Ich wusste, dass ich dazu noch nicht bereit war. Aber die Uhr tickte. Meine Rechnungen würden nicht einfach verschwinden, und irgendwann würde ich etwas unternehmen müssen. Doch was sollte ich tun, wenn mir keine der möglichen Lösungen gefiel?

Bruce klopfte an die Tür zu Valeries Apartment und wartete. Ich lachte ein wenig nervös. »Was sie wohl denken wird, wenn sie mich sieht?«

»So wie ich Valerie kenne, werden wir das schnell erfahren.«

Die Tür schwang auf und gab den Blick auf eine Frau frei,

von der ich annahm, dass sie Valerie sein musste. Sie war ein wenig größer als ich, und ihr Haar strahlte in einem künstlichen Platinblond. Sie war atemberaubend. Es ärgerte mich, dass dieser Gedanke dafür sorgte, dass Eifersucht in mir hochkochte. Ich versuchte, mich davon abzuhalten, sie mir mit Bruce zusammen vorzustellen oder darüber nachzudenken, wie unscheinbar ich neben ihr wirken musste. Sie hatte eine perfekte kleine Stupsnase, volle Lippen, große Augen mit dichten, wunderbar geschwungenen Wimpern, eine breite Stirn und ein spitzes, schmales Kinn. Außerdem sah sie aus, als beschäftige sie einen Personal Trainer und äße niemals etwas anderes als Gemüse und Hühnchen.

Sie sah sofort an Bruce vorbei, um mich zu mustern. Ihr Blick glitt von meinen Füßen bis zu meinem Scheitel, dann wandte sie den Kopf ab. Sie hatte mich als unwichtig abgetan; hatte abgeschätzt, ob ich eine Bedrohung darstellte oder nicht, und hatte blitzschnell entschieden, dass das nicht der Fall war. Ich war nie jemand gewesen, der sich auf einen solchen Wettbewerb einließ – doch ein Teil von mir wollte ihr in diesem Moment mitteilen, dass ich eine größere Bedrohung war, als sie anzunehmen schien, weil Bruce zwischen meinen Beinen offenbar jede Menge Spaß gehabt hatte.

Aber das war dämlich. Und unreif. Ich drängte den Gedanken zurück und versuchte, mich wie eine Erwachsene zu benehmen. Sie war aus gutem Grund seine Exfreundin, und ich musste nicht mit ihr in Wettbewerb treten.

»Komm. Die Papiere liegen in der Küche«, sagte sie.

Bruce und ich folgten ihr. Im Vorbeigehen entdeckte ich ein kleines Mädchen, das mit großen Kopfhörern auf den Ohren und einem Tablet in der Hand auf dem Sofa lag. Das musste Caitlyn sein. Ich suchte in ihrem Gesicht nach Ähnlichkeiten mit Bruce, bevor mir wieder einfiel, dass sie gar nicht seine Tochter war. Und das war auch deutlich zu erkennen. Ihr biologischer Vater musste Latino-Blut besessen habe, denn Caitlyn sah aus wie eine gerade erst erblühende, exotischere Version ihrer Mutter, mit dunklem Teint und wunderbarem kastanienbraunem Haar.

Sie hob den Kopf, als sie Bruce bemerkte, dann lächelte sie breit, warf ihren Kopfhörer zur Seite und sprang vom Sofa, um sich in seine Arme zu werfen. Bruce lachte, als er sie in eine enge Umarmung zog, sodass ihre Wangen sich berührten. »Ich hab dich vermisst«, sagte er leise.

Valerie beobachtete alles mit verschränkten Armen und offensichtlich genervter Miene.

»Wieso bist du hier?«, fragte Caitlyn, als er sie wieder auf den Boden setzte. »Bleibst du eine Weile?«

»Tut mir leid, Kleine«, sagte er, ging in die Knie und schob ihr eine Haarsträhne hinters Ohr. »Diesmal nicht.«

In diesen wenigen Gesten und Sätzen sah ich eine ganz andere Seite von Bruce. Ich konnte sein Herz förmlich brechen hören. Und mir wurde klar, warum die Trennung ihn so tief getroffen hatte: Er liebte dieses kleine Mädchen wie seine eigene Tochter ... und Valerie hatte sie ihm nicht einfach nur weggenommen, sie verwendete Caitlyn als menschlichen Schild, um zu verhindern, dass Bruce Gerechtigkeit forderte.

Caitlyn senkte den Blick, doch gleichzeitig nickte sie.

»Komm«, sagte Valerie. »Ich habe in einer halben Stunde einen Termin.«

Ich rechnete damit, dass Bruce irgendetwas unternehmen oder zumindest einen bissigen Kommentar machen würde, wie er es bei mir immer tat, doch er folgte ihr einfach nur wortlos. Es fiel mir schwer, ihn so zu sehen. Anscheinend war er sich ihres Druckmittels ständig bewusst. Es spielte keine Rolle, ob das, was sie tat, richtig war oder falsch. Sie hielt ihm Caitlyns Wohlbefinden wie ein Messer an die Kehle. Ich konnte mir gut vorstellen, dass Valerie Caitlyn absichtlich verletzte, wenn Bruce ihr einen Grund dazu lieferte. Vielleicht nicht körperlich ... aber irgendetwas verriet mir, dass Valerie durchaus fähig war, emotionalen Schaden anzurichten.

Ich versuchte, einen Blick auf die Papiere zu erhaschen, die Bruce unterschreiben sollte. Es war ein dickes Dokumentenbündel. Er blätterte nur von Seite zu Seite, ohne irgendetwas genauer durchzulesen, und setzte an den entsprechenden Stellen seine Unterschrift aufs Papier. Valerie stand daneben und beobachtete ihn mit befriedigter Miene. Ich konnte erkennen, dass diese Szene sich nicht zum ersten Mal abspielte. Und sie war sich so sicher, dass er tun würde, was sie wollte, dass ich den Drang verspürte, ihr die Faust gegen die hübsche kleine Nase zu rammen.

Bruce unterschrieb auf der letzten Seite, legte den Stift weg und schob die Papiere zusammen, bevor er ihr einen fragenden Blick zuwarf. »War das alles?«

»Für den Moment. Du findest selbst nach draußen.«

Zwischen den beiden herrschte eine solche Kälte, dass ich mich dabei ertappte, wie ich zitternd die Arme verschränkte. Valerie ging mit klappernden High Heels davon und überließ es uns selbst, die Wohnung zu verlassen.

Als wir uns umdrehten, stand Caitlyn in der Tür. Sie beobachtete uns mit gerunzelter Stirn. »Du musst sie das nicht mit dir machen lassen, Bruce.«

»Ich weiß«, sagte er, strich ihr leicht über die Wange und lächelte sie an. »Aber es ist nur Geld, Kleine. Ich habe mehr davon, als ich brauche. Wenn es dafür sorgt, dass deine Mom glücklich ist und du keinen Ärger bekommst, macht mir das nichts aus.«

»Ich will bei dir leben«, brach aus ihr heraus.

An Bruce' Reaktion konnte ich ablesen, dass Caitlyn dieses Thema nicht zum ersten Mal ansprach. »Hey. Ich weiß, dass es manchmal schwerfällt, sie zu verstehen, aber Valerie ist deine Mom. Auf ihre eigene Weise liebt sie dich.« Er senkte die Stimme und lehnte sich ein wenig vor. »Ich würde dich sofort adoptieren, wenn ich könnte, aber ich habe quasi keine Chance, dich auf legale Weise von deiner Mom wegzuholen. Selbst wenn ich irgendeinen Grund dafür fände – woran ich zweifle –, würde ich damit höchstens erreichen, dass du vom Jugendamt abgeholt wirst. Und dann müssten wir darauf hoffen, dass ausgerechnet ich derjenige bin, der dich adoptieren darf.«

»Sie redet nicht mal mit mir. Sie drückt mir einfach nur diese dämliche Kreditkarte in die Hand und denkt, sie wäre die beste Mom der Welt. Ich hasse sie.«

»Hey«, sagte Bruce. »Sag so was nicht.« Er hielt inne, dann breitete sich ein Grinsen auf seinem Gesicht aus. »Zumindest nicht so laut.«

Caitlyn erwiderte sein Lächeln. Es brach mir fast das Herz, die beiden miteinander zu beobachten. Kein Wunder, dass Bruce so distanziert war. Dieses kleine Mädchen zu verlieren, musste sich angefühlt haben, als hätte man ihm das Herz aus der Brust gerissen und wäre darauf herumgetrampelt. Seine Gefühlskälte war wahrscheinlich einfach nur ein Schutzmechanismus. Wenn man alle von sich fernhielt, konnte man schließlich auch von niemandem verletzt werden.

»Bitte, mach irgendetwas«, sagte sie. »Mir ist egal, ob ich vor Gericht aussagen muss oder ...«

»Du bist immer noch hier!«, rief Valerie aus einem anderen Zimmer. »Geh. Jetzt.«

Mir fiel auf, dass sie mich seit ihrer Musterung demonstrativ ignoriert hatte, was in mir den dringenden Wunsch wachrief, dafür zu sorgen, dass diese Frau endlich bekam, was sie verdiente. Ich hatte keine Ahnung, wie ich das anstellen sollte, aber meine Abneigung gegen Valerie hatte meinen

Beschützerinstinkt geweckt. Es war seltsam, Bruce als jemanden zu sehen, der in irgendeiner Weise schutzbedürftig war, aber er war verletzt worden. Und er mochte ein Megastar der Geschäftswelt sein und in dieser Hinsicht immer alles unter Kontrolle haben, doch in diesem Bereich seines Lebens stand er nicht ganz oben. Er lag auf dem Boden, und jemand trampelte auf ihm herum.

Er umarmte Caitlyn noch einmal kurz zum Abschied und versprach ihr, sich bei ihr zu melden, dann verließen wir die Wohnung und das Gebäude.

»Ich bin ganz Caitlyns Meinung«, sagte ich. »Ich hasse sie.«

Bruce schenkte mir ein schiefes Grinsen. Er wirkte bereits wieder ein wenig mehr wie er selbst. Es war, als hätte in dieser Wohnung eine Aura geherrscht, die ihm jeden Kampfesmut genommen hatte ... und jetzt, wo wir sie verlassen hatten, kehrte seine Kraft zurück. »Sollen wir noch mittagessen gehen, bevor wir zurück ins Büro fahren?«, fragte er plötzlich.

Ich sah ihn überrascht an. »Was, wie bei einem Date?«

»Geschäftsessen«, sagte er eilig.

»Du zahlst mir kein Geld und lässt mich nichts tun, was auch nur ansatzweise wichtig wäre. Selbst wenn du es nicht Date nennst, nenne ich es so.«

Er brummte, widersprach mir aber nicht weiter.

Auf dem Weg zum Restaurant gelang es ihm, in einem Laden eine Banane zu finden, die seinen Ansprüchen genügte, und er aß sie im Gehen.

Ich sah auf die Uhr auf meinem Handy. »Wow. Wir sind mindestens eine halbe Stunde über deiner normalen Bananenzeit, Bruce. Ich verstehe nicht, wie du das ausgehalten hast.«

Er schenkte mir einen trockenen Blick. »Ich habe eine Routine, an die ich mich gerne halte, ja. Aber ich bin fähig, mich anzupassen.«

»Genau so hätte ein Roboter geantwortet.«

Kurze Zeit später fanden wir ein hübsches Diner. Bruce saß mir gegenüber an dem kleinen Metalltisch. Wir bekamen einen Korb voll fluffiger Brötchen und bestellten einen großen Salat für uns beide. Dazu nahm ich ein Wasser, weil ich mich auf keinen Fall noch mal so betrinken wollte, dass er mich nach Hause tragen musste. »Übrigens tut es mir leid«, sagte ich dann.

»Was? Es gibt inzwischen eine ziemlich lange Liste von Dingen, die du falsch gemacht hast, also musst du dich schon etwas präziser ausdrücken.«

»Sehr witzig. Ich entschuldige mich für heute. Es stand mir nicht zu, mich so in dein Leben zu drängen. Du wolltest, dass ich zu Hause bleibe. Ich hätte auf dich hören sollen.«

»Ich hätte dir auch sagen können, dass du im Auto warten sollst. Es war okay. Aus irgendeinem Grund wollte ich, dass du die beiden kennenlernst.«

»Sie zu treffen, hat mir tatsächlich dabei geholfen, zu verstehen, warum du dich meistens wie ein Arschloch benimmst. Ich würde das auch tun, wenn ich mich mit dieser Frau herumschlagen müsste.«

Er nickte. Er hatte sein Brot noch immer nicht angerührt, nahm sich aber etwas Salat. »Ich hasse nur den Gedanken, dass Caitlyn mit in diese Sache hineingezogen wird. Sie hätte ein so viel besseres Leben verdient.«

»Sie scheint ein tolles Mädchen zu sein.«

Er nickte. »Sie spielt Klavier und ist wirklich gut. Ich schleiche mich immer noch heimlich zu ihren Aufführungen, auch wenn ich mir die Heimlichkeit inzwischen wahrscheinlich sparen könnte. Ich habe Valerie schon seit Monaten nicht mehr bei solchen Terminen gesehen.«

»War Valerie immer schon ... *so?*«

»Ein kaltherziges Miststück?«, fragte er. »Nein. Sie hat es mehrere Jahre lang sehr gut geschafft, mich wie einen Idioten dastehen zu lassen. Ich war fest davon überzeugt, dass ich ihr etwas bedeute und sie eine gemeinsame Zukunft mit mir plant. Ich war mir nicht sicher, ob ich mich wirklich niederlassen und eine Familie gründen wollte. Aber Caitlyn war so ein liebes Kind. Valerie und ich kamen gut miteinander aus, selbst wenn keine Funken sprühten, wenn wir uns berührten, oder irgendwas. Wahrscheinlich fand ich einfach, es wäre gut genug.«

»Und hattest du so etwas schon einmal?«, fragte ich. »Die Sache mit den Funken?«

Er starrte einen Augenblick lang auf seinen Teller, bevor er mich ansah. »Bis zu diesem Zeitpunkt nicht. Nein. Ich habe gehört, wie andere sich darüber unterhielten, habe es aber selbst nie erlebt. Ich fing an zu glauben, dass die Leute einfach übertreiben.«

»Bis?«, hakte ich nach, obwohl meine Kehle plötzlich ganz trocken war.

Er lehnte sich vor und senkte seine Stimme zu einem heiseren Flüstern. »Bis ich dich im Pausenraum geküsst habe. Überall.«

Ein Schauder lief mir über den Rücken. Eilig griff ich nach meinem Wasserglas. »Ich mochte es auch.«

»Das ist ein wirklich überschwängliches Lob.«

Ich kaute auf meiner Unterlippe und stocherte mit meinem Strohhalm zwischen den Eiswürfeln herum. »Ich mochte es sehr«, sagte ich leise.

»Okay. Du wirst rot. Das akzeptiere ich.«

Ich schlug mir die Hände vors Gesicht, konnte aber nicht anders, als zwischen den Fingern hindurchzuspähen. »Ich schwöre, gewöhnlich bin ich nicht die errötende Jungfrau.

Du hast einfach ein Talent dafür, mich in Verlegenheit zu bringen.«

Genau in diesem Moment gelang es mir, mein Wasser so umzuwerfen, dass es sich über den Tisch und den Brotkorb ergoss. Ich richtete mein leeres Glas wieder auf und sah an die Decke, als könnte ein Engel von dort oben herabschweben und die Zeit für mich zurückdrehen. Vielleicht könnte er gleich eine ganze Woche löschen, wenn wir schon dabei waren.

Bruce zuckte nicht einmal zusammen. »Ich glaube, so lange wie heute hast du es noch nie ohne irgendeine schlimme Ungeschicklichkeit geschafft. Das war mindestens ein halber Tag.«

»Und ich glaube, du hast deine Routine noch nie so sehr durchbrochen wie heute«, meinte ich. »Ich schätze, wir befruchten uns gegenseitig.«

Bruce zog die Augenbrauen hoch. »Das ließe sich einrichten.«

Ich verstand nicht sofort, was er damit sagen wollte. Und als ich es endlich kapierte, wurde mir wieder ganz warm. »Was, wenn ich nicht dein Spielzeug sein will?«, fragte ich.

»Dann solltest du lieber kündigen ... weil ich dir nicht versprechen kann, dass ich nach gestern Abend die Finger von dir lassen werde.«

Nachdem Bruce mich an diesem Tag früher gehen ließ, schaute ich noch bei *Business Insights* vorbei. Es war das erste Mal seit einer Woche, dass ich Hank und Candace sah, und es fühlte sich wirklich seltsam an, zurück zu sein. Vor allem erinnert es mich daran, dass ich in Bezug auf meinen eigentlichen Job gerade kläglich versagte. Ich wich den meisten von Hanks Fragen über Bruce aus und tat so, als würde ich Fortschritte machen. Candace allerdings kannte mich zu gut, um dieselben Tricks bei ihr anzuwenden.

»Also?«, fragte sie. »Hast du schon Schmutz gefunden, oder wirst du nur schmutzig?«

Ich lehnte an ihrem Schreibtisch, während sie eine Locke ihres relativ kurzen Haares zwischen den Fingern zwirbelte.

»Kann schon sein, dass etwas passiert ist. Aber jetzt habe ich Zweifel.«

»An was?«

»An allem. An dem Artikel, den ich schreiben soll. Daran, ob es überhaupt etwas zu schreiben gibt. Was zur Hölle ich mit den Gefühlen anfangen soll, die ich gerade für Bruce Chamberson entwickle. Sollte ich das einfach weiterlaufen lassen?«

»Bitte Hank, dir einen anderen Auftrag zu geben, wenn du dich mit dem Artikel nicht wohlfühlst.«

»Um ihm und allen anderen damit zu beweisen, dass ich die ganzen Drecksaufträge verdient hatte, die ich bis jetzt bekommen habe?«

»Ist das wirklich deine größte Sorge?«

Ich seufzte. »Nein. Sollte es eigentlich sein, aber ich mache mir auch Sorgen, dass ich Bruce dann wahrscheinlich nie wiedersehen werde.«

»Dann sag Hank, dass es keine Story gibt. Damit hättest du nicht versagt, du hättest einfach deinen Job gemacht, und es gab schlicht nichts auszugraben.«

»Vielleicht... Aber was, wenn Hank beschließt, jemand anderen zu schicken, sobald ich den Auftrag zurückgebe, und derjenige doch etwas findet? Dann sähe ich noch inkompetenter aus.«

»Also... dann finde heraus, wie ernst dir die Sache mit Bruce ist. Wenn es dir ernst ist, dann gibst du den Artikel zurück und schreibst schrecklichen Mist, hast aber immerhin einen stinkreichen Freund. Und wenn du entscheidest, dass das mit euch nicht funktionieren wird, gräbst und gräbst du, bis du endlich etwas gefunden hast, worüber du deinen Artikel schreiben kannst. So. Problem gelöst!«

Ich lächelte. »Bei dir klingt das alles so einfach. Aber was passiert, wenn es nicht funktioniert und ich ihn trotzdem nicht schlecht dastehen lassen will, weil er kein so mieser Kerl ist, wie ich dachte?«

»Nun, dann steckst du in der Klemme, nehme ich an. Dann gibst du den Artikel zurück, und alles läuft wieder wie vorher, nur ohne den stinkreichen Freund.«

ZWÖLF

Bruce Ich hatte meine Routine. Training. Frühstück. Arbeiten. Banane. Mittagessen. Arbeiten. Dieser Ablauf war für mich fast zu einer Religion geworden. Ich sorgte dafür, dass mein Leben zu meiner Routine passte, nicht andersherum.

Natasha war jetzt fast zwei Wochen Teil meines Lebens und hatte bereits Wege gefunden, das zu ändern. Es war zehn Uhr morgens. Mit anderen Worten: Es war Bananenzeit – aber ich war nicht bei der Arbeit, und ich hielt keine Banane in der Hand.

Stattdessen stand ich mitten im Central Park und hielt eine Hundeleine. Die von Natashas Hund, um genau zu sein. Ich hatte vor Kurzem erfahren, dass das pummelige Tier auf den Namen Charlie hörte. Aus irgendwelchen Gründen hatte Charlie beschlossen, dass er mich mochte. Widerwillig kraulte ich ihm den faltigen Kopf, während er neben meinem Bein saß.

Wir beobachteten, wie Natasha vor einem Kerl in die Hocke ging, der auf einer Parkbank schlief. Er war vielleicht Ende zwanzig, Anfang dreißig und sah ziemlich heruntergekommen aus mit seiner dreckigen Kleidung und dem ungepflegten Dreitagebart, der nicht wirkte wie ein modisches Statement. Der Kerl setzte sich auf, sagte ein paar Worte und umarmte Natasha dann fest.

Anscheinend war das ihr Bruder. Sie hatte einen Anruf erhalten und mich plötzlich gebeten, sich mitten unter dem Arbeitstag ein paar Stunden freinehmen zu dürfen. Ich hatte versucht, mehr Informationen aus ihr herauszubekommen, aber sie hatte mir nur erklärt, dass ihr Bruder sie brauche.

Seltsamerweise hatte ich das Gefühl gehabt, sie begleiten zu müssen. Natasha neigte zu Unfällen und war ein Tollpatsch. Manchmal fehlte es ihr auf beängstigende Weise an gesundem Menschenverstand. Und je besser ich sie kennenlernte, desto mehr verspürte ich den Drang, jederzeit an ihrer Seite zu sein, um sie am Leben zu erhalten. Doch ich war nicht nur deswegen mitgekommen. Nachdem mir klar geworden war, wie aufgewühlt sie war, wollte ich auch für sie da sein.

Ich kraulte Charlie weiter den Kopf, während ich meinen Gedanken nachhing. Irgendwann in den letzten Tagen hatte ich aufgehört, Natasha zu hassen. Ich wusste nicht, wann es passiert war oder wie es dazu gekommen war. Die Vorstellung, wir könnten uns auf irgendeine Art von Beziehung einlassen, war offensichtlich lächerlich; doch nach und nach war das Bedürfnis, sie zu bestrafen, in den Wunsch übergegangen, sie aufzuziehen. Ich mochte es, wie sie zurückschoss, wenn ich sie auf den Arm nahm. Ich mochte es, wie sie es schaffte, unendlich viel sexuelle Energie in kleinste Gesichtsregungen zu legen. Und ich genoss es besonders, wie leicht sie zu durchschauen war.

Sie verzehrte sich danach, sich mir wieder hinzugeben, und ehrlich, ich verzehrte mich danach, sie zu nehmen. Das Einzige, was mich zurückhielt, war die verwirrende Frage, was ich eigentlich wirklich wollte. Aber wieso sollte mich das aufhalten? Wir waren beide erwachsen. Ich hatte meine Meinung neulich nach unserem geteilten Bananensplit absolut klargemacht. Ich wusste nicht, wohin diese Sache führte, und ich hatte nicht vor, ihr irgendwelche Versprechungen zu machen. Sicher wusste ich nur, dass ich sie noch einmal kosten wollte.

Aber gleichzeitig wurde ich immer noch von der Paranoia gequält, dass sich jede Frau, die sich für mich interessierte, als weitere Valerie entpuppen könnte. Sie wäre charmant und würde eine tolle Schauspielleistung abliefern, bis ich mich zum Narren machte und mich in sie verliebte. Dann würde sie Stück für Stück ihre Krallen in mich und mein Konto schlagen. Und sobald sie genug Druck ausüben konnte, würde sie sich so viel wie möglich schnappen und mich verlassen.

Ich konnte den Frust und den Verrat überleben. Konnte ich wirklich. Hätte es Caitlyn nicht gegeben, hätte ich Valerie nach wenigen Wochen überwunden gehabt – wenn nicht sogar schneller. Ich hätte einer Anwaltskanzlei ein unbegrenztes Budget zur Verfügung gestellt, bis sie wirklich bereute, dass sie je versucht hatte, mich auszunutzen.

Doch ich konnte die Vorstellung nicht ertragen, noch mal jemandem auf diese Weise in die Hände zu spielen.

Ich war ein Gewinnertyp. Ich war nicht besonders stolz darauf, und ich bildete mir auch nicht viel darauf ein. Es war eine Geschäftsstrategie, die nach und nach auch Einfluss auf mein Privatleben gewonnen hatte.

Manche Leute dachten, beim Gewinnen ginge es darum, eine Branche gut zu kennen oder Talent zu haben. Andere behaupteten, harte Arbeit mache den Unterschied. Meiner Meinung nach ging es um Selbstdisziplin. Und Selbstdisziplin war immer meine große Stärke gewesen. Sie war eine Klinge, die ich jeden Tag schärfte. Jedes Mal, wenn ich trainierte, obwohl ich müde war, oder aufstand, bevor die Sonne über den Horizont stieg. Jedes Mal, wenn ich länger im Büro blieb, obwohl ich lieber nach Hause gegangen wäre. All die

Male, wo ich mich dazu gezwungen hatte, konzentriert zu bleiben und zu lernen, statt zu faulenzen. Jede dieser Gelegenheiten hatte meine Selbstdisziplin gestärkt, bis sie ein perfektes Werkzeug war, das ich nach Belieben einsetzen konnte.

Außer, wenn es um Natasha ging.

Sie war eine Anomalie. Es spielte überhaupt keine Rolle, wie stark mein Wille war. Irgendwann wurde alles verdrängt von dem Verlangen, in ihrer Nähe zu sein, mit ihr zu lachen und sie einfach zu *genießen*. Ich konnte dagegen ankämpfen, ich konnte die Sache hinauszögern, aber ich konnte nicht gewinnen.

»Da kommt sie«, sagte ich zu Charlie, der auf eine etwas beunruhigende Art brummte, als ich ihn hinter den Ohren kraulte.

Natasha hielt die Schulter ihres Bruders umklammert, als hätte sie Angst, er könnte fallen, als sie vor mich trat. »Braeden, das ist Bruce. Bruce, das ist Braeden.«

Ich sah kurz auf seine dreckigen Hände, dann streckte ich ihm meine entgegen.

Er packte meine Finger mit diesem zaghaften Griff, der immer dafür sorgte, dass ich meine Hand zurückreißen wollte – weil es sich anfühlte, als schüttelte ich einen blutgefüllten Sack Haut ohne Knochen darin. Er sah nicht vom Boden auf, und ich konnte in seiner Körperhaltung deutlich die Scham erkennen.

»Brauchst du einen Ort, wo du wohnen kannst?«, fragte ich ihn.

»Es ist okay«, sagte Natasha. »Er wird bei mir wohnen. *Richtig?*« Sie stieß ihren Bruder an.

»Jep. Ich werde bei dir pennen, bis Mom und Dad mich holen kommen.«

»Hast du in deiner Wohnung genug Platz?«, fragte ich.

»Wir kommen schon klar. Wäre nicht das erste Mal.«

»Unsinn«, sagte ich. »Ich habe jede Menge Platz. Meine Wohnung hat zwei Stockwerke. Ihr beide könnt das Erdgeschoss haben, und ich wohne oben. Zumindest, bis eure Eltern Braeden holen.«

»Das ist ein wirklich großzügiges Angebot, Bruce, aber ich verstehe nicht, wieso du mich ebenfalls dort haben willst«, meinte Natasha.

Ich versuchte verzweifelt, eine schnelle Antwort zu finden, die nichts damit zu tun hatte, dass ich sie einfach bei mir haben wollte, und versagte kläglich. »Na ja, mein Angebot steht. Willst du bei mir wohnen, Braeden? Kost und Logis sind frei. Du wirst sicher Spaß haben.«

Endlich sah er auf und schenkte mir ein zögerliches Lächeln. »Hast du Wi-Fi?«

Ich lieh Braeden ein paar Klamotten und wies ihm das Gästezimmer zu. Natasha und ich standen im Wohnzimmer meiner Wohnung, während Braeden duschte.

»Das war wirklich nett von dir. Vielen Dank«, sagte sie.

»Schon okay. Ich bin sowieso kaum hier. Er wird mich nicht stören.«

Sie runzelte die Stirn und senkte den Blick, während sie an ihrem Ärmel herumspielte, als stände sie kurz davor, eine wichtige Entscheidung zu treffen.

»Was ist los?«, fragte ich.

Sie zögerte. »Nichts. Hey«, sagte sie eilig, »du hattest deine Banane heute noch gar nicht. Soll ich losziehen und dir eine holen?«

»Glaubst du, du kannst eine finden, die meinen Anforderungen entspricht?«

Sie verdrehte die Augen. »Das ist nicht gerade Astrophysik. Willst du jetzt eine Banane oder nicht?«

»Ja«, antwortete ich. Wie aufs Stichwort begann mein

Magen zu knurren. Die Wahrheit war, dass ich bereits schlechte Laune bekam.

Natasha ging. Ich dagegen stellte fest, dass ihr Bruder schon die ersten Dinge durcheinandergebracht hatte. Ich schob den Polsterhocker wieder in eine Linie mit dem Sofa. Ich rückte ein Bild gerade, das schief hing, weil Braeden gegen die Wand gestoßen war. Ich ging zum Kühlschrank und stellte sicher, dass alles an seinem Platz war, schließlich hatte ich ihm angeboten, dass er sich alles nehmen konnte, was er wollte.

Das Aufräumen machte mir nichts aus. Ich hatte dabei immer eine gewisse Ruhe empfunden. Das war meine Art der Meditation. Ich fragte mich, ob das Anteil daran hatte, dass ich es so mochte, mit Natasha zusammen zu sein. Sie sorgte dafür, dass ich ständig etwas in Ordnung zu bringen hatte. Aber ich war mir nicht sicher, ob es das war. Vielleicht war es gar nicht so kompliziert. Vielleicht genoss ich einfach, dass sie so authentisch war. Sie versuchte nicht, sich bei mir einzuschmeicheln oder Dinge zu beschönigen. Sie war mir gegenüber absolut ehrlich, und das sorgte dafür, dass ich wirklich glauben wollte, dass sie keine Hintergedanken hegte.

Sie war eine Frau, der ich vertrauen konnte.

DREIZEHN

Natasha »Ist das dein Ernst?«, fragte Braeden. Wir saßen in Bruce' Gästezimmer. Bruce hatte zu einem Meeting ins Büro gemusst, nachdem ich ihm die Banane gebracht hatte, aber er meinte, ich solle mir so viel Zeit lassen, wie ich brauchte, bevor ich zurück in die Arbeit kam. Und jetzt hatte ich Braeden gerade die Misere geschildert, in der ich wegen des Auftrags von Hank steckte.

»Ja. Aber vermutlich spielt es keine Rolle. Ich glaube, Bruce hat keinerlei Dreck am Stecken. Und selbst wenn ich etwas gefunden hätte, könnte ich den Artikel wahrscheinlich sowieso nicht schreiben. Ich würde es nicht übers Herz bringen, ihn zu betrügen.«

»Was, wenn er es trotzdem herausfindet?«

»Wird er nicht. Ich erzähle es dir nur, weil Mom und Dad davon wissen. Ich war mir nicht sicher, ob sie es dir gegenüber erwähnt haben und du dich vor Bruce verplappern könntest. Also verrat ihm nichts davon, ja? Ich glaube, ich mag den Kerl wirklich, und ich will das nicht in den Sand setzen. Ich nehme an, ich muss einfach nur den richtigen Zeitpunkt finden, es ihm selbst zu sagen.«

»Ja, ja. Schon kapiert.«

Ich sah meinen Bruder an und seufzte. Gott sei Dank hatte er geduscht. Ihn so heruntergekommen im Park zu sehen, hatte mir fast das Herz gebrochen. »Was hast du dir nur dabei gedacht?«, fragte ich. »Du hast Mom und Dad erzählt, du wärst bei mir, aber ich habe nicht mal eine SMS von dir bekommen. Hast du wirklich geglaubt, du könntest einfach für eine Woche oder so als Obdachloser durchkommen, bis unsere Eltern bereit sind, dich wieder aufzunehmen?«

Er wandte den Blick ab und spielte an der Decke des Bettes herum, auf dem wir saßen. »Ich habe gedacht, wie schrecklich es von mir ist, dir ständig so zur Last zu fallen. Schau mich doch an, Nat. Ich bin ein erwachsener Mann und habe absolut nichts vorzuweisen. Meine größte Leistung ist meine Pokémon-Sammlung – und ja, ich weiß, wie absolut jämmerlich das klingt. Mom und Dad sind mich leid. Ich weiß, dass du das niemals zugeben würdest, aber ich bin mir sicher, dir geht es genauso. Ich bin mich selbst leid. Ich bin es leid, ein Versager zu sein, aber gleichzeitig fühlt es sich an, als wäre es zu spät, um etwas daran zu ändern.«

Ich legte ihm die Hand aufs Knie. »Hey. Du bist kein Versager. Du hast nur einfach dein Ding noch nicht gefunden. Okay? Also hör auf, dich zu geißeln. Und bitte rede dir nie wieder ein, dass ich dich lieber wie einen Obdachlosen im Park aufsammle, als mit deinem Chaos in meiner Wohnung klarzukommen. Du bist eine Nervensäge, aber du bist *meine* Nervensäge. Und ich werde immer da sein, um mich um dich zu kümmern, wenn du mich brauchst.«

»Wäre das ein schlechter Zeitpunkt, um dich um ein wenig Geld zu bitten?«

Ich zog einen Fünf-Dollar-Schein aus der Tasche, den ich eigentlich selbst brauchte, und drückte ihm das Geld in die Hand. »Erzähl mir erst gar nicht, wofür es ist. Mehr kann ich dir im Moment nicht geben. Bruce bezahlt mich nicht.«

»Was?«, fragte Braeden und gab mir den Schein zurück.
»Dieser Kerl lebt in einer verdammten Villa, und er zwingt dich dazu, umsonst zu arbeiten?«

»Es ist ein Praktikum.«

»Das ist genau der Grund, warum ich chronisch arbeitslos bin, ist dir das bewusst? Lass mich raten. Du sollst so lange für ihn arbeiten, wie er es für richtig hält, und einfach darauf hoffen, dass er dich irgendwann mit einem Job belohnen wird?«

»Ich glaube, so ist es gedacht, ja. Aber das spielt keine Rolle. Eigentlich nicht. Ich arbeite ja nur wegen des Artikels bei Galleon, schon vergessen?«

»Stimmt. Den Artikel, den du nicht schreiben wirst, weil du ein solcher Softie bist.«

»Selbst wenn ich kein Softie wäre, würde es da vermutlich gar nichts geben, worüber ich schreiben könnte. Bruce ist einfach ein Kerl, der sehr gut ist in dem, was er tut. Er ist nicht korrupt.«

»Ah, ein klassischer Fall von Schwanz vor den Augen.«

»Zuerst einmal: Igitt. Zum zweiten: Ich glaube, ich muss mich übergeben, wenn ich noch mal höre, wie mein Bruder von Schwänzen redet.«

»Schwanz vor den Augen«, fuhr er ganz sachlich fort, als hätte er mich gar nicht gehört, »ist ein weithin bekanntes Phänomen, bei dem die Frau die Tatsache übersieht, dass der Mann ein *Arsch* ist, weil er einen *Schwanz* hat, in dessen Genuss sie kommen will.«

Ich steckte mir die Finger in die Ohren und tat so, als müsste ich würgen. »Bitte. Bitte. Ich werde dir meine Wohnung überlassen, wenn wir dieses Gespräch jetzt einfach beenden und so tun, als hätte es nie stattgefunden.«

»Verlockendes Angebot. Gehören all deine unbezahlten Rechnungen mit zum Paket?«

»Idiot«, sagte ich. »Ja, gehören sie.«
»Dann kannst du deine Schuhschachtel behalten, und ich bleibe ein Versager. Klingt das nach einem Deal?«

Bruce' Terminplan war voller Meetings. Braeden wohnte inzwischen schon seit drei Tagen bei ihm, und ich musste zugeben, dass ich bis jetzt jeden Tag irgendeine Ausrede gefunden hatte, um vorbeizukommen und nach meinem Bruder zu sehen. Außerdem eröffnete mir das die Möglichkeit, Bruce außerhalb seines natürlichen Elements zu erleben. In seiner Wohnung benahm er sich etwas anders. Er wirkte ein winziges bisschen weniger angespannt, blieb aber insgesamt der Kontrollfreak, den ich inzwischen so mochte.

Im Moment war es fünf Minuten vor der Bananenzeit, aber Bruce hing immer noch in seiner Sitzung fest. Ich hatte beschlossen, mich nützlich zu machen und ihm die Banane in den Konferenzsaal zu bringen, also wanderte ich Richtung Pausenraum. Ich schnappte mir die Banane, auf der auf allen verfügbaren Oberflächen sein Name in dicken schwarzen Lettern prangte.

»Ich sehe, dass Sie keine Angst mehr davor haben, die Banane des Chefs anzufassen«, sagte eine weibliche Stimme. Ich sah zum Tisch und glaubte, die Frau zu erkennen, die mir vor ungefähr einer Woche unterstellt hatte, ich würde mit Bruce schlafen. Glücklicherweise war sie die einzige andere Person im Raum.

Um den peinlichen Moment zu überspielen, nahm ich die Banane und musterte sie genau, als könnte sie mir auf magische Weise eine Antwort liefern. »Ausschließlich mit seiner Erlaubnis«, sagte ich dann, nur um sofort das Gesicht zu verziehen, als mir klar wurde, wie zweideutig meine Worte klangen. Aber wahrscheinlich war es einfach nicht möglich, ohne Zweideutigkeit über die Banane eines Mannes zu reden.

»Oh, nun, es ist nett, dass er Sie darum bittet. Aber nachdem Sie immer noch Praktikantin sind, scheinen Sie es nicht ganz richtig zu machen.«

In diesem Moment dachte ich ernsthaft darüber nach, wortlos zu gehen. Es schien mir sinnlos, mich auf ihr Niveau herabzulassen, da es offensichtlich war, dass sie einfach nur fies sein wollte. Es wäre nicht richtig, auf so etwas zu reagieren. Aber im Moment war mir nicht danach, das Richtige zu tun, also trat ich einen Schritt vor.

»Sie machen sich wirklich viele Gedanken über Bruce' Sexleben. Möchten Sie, dass ich ihm sage, dass Sie interessiert sind? Er sitzt gerade in einem Meeting, aber ich gehe sowieso rein. Ich könnte ihm ausrichten, dass Sie hier auf ihn warten. Soll ich?«, fragte ich übermäßig freundlich.

Ihre Lippen wurden schmal, dann stand sie auf und stürmte aus dem Raum. Ja, es war jämmerlich, mich auf ihre Gehässigkeiten einzulassen, aber gleichzeitig empfand ich auch eine tiefe Befriedigung. Wenn sie unbedingt mehr über mein kaum existentes Sexleben erfahren und mir schmutzige Dinge unterstellen wollte, hatte sie es nicht anders verdient.

So leise wie möglich öffnete ich die Tür zum Sitzungssaal, weil ich mir mit der Banane in der Hand ein wenig dumm vorkam. Um den Tisch verteilt saßen mehrere ernst wirkende Männer in teuren Anzügen. Bruce saß neben William. Der Anblick traf mich immer noch, weil es war, als sähe man ein verzerrtes Spiegelbild von Bruce – aus einer Dimension, in der er kein Perfektionist war.

Bruce beäugte die Banane, doch es war William, der als Erstes sprach.

»Sag mal, Bruce«, meinte er. »Wieso hat deine Praktikantin jedes Mal, wenn ich sie sehe, deine Banane in der Hand?«

Bruce räusperte sich, und alle außer William begannen

gleichzeitig, unangenehm berührt auf ihren Stühlen herumzurutschen.

»Tut mir leid«, sagte ich. »Ich wollte nicht stören, aber ich weiß auch, dass du ohne die hier schlechte Laune bekommst.«

»Danke, Natasha.« Sein Blick senkte sich auf die Hand, in der ich die Banane hielt, und die Art, wie er die Augenbrauen hochzog, als ich sie ihm reichte, gab mir das Gefühl, etwas Sexuelles zu tun.

Ich richtete mich auf und strich meinen Rock glatt, weil alle Anwesenden mich anstarrten. Ich nickte einmal abgehackt, ging zur Tür, griff nach dem Türgriff und zog. Doch es tat sich nichts. Ich stieß ein Geräusch aus, das irgendwo zwischen einem nervösen Lachen und einem verzweifelten Stöhnen lag, und zog fester. Das versuchte ich noch dreimal, bevor ich zurücktrat, frustriert schnaubte und mich dann hilflos zu Bruce umdrehte.

Er stand auf, ging zur Tür und *drückte*.

»Oh«, sagte ich. »Drücken, nicht ziehen, hm?« Damit eilte ich aus dem Raum, bevor irgendjemand etwas sagen konnte, um sofort zur nächsten Toilette zu rennen und mich dort zu schämen.

Eine halbe Stunde später spürte Bruce mich in meinem Versteck im Kopierraum auf. Ich »arbeitete« jetzt seit zwei Wochen hier und hatte immer noch keinerlei Aufgaben. Es trieb mich in den Wahnsinn. Ich fuhr Bruce ins Büro und zurück. Ich begleitete ihn zu Geschäftsessen. Aber davon abgesehen war ich dazu gezwungen, durchs Büro zu wandern und Beschäftigung vorzutäuschen.

Am einfachsten war es, mir irgendein Dokument von einem der Schreibtische zu schnappen und es ein paarmal zu kopieren. Dann konnte ich diesen Stapel von einem Ende des Büros zum anderen tragen, bis es wirklich etwas zu tun gab.

Es war lächerlich, und Bruce wusste das auch, weil ich

mich vor ein paar Tagen endlich bei ihm beschwert hatte. Der selbstgefällige Mistkerl hatte mir nur erklärt, dass er es genieße, sich die »lustigen kleinen Aktionen« anzusehen, die ich mir so ausdachte, um beschäftigt zu wirken.

»Hm«, hörte ich Bruce sagen, als er hinter mich trat. »Hundert Kopien von einer Rechnung für Ballaststoff-Pillen von Amazon. Ja, es ist sofort ersichtlich, wieso dieses Dokument im gesamten Büro verteilt werden sollte.«

Ehrlich, ich hatte mir nicht mal angeschaut, was ich mir da vom Schreibtisch genommen hatte. »Sag mir die Wahrheit«, forderte ich, ohne auf seine Stichelei einzugehen. »Habt ihr noch darüber geredet, wie dämlich ich gewirkt habe, nachdem ich den Raum verlassen habe?«

Er schmunzelte. »Ja. Zwei Milliardäre aus Japan und alle Führungskräfte der größten Pharmafirma der westlichen Welt haben ihr Meeting unterbrochen, um über die ungeschickte Praktikantin zu reden.«

Ich starrte ihn böse an, doch gleichzeitig empfand ich auch Erleichterung. »Du musst nicht so sarkastisch sein.«

»Ich war nicht sarkastisch. Wir haben das Meeting wirklich unterbrochen, um darüber zu reden. Mr Kyoto war besonders amüsiert.«

»Was?«

Bruce lächelte. »Jetzt ziehe ich dich nur auf. Niemand hat darüber geredet, Natasha. Sie haben es kaum bemerkt.«

»Das bezweifle ich ernsthaft, aber vielen Dank. Hör mal, Bruce, da ist etwas, was ich dir schon eine Weile sagen wollte.«

»Mir geht es genauso.« Er sah über die Schulter und bemerkte eine Gruppe von Frauen, die Richtung Kopierraum kam. »Komm. Wir können uns in meinem Büro unterhalten.«

Sobald wir dort waren, drehte Bruce sich um, sodass ich quasi zwischen der Tür in meinem Rücken und seinem Körper vor mir gefangen war.

»Ich wollte dir sagen ...«
»Ich zuerst«, unterbrach er mich.
Sein Tonfall gestattete keinen Widerspruch. Genauso der Blick in seinen Augen. Es war derselbe Blick wie nach unserem Bananensplit, direkt bevor er mir die Kleidung vom Leib gerissen und mir den besten Orgasmus der Welt verschafft hatte.
»Ich kann nicht mehr so tun, als würde ich das nicht wollen.«
»Das?«, fragte ich atemlos. »Du musst dich schon etwas genauer ausdrücken. Du könntest über ein Auto sprechen, das du bei einem Händler gesehen hast. Oder, so wie ich dich kenne, über eine Banane.«
»Dich. Ich will mir nichts mehr vormachen. Ich will dich, Natasha. Du sorgst dafür, dass ich wieder sein will, wie ich einmal war. Dass ich meine Schutzschilde senken und das Leben genießen will.«
Ich schluckte schwer. Ich musste es ihm erzählen. Ich hatte nicht mal mehr vor, den Artikel zu schreiben, wie schlimm konnte es da schon sein, die Wahrheit zu gestehen; ihm zu erzählen, dass ich ursprünglich hier angefangen hatte, um Schmutz über ihn auszugraben, dass ich mich aber sehr schnell dazu entschlossen hatte, es nicht zu tun? Das musste doch etwas zählen, oder?
Meine Gedanken wanderten zurück zu dem Gespräch, das wir nach unserem Besuch bei Valerie geführt hatten; in dem er mir erklärt hatte, dass er mich für etwas Besonderes hielt, weil er das Gefühl hatte, mir vertrauen zu können.
Er hatte es verdient, die Wahrheit zu erfahren, doch eine miese kleine Stimme in meinem Kopf flüsterte mir zu, dass ich sicher einen besseren Zeitpunkt finden konnte. Dass sich vielleicht eine Gelegenheit ergeben würde, die so perfekt war, dass er es einfach verstehen musste. Ich würde es ihm sagen.

Auf jeden Fall. Aber vielleicht war das gerade nicht der richtige Moment dafür.

»Was, wenn ich nicht weiß, was ich will?«, fragte ich.

»Dann kannst du dich entweder den gesamten Rest deines Lebens fragen, ob es funktioniert hätte, oder du kannst es herausfinden.«

Plötzlich geschah dasselbe wie an dem Abend, an dem wir uns geküsst hatten – es war, als würde sich die Welt um uns herum auflösen, während ich Bruce plötzlich schärfer sah, intensiver wahrnahm. Die vollen Lippen. Die wunderschönen Augen. Seinen frischen, sauberen Geruch.

»Und was, wenn wir verschiedene Schlussfolgerungen ziehen?«, fragte ich. »Was, wenn ich entscheide, dass ich dich will, du das aber anders siehst?«

»Was, wenn ich es leid bin, Fragen zu beantworten, und dich einfach wieder kosten will?«

Ich erlaubte einem Lächeln, über meine Lippen zu huschen, bevor ich mich vorlehnte und ihn küsste. Und der Kuss war genauso wunderbar wie in meiner Erinnerung. Sogar noch besser. Seine Zunge spielte erst langsam mit meiner, doch dann entwickelte sich die Sache schnell von vorsichtig und forschend zu hungrig und verzweifelt. Er ließ seine Hände über mein Haar und meine Bluse gleiten, über meinen Rock nach unten. Er erkundete jede Stelle, die ihn interessierte, und nahm sich so viel, wie er wollte.

Unsere Körper pressten sich aneinander. Ich spürte seine Erektion, als er mich hochhob und gegen die Tür drückte, mich küsste und sich gleichzeitig an mir rieb. Ich versuchte, nicht zu keuchen oder aufzuschreien, wie mein Körper es eigentlich verlangte. Ich wusste, dass die Sekretärin vor dem Büro saß und jederzeit Leute kommen konnten, die ihn sehen wollten.

»Weißt du«, sagte ich zwischen zwei Küssen. »Ich glaube, ich schulde dir nach dem letzten Mal noch etwas.«

»Du schuldest mir gar nichts. Ich habe es mehr genossen als du. Das verspreche ich dir.«

Er küsste meinen Hals und mein Ohrläppchen. Mit jeder Berührung brannte das Feuer in meinen Adern heißer. »Kannst du nicht einfach so tun, als würdest du es von mir erwarten? Oder muss ich betteln?«

»Was soll ich erwarten?«, fragte er und hob leicht den Kopf, sodass ich das sündhafte Lächeln auf seinen Lippen erkennen konnte.

»Dass ich den Gefallen erwidere«, sagte ich.

»Du wirst dich schon genauer ausdrücken müssen.«

Mistkerl. »Einen Blowjob.«

»Hm. Wenn du es so dringend willst, werde ich dich wahrscheinlich nicht davon abhalten.«

Frustriert schlug ich nach ihm, doch er fing mein Handgelenk ein und sah mir so tief in die Augen, dass ich das Gefühl hatte, dahinschmelzen zu müssen, bis nichts mehr von mir übrig blieb als eine Pfütze. »Bettele. Sag mir, wie dringend du meinen Schwanz willst, und *vielleicht* gebe ich ihn dir dann.«

Mein Stolz löste sich in Luft auf. Hier ging es nicht um Erniedrigung oder Selbstrespekt. Hier ging es um Lust. Es würde ihn heiß machen, zu hören, dass ich seinen Schwanz so dringend wollte, dass ich bereit war, auf die Knie zu fallen und darum zu betteln. Als ich Bruce ansah – die Art, wie er mit diesen breiten Schultern und dem perfekten Gesicht über mir aufragte –, wollte ich nichts dringender, als ihm Vergnügen zu bereiten. Es fiel mir fast schwer zu glauben, dass ein Mann wie er mir ausgeliefert war. Das Machtgefühl war berauschend.

»Bitte«, sagte ich ein wenig verlegen. »Lass mich deine Banane noch einmal in den Mund nehmen.«

Ich hatte damit gerechnet, dass er grinsen oder lachen würde, doch Bruce trat nur einen Schritt zurück, legte die

Hände auf meine Schultern und drückte mich nach unten auf die Knie. Als er keine Anstalten machte, seine Hose zu öffnen, ging ich davon aus, dass er das von mir erwartete. Anscheinend machte ihn der Gedanke, dass ich mich förmlich nach ihm verzehrte, wirklich heiß. Zu seinem Glück verzehrte ich mich tatsächlich nach ihm, also musste ich nicht mal schauspielern. Ich musste mich einfach nur gehen lassen und versuchen, mein Hirn auszuschalten, damit sich mein Körper nehmen konnte, was er wollte.

Also biss ich mir auf die Unterlippe und warf all meine Hemmungen über Bord. Ich erlaubte dem drängenden, fast unerträglichen Verlangen, an die Oberfläche zu kommen, und ließ mich davon beherrschen.

VIERZEHN

Bruce Sie sah aus wie eine Göttin, wie sie da vor mir kniete. Kastanienbraunes Haar und atemberaubende, große braune Augen. Doch ich konnte den Blick nicht von ihren Lippen losreißen. Diesen vollen, perfekten Lippen, die für Unglaubliches geschaffen waren.

Sie lehnte sich vor und fing zu meiner großen Überraschung den Öffner meines Reißverschlusses mit der Zunge ein, um ihn verführerisch gegen ihre Zähne zu drücken. Sie versuchte, ihn nach unten zu ziehen, doch auf typische Natasha-Art rutschte er sofort wieder aus ihrem Mund. Ihre Wangen wurden rot, was mich nur noch mehr anturnte.

Es grenzte schon fast an Wahnsinn, aber ich war nicht nur verrückt nach ihren guten Eigenschaften – ihrer Intelligenz, die dafür sorgte, dass sie sogar erfahrene Geschäftsleute mit einsichtigen Erkenntnissen oder genialen Ideen überraschen konnte; ihrer Freundlichkeit und der Tatsache, dass sie jeden anderen wichtiger nahm als sich selbst; oder der Art, wie es ihr gelang, mich vergessen zu lassen, wie verbittert ich war und dass ich den Großteil meines Lebens damit verbracht hatte, Mauern um mich herum zu errichten. Natasha hatte stolpernd, taumelnd und ungeschickt all meine Schutzmechanismen unterlaufen, in einer perfekt choreografierten Mischung aus Tollpatschigkeit und Schicksal.

Nein, ich fühlte mich nicht nur von ihren guten Seiten angezogen. Ich liebte sogar die Tatsache, dass sie eine wandelnde Katastrophe war. Das war erfrischend und liebenswert. Ihre unendliche Verlegenheit nach jedem Unglück machte mich ebenfalls unglaublich an. Und im Moment war ich mir sicher, dass ich einfach explodieren würde, wenn sie nicht einen Weg fand, die Sache zu beschleunigen und irgendwie meinen Reißverschluss zu öffnen.

Beim zweiten Versuch klemmte sie sich den Öffner zwischen die Zähne, ohne die Zunge mit in die Gleichung zu nehmen. So schaffte sie es, den Reißverschluss nach unten zu ziehen, auch wenn ihre Entschlossenheit, nicht loszulassen, dafür sorgte, dass ihre Miene weniger sexy als vielmehr eine Grimasse war.

»Du darfst für den Knopf gerne deine Hände benutzen... außer, du bist unglaublich talentiert.«

Sie zog eine Augenbraue hoch, sodass ich für eine Sekunde glaubte, sie würde tatsächlich versuchen, den Knopf meiner Hose mit dem Mund zu öffnen. Stattdessen warf sie alle Zurückhaltung über Bord und riss meine Hose zusammen mit den Boxershorts regelrecht nach unten. Das war so heiß. Wäre ich nicht nach dem ersten Kuss bereits steinhart gewesen, wäre ich es spätestens jetzt, als ich sah, wie dringend sie das hier wollte.

Sie umfasste die Wurzel meiner Erektion mit der Hand. Selbst diese leichte Berührung sorgte schon dafür, dass ich mich anspannte. Sie sah zu mir auf und verzog ihre vollen Lippen zu diesem schelmischen Lächeln, das ich schon so oft gesehen hatte.

»Ist das ein schlechter Zeitpunkt, um dir zu sagen, dass ich so was noch nie gemacht habe?«

»Solange du ihn nicht behandelst wie eine Banane und versuchst, mal reinzubeißen. Nein. Absolut kein schlechter Zeitpunkt.«

»Du sagst mir, wenn ich etwas falsch mache?«, fragte sie.

Auch ihre plötzliche Verletzlichkeit war unglaublich sexy. Ich schüttelte den Kopf. »Natasha. Solange du deine Lippen um meinen Schwanz schließt, gibt es nichts, was du falsch machen könntest. Vertrau mir.«

»Ich glaube, du unterschätzt meine Fähigkeit, etwas falsch zu machen.«

»Lutsch einfach meinen Schwanz«, sagte ich grinsend, bevor ich ihren Kopf nach vorne zog, bis ihre Lippen an meiner Haut lagen.

Entweder sie log, wenn sie behauptete, sie hätte noch nie jemandem einen geblasen, oder sie war ein Naturtalent. Ich ging davon aus, dass es auch noch eine dritte Möglichkeit gab: dass ich nun schon so lange davon träumte, mit ihr zu schlafen, dass es mich wahrscheinlich sogar heiß gemacht hätte, sie beim Lesen zu beobachten.

Ich vergrub meine Hand in ihrem Haar, aber ich lenkte ihre Bewegungen nicht und versenkte mich auch nicht tiefer in ihrem Mund. Das war ihr erstes Mal, und ich wollte, dass sie die Kontrolle übernahm. Zuerst konzentrierte sie sich vollkommen darauf, mich in den Mund zu nehmen. Ich konnte den Druck ihrer Lippen spüren, als sie den Kopf vor und zurück bewegte, während ihre warme, glatte Zunge über die Unterseite meines Schwanzes glitt. Ihre Hände lagen an meinen Oberschenkeln, die Finger waren in meiner Haut vergraben. Ich liebte die Art, wie sie währenddessen die Stirn runzelte, als genieße sie das alles genauso sehr wie ich und wäre gleichzeitig ziemlich überrascht davon.

Sie löste eine Hand von meinem Bein, um meinen Schwanz direkt hinter ihren Lippen mit den Fingern zu umschließen und mir einen runterzuholen, während sie mich mit dem Mund verwöhnte. Die zusätzliche Reibung ließ mich den Kopf in den Nacken werfen und die Zähne zusammenbeißen. Verdammt, sie fühlte sich so gut an. Und ich wusste, wenn sie so weitermachte, würde ich nicht mehr lange durchhalten.

Ich verstärkte meine Folter noch weiter, indem ich den Hals reckte, um zu sehen, wie ihr Rock sich an die Kurven ihrer Hüften und ihres Hinterns schmiegte. Mit jeder Bewegung ihrer Hand konnte ich beobachten, wie sich ihre Brüste in ihrem Ausschnitt hoben und senkten, was mich dazu brachte, die Augen fest zu schließen, um ihren Mund nicht augenblicklich mit meinem Sperma zu füllen.

»Okay, okay«, sagte ich eilig. Ich wollte noch nicht kommen – weil ich sie nehmen wollte. Es fühlte sich an, als wartete ich seit unserer ersten Begegnung darauf, mich in ihr zu versenken. Ich wollte in ihr kommen, selbst wenn ich dabei ein Kondom trug. Ich brauchte es so dringend, dass es fast wehtat. »Du musst aufhören, oder ich werde kommen«, protestierte ich wieder, diesmal schon etwas panischer.

Sie wurde nicht langsamer. Wenn überhaupt, schienen meine Worte sie zu ermuntern.

»Natasha ... verdammt«, stöhnte ich. Inzwischen ließ sie ihre Zunge um meinen Schwanz kreisen und liebkoste mich mit beiden Händen. Mit einer holte sie mir einen runter, während sie mit der anderen meine Hoden massierte. Sie bewegte ihren Kopf jetzt so schnell, dass ich ein Schmatzen hören konnte, was vielleicht das erotischste Geräusch war, das ich je gehört hatte. Es war ursprünglich und schmutzig. Und der Gedanke, dass der Mund der anständigen kleinen Natasha an meinem Schwanz diese Geräusche erzeugte, war der Tropfen, der das Fass zum Überlaufen brachte.

Mein gesamter Körper versteifte sich. Mir stockte der Atem,

und ich presste die Augen zu. »Ich komme«, stieß ich hervor. Das war die letzte Warnung für sie. Doch sie schloss ihre Lippen nur fester um mich, als mache sie sich Sorgen, ihr könne auch nur ein Tropfen entgehen.

Wieder und wieder zuckte mein Schwanz voller Lust, und zu meiner Überraschung blieb Natasha genau dort, wo sie war.

Dann, als mein Höhepunkt zu einem angenehmen Kribbeln am ganzen Körper verebbte, wurde mir klar, dass sie nicht wusste, was sie tun sollte. Sie hing wie erstarrt an meinem Schwanz, den Mund wahrscheinlich gefüllt mit meinem Sperma, und ihre Augen waren groß und wirkten ein wenig besorgt.

Ich stieß ein bellendes Lachen aus. »Das ist der Moment, wo du entweder schluckst oder ...«

Ihre Kehle bewegte sich, dann hob sie den Blick, um mir in die Augen zu schauen, bevor sie sich auf die Fersen sinken ließ und sich mit dem Handrücken über den Mund wischte. »Was wäre die zweite Möglichkeit gewesen?«

»Spucken«, antwortete ich. »Aber schlucken ist viel erotischer.«

Sie biss sich auf die Unterlippe. »Also, wie habe ich mich angestellt?«

»Ich gebe dir einen allgemeingültigen Tipp: Wenn ein Mann kommt, warst du perfekt.«

Sie grinste.

Ich senkte die Hand, um die Knöpfe ihrer Bluse zu öffnen. Ich mochte ja schon gekommen sein, aber ich hatte nicht vor, mich von meinem kurzzeitig eingebrochenen Sexdrive davon abhalten zu lassen, mit ihr zu schlafen.

Sie packte mein Handgelenk und runzelte die Stirn. »Was tust du da?«, fragte sie.

»Ich ziehe dich aus ...«

»Warum?«, fragte sie. Erst in diesem Moment bemerkte ich das vertraute, schelmische Glitzern in ihren Augen.

»Weil ich jeden Zentimeter deines perfekten Körpers sehen möchte, wenn ich dich vor mich lege und ficke.«

»Was, wenn ich will, dass du eine Woche wartest, so wie du mich hast warten lassen?«, fragte sie.

»Dann würde ich das eine ungewöhnlich grausame Bestrafung nennen.«

»Hm«, sagte sie und tippte sich nachdenklich mit dem Zeigefinger ans Kinn. Sie sah in diesem Moment so sexy und verführerisch aus, dass es fast unfair war. Ihre Lippen waren immer noch feucht von dem Blowjob, und der oberste Knopf ihrer Bluse stand offen, sodass ich den Rand ihres schwarzen BHs erkennen konnte. Ihr Rock war fast bis zum Höschen nach oben gerutscht, als sie da so vor mir kniete – genau dort, wo sie gekniet hatte, als sie mir einen geblasen hatte. Ich war niemals gefoltert worden, doch das Wissen, dass sie mir gleich sagen würde, dass ich nicht mit ihr schlafen durfte, musste schlimmer sein als alles, was sich ein Folterknecht ausdenken konnte. »Dann werden wir es wohl ungewöhnlich grausam nennen«, sagte sie.

Ich traute meinen Augen kaum, als sie aufstand, ihre Bluse schloss und einen Schritt zurück machte, Richtung Tür.

»Du meinst das ernst?«, fragte ich.

»Ich war es dir schuldig, den Gefallen von letzter Woche zu erwidern. Jetzt sind wir quitt. Du bist wieder dran.« Sie winkte mir verführerisch zu, bevor sie aus dem Zimmer trat und die Tür hinter sich zuzog. Ich blieb sprachlos zurück. Dann hörte ich einen lauten Knall und die besorgte Stimme meiner Sekretärin.

Eilig knöpfte ich meine Hose zu und öffnete die Tür, um nach Natasha zu sehen. Anscheinend rappelte sie sich gerade wieder hoch, nachdem sie hingefallen war.

»Ernsthaft?«, fragte ich, schaffte es aber, bei ihr zu sein, bevor meine Sekretärin ihr aufhelfen konnte.

Natasha wurde rot, doch kaum stand sie auf den Beinen, machte sie eine abwehrende Geste. »Mein Bein war ein wenig eingeschlafen«, sagte sie leise. »Ich wollte meinen dramatischen Abgang eigentlich noch ein wenig hinauszögern, aber ich konnte mir den richtigen Moment nicht entgehen lassen.«

»Du bist unglaublich«, sagte ich.

Als ich nach Hause kam, hatte ich fast vergessen, dass Natashas Bruder immer noch bei mir wohnte. Wenn es Natasha half, war ich gerne bereit, ihn so lange bleiben zu lassen, wie er wollte, doch ich hatte ehrlich nicht damit gerechnet, dass es länger als ein paar Tage dauern würde.

Braeden lungerte in Boxershorts auf meinem Sofa herum, als ich das Wohnzimmer betrat. Als er mir zunickte, nahm ich mir vor, später die Haushälterin anzurufen und sie anzuweisen, diese Stelle besonders gründlich zu reinigen.

»Hey, was geht, Bruce Wayne.«

Ich runzelte die Stirn. »Ist das nicht der Kerl aus *Batman*?«

»Ist das nicht der Kerl aus *Batman*?«, wiederholte er ungläubig. »Was bist du? Ein Siebzigjähriger im Körper eines Dreißigjährigen? Ja, das ist *Batman*.«

Ich machte eine Geste, die auf seinen halb nackten Körper auf meiner Couch hinwies. »Dann wärst du wohl ein Zwölfjähriger im Körper eines Dreißigjährigen, oder?«

»Ha, ha«, sagte Braeden, bevor er sich etwas in den Mund warf, das wie ein Käsebällchen aussah.

Ein verdammtes Käsebällchen? Auf meiner Couch?

»Wo hast du das her?«, fragte ich.

»Aus dem Laden«, erklärte er, als wäre ich ein Idiot.

»Ich habe jede Menge Essen im Haus. Wieso verschwendest du das wenige Geld, das du besitzt, für Käsebällchen?«

»Du nennst das, was du hier lagerst, tatsächlich Essen? Vielleicht kannst du von Gemüse und Hühnchen leben, aber ich bekomme von dem Grünzeug Blähungen. Und Hühnchenfleisch finde ich widerlich. Ich meine, hast du das Zeug mal gesehen, bevor es gekocht wird? Es sieht aus, als hätte man es direkt aus dem Hodensack eines Aliens geschnitten.«

Ich zog die Augenbrauen hoch. »Du kennst dich also mit den Hodensäcken von Aliens aus?«

Er legte den Kopf schräg. »Ich glaube eher, dass du derjenige mit dem abartigen Fetisch bist. Milliardär. Ordnungsfanatiker. Scheinbar perfekt. Du bist der wandelnde Prototyp eines Serienkillers oder eines Kerls mit einer geheimen BDSM-Kammer.«

»Wenn du willst, kannst du gerne im ganzen Haus nach Hinweisen darauf suchen, während du weiter aggressiv arbeitslos bist.«

»Aggressiv arbeitslos, meine Fresse«, murmelte Braeden, bevor er aufstand und mir seinen schlaksigen, bleichen Körper zuwandte.

Ich sah auf ihn herunter, wortwörtlich und metaphorisch. »Dir ist schon klar, dass die meisten Leute mir den Hintern dafür küssen würden, dass ich ihnen ein Dach über dem Kopf biete, oder?«

»Na ja, die meisten Leute wären wahrscheinlich nicht dämlich genug, überhaupt an einen Punkt zu kommen, wo sie Hilfe von einem Arschloch wie dir brauchen. Also lass uns das vergessen. Du hast es gerade nicht mit den *meisten Leuten* zu tun.«

»Offensichtlich.«

Für eine Sekunde wirkte er, als wolle er mich schlagen. Dann entspannte er sich ein wenig und kniff die Augen zusammen. »Was willst du überhaupt von meiner Schwester? Du kannst es dir sparen, zu behaupten, das alles hätte nichts mit ihr zu tun. Hier geht es ausschließlich um sie. Du würdest mich Nervensäge nicht ertragen, wenn du nichts von ihr wolltest.«

»Sie arbeitet für mich«, sagte ich schlicht. »Eine glückliche Angestellte ist eine gute Angestellte. Und mit emotionalem Gepäck wie dir gehe ich stark davon aus, dass es sie glücklich macht, dich eine Weile vom Hals zu haben.«

»Ach, echt? Was glaubst du, warum ich mich im Park versteckt habe, statt sie zu belästigen?«

»Hast du mal darüber nachgedacht, dir einfach einen Job zu suchen?«, fragte ich. »Dämliche Frage, ich weiß.«

»Du hast recht, das ist eine dämliche Frage. Ich und normale Jobs passen einfach nicht zusammen. Ich bin ein Mann mit großen Ideen.« Er tippte sich an die Schläfe. »Ich muss einfach nur durchhalten, bis ich Glück habe, dann wird alles gut. Mach dir darum mal keine Sorgen.«

»Das hatte ich nicht vor. Wie wäre es damit: Du nimmst einen Job in meiner Werbeabteilung an. Dann kannst du deine großen Ideen zur Abwechslung mal Profis präsentieren und herausfinden, ob du wirklich so geil bist, wie du denkst.«

»Zum Teufel mit deiner Wohltätigkeit«, sagte Braeden. Er schüttelte den Kopf und verschränkte die Arme vor seinem dicklichen Bauch, als hätte ich ihn gerade aufgefordert, mir die Schuhe mit seiner Zahnbürste zu putzen.

»Schön, ich...«

»Nur aus Neugier«, warf er schnell ein. »Wie viel würde mir dieser Wohltätigkeitsjob einbringen?«

»Nichts, bis du bewiesen hast, dass du etwas wert bist. Wenn du es schaffst, meiner Werbeabteilung eine deiner großen Ideen zu verkaufen, können wir über ein Gehalt reden.«

Er kaute an einem Fingernagel herum. »Verdammt. Schön. Ich werde es tun. Aber du bist trotzdem ein Arschloch. Und ich mache das nur, weil ich Natasha dann vielleicht dabei helfen kann, die Rechnungen zu bezahlen, für die ihr beschissener Job nicht ausreicht.«

Bei diesen Worten stiegen Schuldgefühle in mir auf. Schließlich bezahlte ich ihr nichts. Zuerst hatte ich versucht, sie damit zum Kündigen zu bewegen. Dann, als ich sie besser kennengelernt hatte, hatte ich angefangen zu befürchten, dass sie kündigen würde, wenn ich ihr tatsächlich ein Gehalt anbot. Für eine Frau, die so dringend Geld brauchte wie sie, war Natasha ziemlich stolz. Ich war mir sicher, dass sie auf Wohltätigkeit ziemlich empfindlich reagieren würde. Trotzdem erinnerte ich mich nur allzu deutlich daran, wie ihre Vermieterin mich wegen der Miete angegangen hatte. Und jetzt erwähnte auch noch ihr Bruder ihre Geldprobleme. Das hätte mich nicht überraschen dürfen. New York war teuer, und ich hatte nie verstanden, wie es sich irgendwer außer Topmanagern leisten konnte, in dieser Stadt zu leben.

Zum ersten Mal kam ich ins Grübeln. Ich überließ es Braeden, meine Couch weiter zu besudeln, während ich in mein Arbeitszimmer ging und den Laptop öffnete. Ich durchsuchte die Firmendokumente, bis ich die Personalakten fand. Es dauerte nicht lange, und ich hatte Natashas Akte vor mir. Ich wollte wissen, was sie gearbeitet hatte, bevor sie bei Galleon angefangen hatte – wenn sie denn überhaupt gearbeitet hatte. Hätte ich tatsächlich ein Einstellungsgespräch mit ihr geführt, hätte ich das gewusst.

Sie hatte zwei Jobs angegeben – einen als Kellnerin und einen im Campus-Buchladen, aber das war alles. Ich runzelte die Stirn. Laut dem Zeitraum, den sie für ihren Kellnerinnen-Job genannt hatte, musste das die Arbeit sein, mit der sie bis jetzt ihre Miete gezahlt hatte. Doch irgendwie hatte ich dabei ein komisches Gefühl, also rief ich aus einer Laune heraus im Restaurant an und bat darum, mit der Managerin sprechen zu dürfen. Sie musste ein wenig suchen, aber letztendlich bestätigte sie mir, dass Natasha nur zwei Jahre dort gearbeitet hatte – nicht die behaupteten vier Jahre.

Damit blieb eine zweijährige Lücke in ihrem Lebenslauf. Eine Lücke, die sie hatte vertuschen wollen.

Was also war ihr wirklicher Job gewesen? Und welcher Job war so furchtbar, dass man im Lebenslauf lieber eine Arbeit als Bedienung angab?

Ich versuchte eine Weile, ihren Namen zu googeln, fand aber immer nur verschiedene Artikel von irgendeinem Businessmagazin. Als Nächstes beschloss ich, sie in den sozialen Medien zu stalken, ohne genau zu wissen, wonach ich eigentlich suchte, aber trotzdem angetrieben von unstillbarer Neugier.

In ihren dürftigen Facebook-Aktivitäten entdeckte ich einen Post darüber, wie aufgeregt sie über einen neuen Job sei. Der Eintrag war ungefähr zwei Jahre alt. Mit klopfendem Herzen scrollte ich zu den Kommentaren. Dann sah ich es.

Martha Flores: Ich kann immer noch nicht glauben, dass mein kleines Mädchen Journalistin wird. Ich bin so stolz!

Eine Journalistin?

Ich dachte an die Artikel, die ich bei der ersten Google-Suche gefunden hatte, und kehrte dorthin zurück, um mich durch die Links zu klicken. Und erst da wurde mir klar, dass die Texte von Natasha Flores geschrieben worden waren. Meiner Praktikantin.

Ich lehnte mich in meinem Stuhl zurück, meine Gedanken rasten, und meine Kehle war wie zugeschnürt. Sie war Journalistin. Für ein Businessmagazin. Und sie hatte diese Tatsache in ihrem Lebenslauf verschwiegen, als sie sich als Praktikantin beworben hatte.

Das alles fühlte sich an wie eine Wiederholung von Valerie, nur schlimmer. Viel schlimmer, weil Natasha mir jetzt schon mehr bedeutete, als Valerie es jemals getan hatte. Schlimmer, weil ich meine oberste Regel gebrochen hatte. Ich hatte denselben Fehler zweimal gemacht.

»Hey«, rief Braeden vor der Tür zu meinem Büro und unterlegte jedes Wort mit einem Hämmern seiner Faust. »Hast du eine Zahnpasta, die ich mir borgen kann.«

»Verpiss dich«, knurrte ich. Ich rechnete damit, dass er noch mal nachhaken würde, aber anscheinend hatte ich wütender geklungen als gedacht, denn es folgte eine kurze Stille, und dann hörte ich, wie seine Schritte sich von der Tür entfernten.

Ich wusste, dass ich Natasha fragen sollte, was hier vor sich ging. Das wäre fair gewesen. Aber ich wusste auch, dass mich allein die Gefahr eines Verrats schon so tief traf, dass ich nicht mehr klar denken konnte.

Ich schrieb Natasha eine SMS und ließ sie wissen, dass ich morgen nicht in der Stadt sein würde und sie sich den Tag freinehmen sollte. Dann lag ich die Nacht über wach und starrte an die Decke, während dieselbe kalte Wut von mir Besitz ergriff, die mich schon vor zwei Jahren gequält hatte. Plötzlich fiel es mir wieder leicht, mich daran zu erinnern, warum ich mich von allem menschlichen Kontakt zurückgezogen hatte. Natasha hatte mich das vergessen lassen. Ich hatte sogar angefangen zu glauben, ich hätte überreagiert; dass ich die Sache mit Valerie einfach hätte hinter mir lassen und weitermachen sollen.

Doch jetzt erinnerte ich mich wieder.

Es bestand nach wie vor die Chance, dass ich mich irrte. Das wusste ich. Aber das war ein schwacher Trost. Ich war immer davon überzeugt gewesen, dass die einfachste Erklärung meistens der Wahrheit entsprach. Wenn alle Beweise in eine bestimmte Richtung deuten, dann liegt man damit selten falsch. Ich dachte sogar an die paarmal zurück, als es gewirkt hatte, als versuche sie, mir etwas zu sagen. Ja, vielleicht hatte ich sie unterbrochen, aber trotzdem hatte es mehr als genug Gelegenheiten gegeben, mir die Wahrheit zu sagen.

Ich wusste, dass sie mich betrogen hatte. Ich wusste es tief in meinem Herzen. Jetzt musste ich nur noch Beweise dafür finden.

FÜNFZEHN

Natasha Bruce gab mir den Tag frei. Ich versuchte, mich deswegen nicht befangen zu fühlen. Schließlich hatte ich gerade meine Komfortzone verlassen, als ich ihn damit aufgezogen hatte, dass er nach dem Blowjob gestern eine Woche auf Sex warten müsse. Wenn ich ganz ehrlich war, hatte ich immer noch Angst vor dem letzten Schritt. Ich machte mir Sorgen, dass ich etwas falsch machen oder ihn irgendwie enttäuschen könnte ... außerdem hatte ich nicht gedacht, dass er diese kleine Herausforderung akzeptieren würde. Ich hatte eigentlich eher damit gerechnet, dass er ein paar Worte knurren, mich an die Wand pressen und trotzdem mit mir schlafen würde.

Doch ich durfte mich nicht darüber aufregen, dass er es nicht getan hatte. Bruce hatte lediglich meine Wünsche respektiert – selbst wenn ich halb darauf gehofft hatte, dass er es nicht tun würde.

Ich war ein Feigling, und ich hasste mich dafür. Ich überließ ihm die ganze Arbeit. Ich wollte, dass er alle Entscheidungen traf und die Sache in die Hand nahm. Aber das war nicht fair. Ich war diejenige, die ihm endlich die Wahrheit über meinen wirklichen Job sagen musste. Ich hatte schon vor langer

Zeit beschlossen, den Artikel nicht zu schreiben – für den es sowieso keinerlei Grundlage gab. Allein die Idee war lächerlich. Es hätte mir leichtfallen müssen, alles zu gestehen; aber ich hatte die Sache so lange herausgezögert, dass die kleine Lüge sich zu etwas Größerem entwickelt hatte, wie es mit kleinen Lügen in Beziehungen so oft der Fall ist.

Ich war entschlossen, mit ihm zu reden, sobald er zurückkam. Ich war darauf vorbereitet, dass er mich feuern oder hassen würde, aber ich wusste, dass ich es trotzdem tun musste. Ich konnte ihn nicht weiter so an der Nase herumführen.

Ich ging zu *Business Insights*, um mich bei Hank und Candace zu melden. Außerdem musste ich Hank sagen, dass ich die Story nicht schreiben würde.

Als ich ankam, stand Hank hinter seinem Eckschreibtisch und unterhielt sich mit einem großen, älteren Herren mit einer mit Leberflecken übersäten Glatze. Das war Weinstead. Ich starrte ihn mit schlecht verborgenem Entsetzen an, als Candace zu mir eilte und mich umarmte.

»Hey, Fremde!«, sagte sie. Sie senkte die Stimme und zog eine verschwörerische Miene. »Das hohe Tier ist hier.«

»Hast du irgendeine Ahnung, warum?«, fragte ich. Ich hatte Mr Weinstead erst einmal gesehen, auf einer Weihnachtsfeier.

»Oh, ich hätte da schon eine Idee. Er hat sich nach dir erkundigt.« Sie verstellte ihre Stimme, um zu klingen wie ein mürrischer alter Mann. »Wo ist das Mädchen, das den Artikel über die Chamberson-Brüder schreibt?«

»Über die Brüder?«, fragte ich. »Hank hat mir gesagt, es ginge nur um Bruce.«

Candace zuckte mit den Achseln. »Ich weiß nur, was ich gehört habe.«

Ich seufzte. Auf keinen Fall würde ich rübergehen und mich vorstellen. Stattdessen beschloss ich, einfach zu warten, bis Weinstead verschwunden war. Dann konnte ich in Ruhe mit Hank reden und ihm die schlechte Nachricht überbringen. Die Tatsache zu akzeptieren, dass ich den Artikel aufgab, fühlte sich an, als würde ich einen Teil von mir opfern.

Ich schämte mich dafür, dass ich so gut wie keine echten Informationen ausgegraben hatte, sobald mir klar geworden war, dass ich Gefühle für Bruce entwickelte. Ich fühlte mich wie ein dummes kleines Mädchen, das es nicht verdient hatte, Journalistin zu sein. Endlich hatte ich mal einen richtigen Auftrag bekommen und ihn prompt vermasselt.

Mir blieb das Herz stehen, als Hanks Blick auf mich fiel und seine Augen aufleuchteten. Er deutete auf mich und sagte etwas zu Mr Weinstead, dann kamen beide Männer auf mich zu.

»Kann ich dich als menschlichen Schutzschild einsetzen?«, fragte ich Candace, doch als ich mich zu ihr umdrehte, ging sie bereits mit eiligen Schritten zurück zu ihrem Schreibtisch.

Weinstead und Hank blieben vor mir stehen, beide mit einem erwartungsvollen Lächeln auf dem Gesicht. Hank wirkte, als hoffe er inständig, dass ich ihn nicht in Verlegenheit bringen würde. Weinstead sah eher aus, als rechne er damit, dass ich gleich faszinierende, schmutzige Details über Bruce und seinen Bruder ausspucken würde.

»Sie sind also unsere Undercover-Agentin?«, fragte Weinstead. Er mochte ein wenig an den Weihnachtsmann erinnern, doch er hatte eine seltsam hohe Stimme und glitzernde dunkle Augen.

»Bei Ihnen klingt das viel glamouröser, als es in Wirklichkeit ist«, sagte ich mit einem nervösen Lachen.

»Verkaufen Sie sich nicht unter Wert, Nat. Sie haben sich den Job gesichert, als wäre das ein Kinderspiel gewesen. Sie sind jetzt seit über zwei Wochen im Einsatz. Das sollten Sie nicht kleinreden.«

Ich zwang mich zu einem Lächeln. »Na ja, so eindrucksvoll ist es wirklich nicht.«

»Also«, meinte Weinstead. »Ich nehme an, Sie machen Fortschritte?«

»Tatsächlich habe ich mich gefragt, ob Sie mir vielleicht mehr Informationen darüber geben könnten, wieso Sie den Chamberson-Brüdern Korruption unterstellen.«

»Lassen Sie mich Ihnen einen kleinen Tipp geben, von einem Journalisten zum anderen«, sagte Weinstead. Der Ausdruck, der über Hanks Gesicht huschte, verriet mir, dass er genau wie ich wusste, dass Weinstead niemals als Journalist gearbeitet hatte, aber trotzdem gab ich mein Bestes, aufmerksam und eifrig zu wirken. »Vergessen Sie nicht, dass Ihre Aufgabe darin besteht, über die Hauptpersonen Ihres Artikels zu recherchieren, nicht über die Person, die Ihnen den Auftrag gegeben hat.«

Ich lächelte dünn. Das war eine klare Weigerung, meine Frage zu beantworten. »Nun, ich habe nur gefragt, weil ich bisher keinerlei Hinweise auf Korruption bei Galleon entdeckt habe. Vielleicht könnte ich etwas herausfinden, wenn ich mehrere Monate dort arbeiten würde, doch selbst wenn ich das wollte – was ich nicht tue –, könnte ich auf keinen Fall so lange überleben, ohne bezahlt zu werden. Und das Honorar für den Artikel würde meine Kosten für einen so langen Zeitraum nicht mal ansatzweise decken.«

Weinstead sah Hank an. »Dann zahlen Sie der Frau, was sie braucht.« Er zog sein Scheckbuch aus der Innentasche seines Jacketts. »Was brauchen Sie, um an der Sache dranzubleiben? Zweitausend? Fünftausend?«

Die lockere Art, mit der er mir derartige Summen Geld anbot, raubte mir den Atem. Gott wusste, dass ich das Geld brauchen konnte, doch gleichzeitig ging es hier nicht mehr um einen Artikel für das Magazin. Es spielte keine Rolle, wie sehr ich mich nach der Anerkennung und dem Respekt sehnte, die mit einem solchen Auftrag einhergingen. Es ging um Bruce. Und es gab keinen Betrag, der mich dazu gebracht hätte, ihn in den Dreck zu ziehen oder sein Vertrauen zu missbrauchen, indem ich diese Scharade noch länger mitspielte.

»Es tut mir leid«, sagte ich. »Ich ...«

Und genau in diesem Moment beschloss das Universum, mir den übelsten Fall von schlechtem Timing meines Lebens zu präsentieren. Gerade, als ich die Hand ausstreckte, um Mr Weinsteads Scheckbuch wegzuschieben, entdeckte ich Bruce Chamberson, der nur ein paar Schritte entfernt stand.

»Du solltest gar nicht in der Stadt sein«, sagte ich. Dann fiel mir auf, dass meine Hand noch immer auf dem Scheckbuch lag, und ich riss sie zurück, als wäre ich bei einem Diebstahl ertappt worden. »Gott, Bruce. Ich kann das alles erklären.«

»Das musst du nicht«, sagte er, und die Kälte in seiner Stimme brach mir das Herz. »Du hast Rechnungen zu bezahlen und hast dafür getan, was eben nötig war.« Er fischte einen Scheck aus seiner Tasche und gab ihn mir. »Das hier ist die faire Entlohnung für deine Arbeit als meine Praktikantin, inklusive Überstundenausgleich. Ich musste die Summe schätzen, habe aber zwei Stunden weggelassen, weil wir in dieser Zeit streng genommen nicht gearbeitet haben.«

Diese Worte jagten kribbelnde Hitze über meine Haut. Er sprach über die zwei Male, als wir unserem Verlangen nachgegeben hatten. Doch es wirkte nicht, als erwähne er diese Stunden, um zu flirten. Er wollte mich nur daran erinnern, wie krank es gewesen war, mich unter diesen Umständen mit ihm einzulassen.

»Bruce, bitte ...« Ich versuchte, ihm den Scheck zurückzugeben, doch er ließ es nicht zu.

»Nimm das Geld. Aber ich will dich nie wiedersehen. Ach ja, ich habe ein Hotelzimmer besorgt, das dein Bruder den

Rest des Monats über bewohnen kann. Es ist bereits bezahlt. Er hat den Schlüssel und weiß auch, wo es ist. Ich wünschte, ich könnte sagen, dass ich dich vermissen werde. Leb wohl, Natasha.«

»Ich hatte nicht vor, den Artikel zu schreiben. Sobald ich dich kennengelernt hatte ... ich ... ich wollte es dir sagen, aber ich hatte solche Angst, dass du ...« Er hatte sich bereits umgedreht und ging davon, und entweder er hörte mich nicht oder meine Worte interessierten ihn nicht.

Mr Weinstead steckte sein Scheckbuch wieder ein und warf Hank einen bösen Blick zu. »Ich nehme an, Sie finden einen Weg, das in Ordnung zu bringen? Ich brauche diesen Artikel.«

»Ich werde mein Bestes geben«, sagte Hank.

Und damit schienen die zwei Männer mich einfach zu vergessen. Plötzlich war nicht mal mehr alles wie vorher, sondern ich stand noch schlechter da. Ich hatte den Silberstreif am Horizont gesehen. Hatte geglaubt, es wäre tatsächlich möglich, mich aus der hoffnungslos tiefen Grube zu befreien, die ich mir gegraben hatte und die mein Leben darstellte. Stattdessen war ich auf den Hintern gefallen und saß nun wieder ganz unten. Und jetzt wusste Hank, dass man mir keinen richtigen Auftrag anvertrauen konnte. Und noch schlimmer, sein Boss wusste es auch. Es würde mich wirklich überraschen, wenn er mir in Zukunft überhaupt noch Aufträge geben würde, so schlecht sie auch sein mochten.

Ich hatte versucht, alles zu gewinnen, und stattdessen hatte ich alles verloren.

Zwei Wochen lang suhlte ich mich in Selbstmitleid. Das schien mir passend. Zwei Wochen lang hatte ich ein anderes Leben geführt. Ein Leben, in dem ich mit der aufregenden und beängstigenden Idee von Bruce Chamberson und der

Frage gespielt hatte, was ein solcher Mann für mein Leben bedeuten könnte. Zwei Wochen lang hatte ich erfahren, wie wunderbar das Gefühl war, dass all meine Wünsche zum Greifen nah waren.

Also verbrachte ich zwei Wochen damit, all das aus meinem Gedächtnis zu löschen. Ich bemühte mich, alles zu vergessen. Bruce. Galleon. *Business Insights*. Ich wollte einfach nicht mehr daran denken. Ich hatte schon früher gekellnert. Die Arbeit mochte nicht besonders befriedigend sein, aber zumindest verdiente man damit zuverlässig Geld. Vielleicht würde ich mir eine Wohnung außerhalb der Stadt suchen müssen, sobald mein Mietvertrag in ein paar Monaten auslief, aber ich würde überleben. Das hatte ich immer geschafft, und ich würde auch jetzt einen Weg finden.

Braeden war gerade zu Besuch, was nur noch selten vorkam. Er wohnte immer noch in dem Hotelzimmer, das Bruce für ihn gebucht hatte, was eine seltsame Verbindung zu dem Teil meines Lebens darstellte, den ich so dringend vergessen wollte. Trotzdem war es schön, meinen Bruder zur Abwechslung mal zu sehen, weil er einfach nur vorbeischauen wollte, und nicht, weil er gerade nicht wusste, wo er sonst schlafen sollte.

Trotz seiner momentanen Entschlossenheit, mir nicht zur Last zu fallen, hatte sich mein Bruder – natürlich – kein bisschen verändert. Er lag vor der Wand auf dem Boden, überwiegend, weil es in meiner Wohnung keinen Platz für eine Couch gab und ich bereits auf dem Bett saß.

»Denk mal darüber nach«, meinte er. »Es wäre wie eine Hängematte, nur dass man sie auch unter Wasser verwenden könnte. Findest du nicht auch, dass das nach einer Milliarden-Dollar-Idee klingt?«

»Nein. Finde ich nicht«, sagte ich ein wenig barscher als eigentlich beabsichtigt.

Er seufzte, setzte sich auf und lehnte sich mit dem Rücken an die Wand, um mich zu mustern. »Weinst du immer noch Batman nach?«

Man konnte über meinen Bruder sagen, was man wollte, aber er war ein netter Kerl. Bruce Batman zu nennen, war seine Art, mich aufzumuntern – als könnten wir ihn in einen Witz verwandeln, statt uns um das große Loch zu kümmern, das er in meinem Herzen hinterlassen hatte.

»Ich werde über ihn hinwegkommen, irgendwann.«

»Weißt du ... nicht, dass ich zu viele romantische Komödien gesehen hätte, aber ist das nicht der Moment, wo der Kerl irgendeine große Geste machen sollte, damit ihm vergeben wird? Du weißt schon, der Teil, wo alle Frauen seufzen, weil sie mit ansehen dürfen, wie er auf die Knie sinkt und bettelt?«

»Sicher«, sagte ich. »Der Unterschied ist nur, dass es in diesen Filmen gewöhnlich auch der Kerl ist, der die Sache total in den Sand gesetzt hat. Nicht die Frau.«

»Okay. Warum nimmst du dir dann nicht ein Beispiel an den zu Kreuze kriechenden Männern dieser Welt? Mach eine große Geste. Sorg dafür, dass der Kerl dir verzeiht. Denn irgendwie habe ich nicht das Gefühl, dass du gerade irgendjemanden wirklich beeindruckst... außer, du versuchst, mich in dieser ganzen Arbeitslosen-Sache zu überflügeln. Aber dann hast du dich übernommen, Schwesterchen. Batman hat gesagt, ich wäre ›aggressiv‹ arbeitslos, und ich glaube nicht, dass du dieses überschwängliche Lob je toppen kannst.«

Ich verdrehte grinsend die Augen. »Nein. In diesem Punkt bleibst du der Beste. Aber glaubst du wirklich, es würde ihn interessieren, wenn ich versuchen würde, mich zu entschuldigen?«

»Würde es dich interessieren, wenn es andersherum wäre?«

»Na ja. Schon. Es würde mich interessieren. Ich weiß nur nicht, ob es etwas ändern würde.«

»Die Tatsache, dass wir gerne mit unseren Schwänzen wedeln und vorm Spiegel unsere Muckis spielen lassen, heißt noch lange nicht, dass wir keine empfindsame Seite haben, Nat. Denk mal darüber nach. Der arme Kerl ist gerade erst aus einer üblen Beziehung entkommen, und dann begegnet er dir? Er mochte dich sogar. Und jetzt ist es ihm wahrscheinlich unendlich peinlich, dass er sich noch mal von einer hinterlistigen Frau hat täuschen lassen, die es auf ihn abgesehen hatte.«

Ich starrte ihn böse an. »Ich hatte es nie auf ihn abgesehen. Das weißt du.«

»Tue ich«, stimmte Braeden zu. »Aber weiß er es auch?«

SECHZEHN

Bruce Das Leben ging weiter, mehr oder weniger. Ich war aus einem sehr angenehmen Traum erwacht, um zu meiner tiefen Enttäuschung festzustellen, dass ich es wieder einmal nur mit einem Hirngespinst zu tun gehabt hatte. Seitdem ich Natasha mitgeteilt hatte, dass ich sie nicht wiedersehen wollte, schien ich mich jeden Morgen daran erinnern zu müssen, dass sie weg war. Dass sie nicht in dem immer verbeulteren Firmenwagen vor meinem Haus auf mich warten würde. Dass wir auf der Fahrt nicht flirten würden. Dass sie mich nicht ständig darauf hinweisen würde, dass ich ihr nichts bezahlte oder sie eigentlich nicht wirklich etwas zu tun hatte.

Sie war weg. Nur seltsam, dass Natasha es in den wenigen Wochen geschafft hatte, einen solchen Eindruck zu hinterlassen, dass ihre Abwesenheit derart niederschmetternde Auswirkungen auf mein Leben hatte.

Ich wusste, dass ich wütend sein sollte. Stinksauer sogar. Und verletzt. Vielleicht empfand ich all das auch zu einem gewissen Grad – doch nichts davon fühlte ich so deutlich wie den Verlust. Mir war klar, dass ich auf keinen Fall zu ihr zurückkehren sollte, doch ich hasste diesen Fakt.

Als ich also an diesem Morgen aus dem Gebäude trat, rechnete ich nicht damit, Natasha zu sehen. Und ich rechnete absolut nicht damit, dass sie einen gottserbärmlich hässlichen Quilt mit handgenähten Taschen darauf hochhalten würde.

»Du musst nichts sagen«, erklärte sie mir ernst, anscheinend ohne sich der Blicke der Leute auf dem Gehweg bewusst zu sein. »Aber es tut mir leid. Ich weiß, dass du es liebst, Dinge zu ordnen, also habe ich dir etwas gemacht, womit du deine Socken sortieren kannst. Der Quilt hat all diese Taschen, damit du in jede ein Paar Socken stecken oder sie einfach nach Farbe...« Sie verstummte für einen Moment und biss sich auf die Unterlippe. »Ich war mir nicht sicher, wie viele Socken du hast... aber ich könnte dir noch einen Quilt machen, wenn du glaubst, dass der hier zu wenige Taschen hat.«

Ich starrte das Ding stirnrunzelnd an. Ich verzehrte mich danach, alle Vorsicht in den Wind zu schießen, Natasha in meine Arme zu ziehen und sie zu küssen, um ihr dann mitzuteilen, dass ich ihr vergab. Aber ich hatte den Kontakt abgebrochen, bevor sie eine zu tiefe Wunde hinterlassen konnte. Ich hatte den Absprung geschafft. Und ihr zu verzeihen, hätte bedeutet, mich freiwillig für den Dolch im Rücken zu melden, von dem ich einfach wusste, dass er über kurz oder lang folgen musste.

Deswegen nahm ich ihr den Quilt einfach nur wortlos ab – egal, wie dringend ich ihr auch danken und sie küssen wollte –, um daraufhin zum Wagen zu gehen, in dem mein Fahrer wartete. Ich erwies Natasha zumindest den Respekt, die Decke zu falten und auf den Rücksitz zu legen, statt sie einfach in den Kofferraum zu werfen... doch ich wagte nicht, mehr zu tun.

Danach wartete sie jeden Tag auf mich, wie ein trauriger Welpe mit Heimweh. Manchmal brachte sie mir einen Kaffee, und es war nie ein einziges Stück Zucker darin. Sie hatte immer eine perfekte Banane dabei, auf der sogar auf jeder verfügbaren Oberfläche mein Name stand – so, wie ich es nach ihrem Fehler am ersten Tag immer gehandhabt hatte. Ich hätte niemandem gegenüber je eingestanden, wie viel Zeit ich damit verbrachte, in meinem Büro die weichen Schwünge ihrer Handschrift zu betrachten, als könnte ich daraus die Wahrheit ablesen, ob sie ihre Handlungen wirklich bereute oder nur die Tatsache, dass sie erwischt worden war.

An den meisten Tagen sagte sie nichts. Sie wartete einfach mit den Geschenken auf mich und beobachtete mich aus ihren großen, unschuldigen Augen, wenn ich ihre Gaben entgegennahm. Und jeden Tag fiel es mir schwerer, ihr zu widerstehen. Ich musste mich dazu zwingen, zu schweigen, weil ich genau wusste, wenn ich den Mund öffnete, würde ich das aussprechen, was mein Herz mir sagte, nicht das, was mein Verstand mir riet.

Sie bastelte so viele Organisationshilfen, Dekorationen und andere Dinge für mich, dass ich mich langsam fragte, wie sie überhaupt noch an etwas anderes denken konnte. Nach ein paar Wochen war meine ganze Wohnung voll mit Gegenständen, die Natasha für mich gemacht hatte – und die meisten davon entpuppten sich als erstaunlich nützlich. Das galt besonders für eine Vorrichtung, die sie aus diversen Kleiderbügeln gebaut hatte und die dazu diente, dass ich all meine Krawatten auf einen Blick sehen konnte. Natürlich hatte ich schon vorher ein ziemlich gutes System gehabt, aber irgendwie sorgte die Tatsache, dass Natasha das Ding erfunden hatte, dafür, dass ich es meinem bisherigen Ordnungssystem vorzog.

Ich mochte Routine, und bald schon wurde Natashas Besuch zum liebsten Teil meiner Tagesroutine. Ich wartete nicht mehr den ganzen Tag auf die Banane, die ich mir vor dem Mittagessen gönnte. Ich wartete darauf, am Morgen Natasha zu sehen.

Das beste Geschenk, das sie mir brachte, war Caitlyn. Es waren ein paar Wochen vergangen, seitdem sie angefangen hatte, jeden Tag vor dem Haus auf mich zu warten, doch an diesem Tag hielt sie Caitlyns Hand, statt mir etwas entgegenzustrecken, was sie für mich gemacht hatte.

Caitlyn stieß ein aufgeregtes Quietschen aus, als sie mich sah, und rannte los, um meine Beine zu umarmen. Natasha beobachtete uns, obwohl sie sich wirklich Mühe gab, so zu tun, als starre sie auf den Boden.

»Wie hast du das geschafft?«, fragte ich. Das war wahrscheinlich der längste Satz, den ich seit Beginn dieser ganzen Sache zu ihr gesagt hatte... und Natasha wirkte ehrlich überrascht, dass ich mit ihr sprach.

Caitlyn antwortete für sie. »Ich nehme Journalismus-Unterricht. Natasha hat mir eine E-Mail geschrieben und erklärt, sie wäre eine Freundin von dir... und wenn ich es schaffen würde, dass Mom sie als Tutorin engagiert, würde sie mich zu dir bringen, damit wir uns sehen können!«

»Ich bin mir ziemlich sicher, dass das illegal ist«, sagte ich, umarmte Caitlyn aber trotzdem fest.

»Na ja«, meinte Natasha. »Wenn überhaupt, dann nur ein ganz kleines bisschen illegal. Und das ist die Sache doch wert, oder?«

Am nächsten Mittwoch durfte ich Caitlyn noch mal sehen, und Natasha sagte, am Freitag würde sie sie wieder bringen. Doch am Freitagmorgen war Natasha nirgendwo zu entdecken. Ich wartete eine halbe Stunde vor dem Haus, bevor ich anfing, mir Sorgen zu machen. Natasha hatte ihre Angewohnheit, aus den unglaublichsten Gründen zu spät zu kommen, nie ganz abgelegt, daher ging ich erst davon aus, dass sie einfach verschlafen oder einen Zug verpasst hatte, doch irgendwann entschloss ich mich, sie anzurufen.

Es fühlte sich wie eine Kapitulation an, nach all der Zeit, in der sie vor meiner Tür auf mich gewartet hatte, auf sie zuzugehen, aber ich wusste, dass sie sich diese Geste verdient hatte – wenn nicht sogar noch viel mehr. Sie hatte mein Vertrauen missbraucht, aber um ihren Fehler wiedergutzumachen, war sie weit über alles hinausgegangen, was ich jemals erwartet hätte.

Sie ging nicht ans Telefon.

Als Nächstes versuchte ich es bei ihrem Bruder, doch auch der hob nicht ab.

Ich rief meine Sekretärin an und bat sie, Natashas Notfallkontakt herauszusuchen, in der Hoffnung, ihre Eltern zu erreichen, doch auch damit hatte ich kein Glück.

Damit blieb mir keine andere Wahl mehr, als überzureagieren, also ließ ich mich von meinem Fahrer zum nächstgelegenen Krankenhaus fahren.

»Bruce?«, fragte Natasha.

Sie saß mit roten, verquollenen Augen im Wartesaal. Als sie mich sah, sprang sie auf, rannte auf mich zu und umarmte mich fest. »Braeden ist hier. Meine Eltern haben ihn rausgeworfen, nachdem er aus dem Hotelzimmer ausziehen musste, und er hat wieder versucht, im Park zu schlafen. Er wurde in eine Prügelei verwickelt. Er hat übel geblutet, aber sie sagen, er hätte nur ein paar Platzwunden am Kopf.«

»Gut. Dein Bruder ist ein Arschloch, aber es freut mich zu hören, dass er nicht tot ist.«

Natasha lachte. »Ich werde ihm deine Worte genau zitieren.«

Ich schmunzelte. Es fühlte sich seltsam an – als wären wir nach Wochen dieses seltsamen, wortlosen Tanzes plötzlich in einem Moment gelandet, in dem nichts von alledem je passiert war.

»Weißt du«, sagte ich nach einem Augenblick. »Wenn

jemand wirklich wollte, dass ich ihm vergebe, sollte man eigentlich meinen, dass diese Person sich daran erinnern würde, wie sehr ich mein letztes Bananensplit genossen habe.«

Ihre Augen begannen zu leuchten. »Vielleicht war sich diese Person nicht sicher, ob derselbe Trick tatsächlich zweimal funktionieren kann.«

»Dann hat diese Person absolut unterschätzt, wie sehr ich Bananensplit liebe.«

»Willst du damit sagen, ich hätte mir das ganze Theater sparen können, weil du mir sofort verziehen hättest, wenn ich dir nur ein Bananensplit gebracht hätte?«

»Nein. Ich will damit sagen, dass du hinreißend hartnäckig bist und ich von Anfang an eigentlich gar nicht wirklich auf dich sauer sein wollte. Also hast du genug getan. Aber ich will noch einen Eisbecher, bevor ich dir vergebe.«

»Und das erzählst du mir jetzt, wo ich im Krankenhaus festhänge und mir Sorgen um meinen Bruder mache?«

»Dein Bruder hat sich halb nackt auf jede freie Fläche in meiner Wohnung gesetzt, hat mein ganzes Zeug durcheinandergebracht und einen Gestank hinterlassen, der trotz Lüften immer noch nicht ganz verflogen ist. Aber wenn du sicherstellen willst, dass er noch lebt, bevor wir unseren Eisbecher essen, kann ich diesen Wunsch akzeptieren.«

Sie lehnte sich an mich, die Stirn an meine Brust gedrückt, und atmete tief durch. »Du meinst das ernst?«

»Ja. Ich weiß nicht, wie es sein kann, dass deine Eltern auch ihn großgezogen haben, aber er besitzt keinerlei Manieren. Es war wirklich unglaublich.«

»Nein, du großer Idiot«, sagte sie, begleitet von einem leisen Lachen. »Du willst mir wirklich verzeihen, nach dem, was ich getan habe?«

»Ich werde es genießen, eine Ausrede zu haben, um wieder

fies zu dir zu sein. Und du musst das für den Moment einfach ertragen.«

Sie nickte. »Kein Problem.«

Ich saß Natasha gegenüber an einem Tisch in einem schicken, kleinen Café ein paar Blocks vom Krankenhaus entfernt. Zwischen uns stand ein Bananensplit. Und ich haute rein, als hätte ich seit Wochen nichts gegessen.

»Hast du ohne deine zuverlässige Praktikantin vergessen, wo du dein Mittagessen findest, oder was?«, fragte sie.

Ich lachte über mich selbst, dann bemühte ich mich, langsamer zu essen. »Na ja, man könnte sagen, ich war abgelenkt.«

»Von?«

»Erinnerst du dich, dass ich angekündigt habe, ich würde wieder fies zu dir sein?«

»Ja...«

»Das bedeutet, dass du keine Fragen stellen darfst, Frau *Reporterin*.«

Sie zuckte zusammen, als wäre sie noch nicht bereit, sich selbst zu verzeihen, was passiert war, selbst wenn ich es tat.

»Bruce, ich...«

Ich hob eine Hand. »Du musst nichts erklären. Meine ganze Wohnung ist voller Zeug, das du mit deinen eigenen Händen für mich angefertigt hast. Du hast mir über Wochen gezeigt, dass du bereit bist, alles Notwendige zu tun, um mir zu beweisen, wie sehr du bereust, was passiert ist. Nenn mich gutgläubig, aber das reicht mir. Ehrlich, es gibt nur noch eine Sache, die ich will.«

Ihre Augenbrauen wanderten nach oben, als ich ihre Lippen anstarrte. Ich fragte mich, was ich ihrer Meinung nach wohl gleich verlangen würde. Sie? Einen Kuss? Eine Nacht mit ihr? Eine neue Chance? Ich wollte all diese Dinge, doch ich war noch nicht bereit, das auszusprechen – noch nicht.

»Das Bananensplit«, sagte ich stattdessen. »Den letzten Bissen.«

Als ich sah, wie sie in sich zusammensackte, hätte ich fast laut gelacht.

»Was?«, fragte ich. »Hast du gehofft, ich würde etwas anderes sagen?«

»Nö. Ich wollte nur auch den letzten Löffel haben.« Sie log wie gedruckt, aber dasselbe galt für mich, also ließ ich es durchgehen. Das waren keine Lügen, die die Basis einer Beziehung erschütterten. Sondern die Art von Lügen, hinter denen sich glückliche Geheimnisse verbargen.

Ich schob das letzte bisschen Eis auf meinen Löffel und lehnte mich vor, damit ich ihn ihr vor den Mund halten konnte. »Mund auf, Praktikantin«, sagte ich.

Sie schenkte mir ein kleines Lächeln und öffnete die Lippen. Ich konnte nicht anders, als daran zu denken, wie ihre Lippen sich um meinen Schwanz geschlossen hatten. Sofort beschleunigte sich mein Pulsschlag. Was hatte es nur mit diesem Eis auf sich, dass ich davon so verdammt spitz wurde?

»Weißt du«, meinte sie, als sie geschluckt hatte. »Man sagt, eine Frau hätte den Richtigen gefunden, wenn er bereit ist, ihr den letzten Bissen von seinem Lieblingsessen abzugeben.«

»Ach ja?«

»So sagt man. Aber ich behaupte, man weiß, dass er der Richtige ist, wenn man ihn so dringend will, dass man sich sogar wochenlang freiwillig zum Affen macht, nur um ihn zurückzugewinnen.«

»Jetzt hast du mich also gewonnen, hm? Täusch dich nicht, Natasha. Du bist der Hauptgewinn hier. Das warst du immer. Die einzige Frage war, ob der Preis, um dich zu bekommen, zu hoch war oder nicht.«

»Soll das heißen, dass du mich nur haben willst, weil ich billig bin?«

»Das soll heißen, dass ich dich nur unter der Bedingung haben wollte, dass du keinen Narren aus mir machst. In den letzten paar Wochen ist mir allerdings klar geworden, dass ich dich auf jeden Fall will. Ob du mich nun wie einen Narren dastehen lässt oder nicht. Ich will dich.«

»Das klingt gefährlich nach etwas, was ein netter, aufmerksamer Mann sagen würde. Was hast du mit dem kalten, kalkulierenden Bruce angestellt?«

»Vielleicht sage ich diese netten Dinge nur, um dich in mein Bett zu locken.« Ich spürte, wie mein Atem stockte, sobald ich genug Zeit gehabt hatte, um meine eigenen Worte zu verarbeiten. Dann spürte ich, wie sich mein Herzschlag beschleunigte, als ein verführerisches Lächeln auf Natashas Lippen erschien. So viel zu glücklichen Geheimnissen.

»Vielleicht funktioniert es sogar. Aber du hast mich Wochen auf das hier warten lassen, also denke ich, du solltest zumindest noch etwas Schönes mit mir unternehmen, bevor du versuchst, mich ins Bett zu kriegen.«

»Was, wie bei einem Date?«, fragte ich.

»Genau wie bei einem Date.«

»Könntest du mich daran erinnern, wann wir wieder die Rollen getauscht haben? Noch gestern warst du diejenige, die vor meiner Wohnung gewartet hat, aber jetzt stellst du bereits wieder Forderungen?«

Sie presste die Lippen aufeinander, starrte nachdenklich an die Decke und nickte schließlich. »Hm. Jep. Ich schätze, genau so ist es.«

SIEBZEHN

Natasha Bruce brachte mich zu einem leer stehenden Theater am Rand der Innenstadt. Von außen sah es aus wie eine riesige Betonmuschel. Wir gingen an den Eingangstüren vorbei, die mit Ketten verschlossen waren, und wanderten um das Gebäude herum.

»Bist du dir sicher, dass das erlaubt ist?«, fragte ich zum fünften Mal.

»Hör auf, dir ständig Sorgen zu machen.«

»Das bedeutet, dass wir einbrechen, richtig? Als ich um ein Date gebeten habe, dachte ich eher an Schlittschuhlaufen oder mit einem Eis in der Hand spazieren gehen.«

»Wir hatten gerade erst ein Bananensplit, und du denkst schon wieder an Eis?« Er lachte.

»Du hattest ein Bananensplit. Ich glaube, dieser letzte Löffel, den du mir überlassen hast, war alles, was ich abbekommen habe.«

Er hielt an und drehte sich grinsend zu mir um. Und Gott, war er gut aussehend. Sein ordentliches Haar umrahmte streng sein Gesicht, doch die harten, maskulinen Konturen seines Kinns und seine vollen Lippen ergänzten perfekt sein sonst so zugeknöpftes Auftreten. Mit seinem gestärkten weißen Hemd und der marineblauen Krawatte sah er aus wie der Inbegriff des Erfolgs. Er trug zur Krawatte passende blaue Stoffhosen, die wunderbar eng an seinem Hintern anlagen. Ich konnte immer noch nicht glauben, dass er wirklich an mir interessiert war, und das, obwohl ich wirklich mein Bestes gegeben hatte, um die Sache in den Sand zu setzen.

»Vielleicht will ich einfach sicherstellen, dass du später noch Appetit auf meine Banane hast.«

Ich schenkte ihm ein trockenes Lächeln. »Falls es dein Ziel ist, dafür zu sorgen, dass ich dich dort unten beiße, weil ich vor Hunger fast sterbe, dann bist du auf dem richtigen Weg.«

Er verzog das Gesicht. »Argument akzeptiert. Wir können später gerne noch ein Eis essen, sobald wir mit dem unheimlichen, leer stehenden Theater fertig sind.«

»Ach ja. Wo wir gerade davon reden«, meinte ich. »Macht es dir etwas aus, mich in deine genialen Gedankengänge einzuweihen? Ist das nur ein weiterer Versuch, mich zu bestrafen, oder verpasse ich gerade etwas?«

»Du verpasst etwas. Das hier war einer meiner Lieblingsorte als Kind. Zumindest, bevor es geschlossen wurde.«

Er zog fest an einer Seitentür. Zu meiner Überraschung schwang sie tatsächlich auf. Als ich hineinsah, stellte ich fest, dass die Decke Löcher hatte, sodass Sonnenstrahlen auf die gepolsterten Sitzreihen fielen, die mit Moos und Gräsern bewachsen waren. Doch der Rest des Gebäudes war erstaunlich gut erhalten.

Bruce wischte einen Sessel in der Nähe des Eingangs ab und forderte mich mit einer Geste auf, mich zu setzen. Dann ließ er sich neben mich sinken und legte die Füße hoch.

»Ich bin überrascht, dass du es hier drin aushältst«, sagte ich. »Man sollte meinen, du Ordnungsfanatiker würdest sofort anfangen, alles zu putzen und aufzuräumen.«

»Dreck hat mich nie besonders gestört. Ich mag es einfach nur, wenn alles an seinem Platz ist.«

»Du hast gesagt, das wäre einer deiner Lieblingsorte gewesen, als du noch ein Kind warst? Ich bin mir nicht sicher, ob ich mir vorstellen kann, wie du ein Theaterstück genießt. Nichts für ungut.«

»Schon gut. Ich habe es genossen, weil wir es uns nie leisten konnten, in eine Aufführung zu gehen. Meine Eltern haben in der Pause die Tür dort drüben geöffnet, und wir haben uns reingeschlichen, um uns die zweite Hälfte der Vorstellung anzuschauen. Ich habe niemals die erste Hälfte eines Stücks gesehen. Ich mochte es immer, mir zusammenzureimen, was bisher geschehen war. Ich fand das geheimnisvoll.«

»Auf verdrehte Weise«, fuhr er nach einem Moment fort, »bildet diese Erfahrung vermutlich zum Teil die Basis für meine Marketing-Philosophie. So viele Marketing-Leute wollen einem erzählen, was das Produkt alles kann. Ich dagegen fand es immer effektiver, die Leute dazu zu bringen, sich *vorzustellen*, was ein Produkt alles kann. Die Dinge, die wir erfinden, sind immer so viel besser als die Wahrheit. Das habe ich hier gelernt.«

Ich kniff die Augen zusammen. »Ich habe das Gefühl, dass du mir irgendeine verschlüsselte Nachricht schicken willst, aber ...« Ich ließ meine Hand über meinen Kopf hinwegsausen. »... whoosh.«

Er lächelte mit gesenktem Kopf, ein seltener Moment der Verletzlichkeit. »Keine verschlüsselten Nachrichten. Dieser Ort ist mir einfach eingefallen, als ich darüber nachgedacht habe, wohin wir gehen könnten. Er war mir immer wichtig, und zum Teil hat er mich zu dem gemacht, der ich heute bin. Und das wollte ich dir zeigen.«

Ich biss mir auf die Unterlippe, dann lächelte ich. »Danke, dass du mich hergebracht hast.« Ich beugte mich vor und drückte ihm einen Kuss auf die Lippen. Er wirkte überrascht, doch das hielt ihn nicht davon ab, seine Hand in meinem Haar zu vergraben und mich auf eine Weise zu küssen, die meinen gesamten Körper zum Kribbeln brachte.

Ich zog mich zurück. »Wie wäre es, wenn wir als Nächstes an einen Ort gehen, der für mich wichtig war?«

»Das wäre toll.«

Wir saßen auf einer Bank an einer U-Bahn-Station, während um uns herum Leute auf den nächsten Zug warteten. Bruce warf mir einen neugierigen Blick zu, als ihm klar wurde, dass ich einfach nur hier sitzen wollte, statt in eine U-Bahn zu steigen.

»Hier?«, fragte er.

»Was? Glaubst du, du bist der Einzige, der einen verrückten speziellen Ort hat?«

Er lachte. »Nein. Und so verrückt fand ich das Theater gar nicht.«

Ich schenkte ihm ein schiefes Lächeln. »Na, und dieser Ort ist es auch nicht. Das war einfach der Ort, an dem ich mich in New York City verliebt habe. Meine Eltern haben schon immer hier gelebt, allerdings nur am Stadtrand. Alle paar Jahre haben wir einen Tagesausflug in die Innenstadt gemacht – aber nie öfter, weil die Menschenmengen meine Eltern nervös machen. In einem Jahr wurde ich in der U-Bahn von ihnen getrennt. Sie hatten nicht bemerkt, dass ich sie nicht im Blick hatte, und sind ohne mich aus der U-Bahn ausgestiegen. Als mir klar wurde, dass sie weg waren, bin ich ebenfalls ausgestiegen... und hier habe ich auf sie gewartet. Das war, bevor jeder ein Handy hatte, daher konnten sie mich nicht einfach anrufen. Ich glaube, sie haben fast acht Stunden nach mir gesucht, dabei saß ich die ganze Zeit über auf dieser Bank herum. Ich erinnere mich daran, wie ich das Kommen und Gehen beobachtet habe. Ich habe mir ausgemalt, was die Leute wohl arbeiten und wie ihre Leben so aussehen. Und da habe ich beschlossen, dass ich Journalistin werden möchte und genau hier leben und arbeiten. Es fühlte sich so exotisch und aufregend an. Wie direkt aus einem Film. Natürlich wusste ich als Zehnjährige noch nicht, dass man in New York City für einen Schrank so viel Miete zahlt wie überall anders für ein Haus. Trotzdem, ich werde es vermissen, wenn ich die Stadt verlassen muss.«

»Wieso solltest du die Stadt verlassen müssen?«, fragte Bruce.

»Na ja, das Geld, das du mir gegeben hast, hat geholfen, aber im Moment arbeite ich abends als Kellnerin und versuche tagsüber, einen anderen Job zu finden. Nachdem ich meinen morgendlichen Besuch bei dir absolviert habe, natürlich«, fügte ich hinzu und spürte, wie meine Wangen heiß wurden. Ich konnte immer noch nicht glauben, dass ich in diesem Punkt ausgerechnet den Rat meines Bruders befolgt hatte, aber in gewisser Weise hatte er recht gehabt. Unabhängig vom Erfolg meiner Bemühungen hatte es sich gut angefühlt, mit großer Geste um Verzeihung zu bitten. Es war eine Art Buße gewesen.

»Lass mich raten. Ich darf dir nicht das Geld geben, das du brauchst, um bleiben zu können?«

»Genau. Mein Traum von einem Leben in New York City beinhaltete nie, dass ich eine Almosenempfängerin bin. Ich will mir das selbst erarbeiten. Aber ich weiß dein Angebot zu schätzen.«

Er nickte, als hätte er nichts anderes erwartet.

»Ich weiß übrigens, dass du einen Teil meiner Mietschulden bezahlt hast«, meinte ich.

Er nickte fast widerwillig.

»Das war wirklich nett von dir. Und es spielt keine Rolle,

dass meine Miete für dich wahrscheinlich nur ein Taschengeld ist. Du warst aufmerksam, als du dachtest, ich würde es nicht merken, obwohl du mich angeblich gehasst hast und dazu bringen wolltest, zu kündigen.«

»Hm, na ja, erzähl das bitte nicht meinem Bruder. Er wird es mich nie vergessen lassen, wenn er herausfindet, dass er von Anfang an recht hatte.«

Unser Tag endete in einem Restaurant auf dem Dach eines Hochhauses. An den Geländern und über unseren Köpfen baumelten Lichterketten, während Heizpilze dafür sorgten, dass es nicht zu kalt wurde. Bruce wollte es nicht zugeben, aber ich war mir ziemlich sicher, dass er es irgendwie geschafft hatte, die gesamte Dachterrasse zu reservieren, denn wir waren vollkommen allein, während der Innenbereich des Restaurants ziemlich voll war.

Der Kellner kam, um unsere Getränkebestellung aufzunehmen. Ich versuchte, ein Wasser zu bestellen, weil ich mir hier auf keinen Fall irgendetwas anderes leisten konnte.

»Sie nimmt Ihren besten Wein«, sagte Bruce. Er hob die Hand, bevor ich auch nur versuchen konnte, zu protestieren. »Den teuersten, köstlichsten Wein, den Sie haben«, fügte er grinsend hinzu.

»Gibt es ein Wort für jemanden, der eigentlich nett ist, sich dabei aber wie ein Arschloch benimmt?«, fragte ich Bruce, sobald der Kellner verschwunden war.

»Ein Nettschloch?«

»Okay. Du bist ein Nettschloch.«

»Nun, du magst ja stur sein, wenn es um Almosen geht, aber ich bin altmodisch. Wenn ich dich zu einem Date ausführe, zahle ich. Das ist mir wichtig, also werde ich keinen Widerspruch dulden.«

Hätte er es irgendwie anders ausgedrückt, hätte ich mich

wahrscheinlich schuldig gefühlt, aber Bruce schaffte es, mir das Gefühl zu geben, dass er es wirklich genoss, mich zu diesem Essen einzuladen. Es fühlte sich nicht an, als würde ich Almosen annehmen. Es war einfach eine nette Geste.

»Nun, dann danke. Selbst wenn du dich dabei wie ein Arsch benimmst, bist du ein netter Arsch.«

»Hast du gerade gesagt, ich hätte einen netten Arsch?«

»Tatsächlich hatte ich nie die Chance, ihn mir wirklich anzusehen, als du nackt warst, also bin ich mir da noch nicht ganz sicher. Wieso, glaubst du, habe ich mich so angestrengt, dass du mir vergibst?«

Er lachte. Inzwischen lächelte er viel häufiger als zu der Zeit, als wir uns kennengelernt hatten … und wann immer dieses Lächeln auf seinem Gesicht erschien, sehnte ich mich nach mehr, weil es ihm so gut stand. »Jetzt ergibt alles Sinn. Zuerst dachte ich, du wärst hinter meinem Geld her. Dann dachte ich, es ginge um einen Job. Doch jetzt wird mir klar, dass du es die ganze Zeit nur auf meinen Hintern abgesehen hattest.«

»Genau.«

Der Kellner kam mit einem Glasgefäß von der Größe einer Vase an den Tisch und begann, den Wein zu öffnen und in das Ding zu gießen. Der lange, geschwungene Hals des Gefäßes sorgte dafür, dass sich der Wein gleichmäßig ausbreitete, bevor er sich am Boden sammelte.

»Wieso gießt er den Wein in dieses Ding?«, fragte ich, wobei ich mich zu Bruce lehnte, damit der Kellner mich nicht hörte.

»Das ist ein Dekanter«, erklärte Bruce. »Daran erkennt man, dass man einen teuren Wein bestellt hat. Angeblich unterstützt diese Karaffe die Geschmacksentwicklung. Der Wein soll atmen oder irgendwas. Durch die kleinen Luftbläschen oder so. Um ehrlich zu sein, schmecke ich keinen Unterschied. Gewöhnlich bevorzuge ich Zitronenwasser, aber wenn man versucht, eine Frau ins Bett zu kriegen, sollte man den Dekanter auffahren.«

»Ach ja?«

»Definitiv.«

»Und tust du das regelmäßig? Also versuchen, Frauen ins Bett zu kriegen?«

Das Lächeln auf seinem Gesicht verblasste. »Nein. Um ehrlich zu sein, habe ich das seit langer Zeit nicht mehr getan. Ich habe nicht gelogen, als ich gesagt habe, dass ich stolz darauf bin, jeden Fehler nur einmal zu begehen. Valerie hat mir gezeigt, was für ein schlimmer Fehler es sein kann, sich einer Frau zu öffnen. Nach ihr habe ich irgendwie einfach damit aufgehört. William hat ab und zu versucht, mich zu verkuppeln, aber dabei ist nie etwas herausgekommen. Ich fühlte mich zu kalt und distanziert, als würde mein wahres Ich aus der Ferne meinen Körper kontrollieren und alles beobachten.«

»Sex-Roboter«, meinte ich. »Nur ohne den Sex, nehme ich an.«

»Ja, wie ein Roboter. Und definitiv ohne Sex. Zumindest, bis du aufgetaucht bist.«

»Und nach mir?«, fragte ich. Das war eine neugierige Frage, die schlicht meiner Unsicherheit entsprang, und ich hasste die Tatsache, dass ich mich nicht davon abhalten konnte, sie zu stellen.

»Nach dir? Da gab es dich.«

Ich zog die Augenbrauen hoch. »Also hast du mich als Übergangsfrau für ... *mich* ... benutzt?«

»Ab heute, ja. So könnte man es ausdrücken.«

»Hm. Das heiße ich absolut gut. Wenn du schon mit jemandem in die Kiste springen musst, um mich zu vergessen, sollte das wahrscheinlich besser ich sein.«

»Also ist die Sache mit dem ›in die Kiste springen‹ jetzt sicher, ja?«

»Du hast den Dekanter aufgefahren.«

Er musterte die Karaffe. »Ja, das habe ich. Hoffentlich ist das die Art von teurem Wein, der so viel Geld kostet, weil er gut schmeckt, und nicht, weil ein Sammler irgendwo auf der Welt einen Ständer kriegt, wenn er hört, wie alt der Wein ist und von welchem Weinberg er stammt.«

»Ich nehme an, das ist ein häufiges Problem bei ultrateuren Weinen.«

»Ist es wirklich.«

»Also«, fragte ich, »ist das einer der Läden, wo man Fischeier und Schneckenaugen bekommt, oder gibt es auch Gerichte, die man erkennt?«

»Es ist eins der Restaurants, wo sie bei jedem Kochschritt ordentlich Butter verwenden, weswegen sie sogar ein einfaches Brokkoli-Röschen in eine Köstlichkeit verwandeln können. Bestell das hier«, sagte er und tippte auf ein Gericht auf der Karte, das ich kaum lesen, geschweige denn aussprechen konnte. »Das ist einfach nur ein schickes Wort für ein superteures Steak, das wirklich gut schmeckt.«

»Dann vertraue ich dir mal.«

Ob ich den Namen nun aussprechen konnte oder nicht, das Steak war so lecker, dass ich mich für einen Moment tatsächlich fragte, ob irgendetwas, was heute Nacht geschah, diese Erfahrung noch toppen konnte. Ich war wochenlang heiß und verschwitzt aufgewacht, weil ich von den Dingen geträumt hatte, von denen ich mir wünschte, ich hätte sie mit Bruce getan, als sich mir die Chance dazu geboten hatte. Und jetzt? Jetzt war ich mir ziemlich sicher, dass ich fortan von glücklichen Kühen träumen würde, die von vorne bis hinten verwöhnt wurden und wahrscheinlich jeden Morgen eine Massage bekamen, um sicherzustellen, dass ihr Fleisch so zart wurde, dass es im Mund förmlich schmolz.

»Ich bin mir sicher, diese Kuh hatte eine tolle Persönlichkeit«, sagte ich nach einem weiteren Bissen Steak. »Aber wow. Wenn man so gut schmeckt, führt kein Weg daran vorbei, dass man auf einem Teller endet.«

»Vielleicht ist sie eines natürlichen Todes gestorben.«

»Ich hoffe, dass sie vorher zumindest irgendwann *Stolz und Vorurteil* und *Terminator 2* gesehen hat.«

Bruce zog eine Grimasse, dann lachte er. »Wow, das ist eine ziemlich schräge Kombination.«

»Manchmal ist man in der Stimmung für Gefühle, und manchmal will man einfach sehen, wie jemand so richtig fertiggemacht wird. Ich finde, diese Kuh hatte es verdient, das Beste aus beiden Welten zu erleben, bevor sie gestorben ist.«

»Ich sage das ja nur ungern, aber ich vermute fast, dass sie gestorben ist, ohne auch nur einen der beiden Filme gesehen zu haben.«

Ich seufzte, dann aß ich noch ein Stück Fleisch und konnte ein genüssliches Stöhnen nicht unterdrücken. »Nun, dann werde ich mich einfach damit zufriedengeben, mein Essen zu genießen, und sonst nicht weiter darüber nachdenken.« Ich nippte an meinem Wein, der – meiner Meinung nach – zu den Weinen gehörte, die teuer waren, weil sie gut schmeckten. »Zumindest muss ich mich nicht schlecht fühlen wegen der Trauben, die gestorben sind, um diesen köstlichen Wein zu machen.«

»Darauf trinken wir«, sagte er. Bruce' Augen glitzerten, als er das Glas hob und sanft mit mir anstieß. Ich mochte es, wie Bruce mich ansah. Tatsächlich machten diese Blicke irgendwie süchtig. So sahen Männer Frauen an, die ihnen wichtig waren. Doch da war noch mehr. Ja, es lag ein bewundernder Ausdruck darin, aber ich sah auch Spaß und etwas

Anzügliches. Ich konnte sein Verlangen förmlich von ihm ausstrahlen fühlen.

Ich wusste nicht, ob es am Wein lag oder an der Atmosphäre. Vielleicht lag es einfach nur an Bruce. Was auch immer es war, ich spürte, wie Hitze in mir aufstieg. Ich war mir ziemlich sicher, dass mein Körper mir damit so deutlich wie möglich sagen wollte: *Schlaf mit ihm.*

Es gab nur noch ein Problem. Ein kleines Kästchen, das immer noch nicht abgehakt war.

»Bruce«, sagte ich leise. »Du musst wissen, dass ich, sobald ich dich kennengelernt hatte, nicht mehr geplant habe, den Artikel zu schreiben.«

»Es ist okay«, antwortete er. »Es spielt keine Rolle mehr.«

»Nein«, sagte ich fest. »Es spielt eine Rolle. Ich mag nicht vorgehabt haben, die Geschichte zu schreiben, aber ich habe diese Lüge viel zu lange aufrechterhalten. Ich hätte es dir sagen müssen, sobald mir bewusst geworden ist, dass ich dich mag. Aber ich hatte Angst, dass der wunderbare Ritt dann enden würde. Dass die Security kommen würde, um mich schreiend und tretend aus dem Freizeitpark zu werfen. Und dass ich mir danach für den Rest meines Lebens wünschen würde, es hätte nur eine Minute länger gedauert.«

Er zog eine Augenbraue hoch. »Unglücklicherweise sind wir nie zu dem Teil mit dem Ritt gekommen«, meinte er.

»Könntest du das bitte ernst nehmen?«, fragte ich, auch wenn ich ein Lachen nicht unterdrücken konnte. »Ich schütte dir hier mein Herz aus – und dir fällt dazu nichts Besseres ein, als Sex-Witze zu reißen?«

»Du hast meine volle Aufmerksamkeit.«

»Ich möchte mich einfach entschuldigen... aber nicht, weil ich heimlich Schmutz über dich ausgraben und die Story schreiben wollte. Das hatte ich schon nach den ersten Tagen nicht mehr vor. Es tut mir leid, dass ich dir nicht früher gesagt habe, warum ich überhaupt bei Galleon angefangen habe.«

»Ich kann es dir nicht übel nehmen, dass du mir nicht vertraut hast. Ich habe dir zu Beginn auch nicht vertraut, also sind wir quitt.«

Nach dem Essen gingen wir zurück zu Bruce, und es fühlte sich ganz anders an, seine Wohnung zu betreten, nachdem Braeden nicht mehr hier wohnte. Diesmal konnte ich nicht vorgeben, ich wäre wegen meines Bruders hier... und es bestand kein Zweifel daran, worauf diese Nacht hinauslief.

Glücklicherweise ging es Braeden gut. Ich hatte ihn mehrfach angerufen, seitdem ich das Krankenhaus verlassen hatte, um zu fragen, ob ich ihn besuchen sollte. Er hatte mir wieder und wieder gesagt, er würde mich in den Hintern treten, wenn ich wegen ihm meinen Traumtag mit Batman aufgab.

Damit waren alle Ausreden und Zweifel vom Tisch. Die heutige Nacht gehörte uns, und wir wussten beide, was wir wollten.

Ich spürte ein Flattern in der Brust und hörte das Pulsieren von Blut in meinem Kopf, als Bruce mich bei der Hand nahm und durch seine Wohnung direkt ins Schlafzimmer führte. Es war klar, dass das Flirten und Warten jetzt ein Ende hatte. Er hatte nach meinen Spielregeln gespielt und mir den schönsten Abend meines Lebens geschenkt, aber jetzt war es Zeit für den letzten Schritt.

Ich war so nervös, dass meine Hände zitterten. Warum, konnte ich nicht genau sagen. Weil etwas Neues begann? Etwas enden würde? Oder vielleicht auch nur, weil ich fürchtete, Bruce irgendwie zu enttäuschen.

Kaum hatten wir sein Schlafzimmer betreten, musste ich lachen, weil ich tatsächlich eine Banane auf seinem Nachttisch entdeckte. »Du machst Witze«, keuchte ich mit Tränen in den Augen.

»Es ist nicht das, wonach es aussieht.«

Ich lachte noch heftiger. »O Gott. Daran hatte ich nicht mal gedacht.«

Bruce lachte inzwischen auch, doch er schien mehr Freude an meiner Erheiterung zu haben als an irgendetwas anderem. »Manchmal wache ich nachts auf und habe Hunger, okay?«

»Okay«, antwortete ich. Dann verschränkte ich die Finger hinter seinem Kopf, meine Unterarme lagen auf seinen Schultern. Unsere Blicke trafen sich, und das Lachen verklang, weil sich ein sinnliches Knistern zwischen uns aufbaute. »Ich bin so satt, aber trotzdem hungrig.«

Er hob mich hoch und drückte mich an seine Brust, während er zum Bett ging. Dann warf er mich darauf, als wäre ich leicht wie eine Feder. Ich landete auf dem Rücken, und die ganze Zeit über wandte ich den Blick nicht von ihm ab. Er sah mit unverhohlener Vorfreude auf mich herunter.

»Ich warte schon darauf, dich auf mein Bett zu legen und zu ficken, seitdem ich dich gesehen habe. Ich wollte es schon, bevor ich es mir selbst eingestehen konnte.«

Ich leckte mir über die Lippen und rutschte nach hinten, um die Kissen zu finden. Aber natürlich schätzte ich meine Position auf dem Bett falsch ein und setzte eine Hand über den Rand der Matratze, sodass ich fast abgerutscht wäre.

Bruce war da, bevor ich fallen konnte, und schob mich zurück in die Mitte des Betts. »Kann ich mich darauf verlassen, dass du nicht runterfällst, während ich mich ausziehe?«, fragte er.

Ich wurde rot. »Ich werde mich bemühen. Aber vielleicht solltest du mich lieber auch ausziehen. Sonst endet es noch damit, dass ich mich selbst verletze.«

»Ist das so?«, fragte er. Er lehnte über mir, die Hände

rechts und links neben meinen Kopf gestemmt. Er hob eine Hand, um seine Krawatte zu lösen und auf den Boden zu werfen. Dann öffnete er ein paar Knöpfe an seinem Hemd, bevor er anscheinend die Geduld verlor und sich stattdessen ganz auf mich konzentrierte.

Ich hatte mich nicht gerade für ein Date und Sex mit einem atemberaubenden Milliardär angezogen, als ich mich heute Morgen fertig gemacht hatte, sondern für den fünfhundertsten Tag meiner Entschuldigungsaktion – und zufälligerweise war meine Wahl auf einen weißen Jumpsuit mit Blumenmuster gefallen.

Bruce starrte das Kleidungsstück stirnrunzelnd an. »Wie öffnet man dieses Ding?« Er fing an, am Gürtel zu zerren, der aus einer verknoteten Kordel bestand und lediglich dazu diente, die Taille zu betonen. Seine Berührung kitzelte und überraschte mich, sodass ich anfing zu lachen.

»S-s-stopp«, kicherte ich. »Nicht da.« Ich schaffte es nicht, mich klarer auszudrücken.

Ich zog den Arm aus einem Träger, damit Bruce verstand, was zu tun war. Er schob den zweiten Träger über meine Schulter, dann riss er den Jumpsuit nach unten. Er hob meinen Hintern an, um auch meine Beine befreien zu können.

Ich senkte kurz den Blick, um zu überprüfen, welche Unterwäsche ich trug. Ich konnte nur die Daumen drücken, dass ich mich heute Morgen für etwas einigermaßen Ansehnliches entschieden hatte. Zu meinem Glück trug ich ein pinkfarbenes Spitzenhöschen und den dazu passenden BH. Wenn man bedachte, wie viel Pech ich gewöhnlich hatte, grenzte das fast an ein Wunder.

Bruce leckte sich die Lippen, als er mich ansah, offenbar hin- und hergerissen zwischen dem Wunsch, mich am ganzen Körper zu küssen, und dem Bedürfnis, mich auch noch von dem letzten Rest Kleidung zu befreien. Einen Moment später senkte er den Kopf, um eine meiner Brüste zu küssen, bevor er seine Lippen langsam nach unten gleiten ließ, über meinen Nabel zu meinen Schenkeln. Jeder Kuss jagte kribbelnde Hitze über meine Haut, gefolgt von Wellen der Lust, die meinen gesamten Körper fluteten.

Ohne Scham streckte ich die Hände nach ihm aus, befühlte durch sein Hemd seine Muskeln und ließ die Hände unter den Stoff gleiten, um seine feste Brust zu streicheln. Während er sich daranmachte, jeden Zentimeter meiner Haut zu küssen, umklammerte ich seine Oberarme.

Schließlich wanderten seine Lippen wieder nach oben, bis sie meinen Mund fanden. Er küsste mich leidenschaftlich, dann spürte ich seine Hand an meinem Schenkel. Er strich sanft über meine Haut, was dafür sorgte, dass ein Zittern meinen Körper überlief. Ich biss ein weniger fester auf seine Lippe als beabsichtigt, doch falls es ihm etwas ausmachte, ließ er sich zumindest nichts anmerken.

Er schob seine Hand in mein Höschen und beugte die Finger. Ich runzelte die Stirn und riss überrascht den Mund auf, fast schockiert von der wunderbaren Art, wie er seine talentierten Finger einsetzte. Er ließ sie in mich gleiten, um meine Feuchtigkeit einzufangen, und verteilte sie dann auf meiner Pussy, bis ich das Gefühl hatte, ich müsste vor Ekstase schreien.

Mir flatterte der Gedanke durch den Kopf, dass ich wahrscheinlich nach seinem Schwanz greifen sollte, um den Gefallen zu erwidern, doch gleichzeitig war ich mir nicht sicher, ob ich ihn erreichen konnte. Außerdem schien es Bruce nichts auszumachen, wie die Dinge gerade liefen, zumindest seinem heißen Atem an meinem Hals nach zu urteilen. Sein Körper bewegte sich im Takt seiner Finger. Er rieb sich leicht an mir, als könne er sich einfach nicht zurückhalten, und seine Lust allein machte mich schon heiß.

Ich war nie besonders selbstbewusst gewesen, besonders in Sexfragen – also war jeder Hinweis auf seine Erregung für mich ein Zuspruch, den ich aufsaugte wie eine Verdurstende.

Ich umklammerte seinen Nacken, konnte mich nicht davon abhalten, meine Finger in seine Haut zu graben. Gleichzeitig zog ich ihn an mich und drückte sein Gesicht an meinen Hals. Er fühlte sich so gut an, und er hörte nicht auf, jede Stelle meines Körpers zu küssen, die er mit seinen Lippen erreichen konnte.

Seine Bewegungen wurden schneller und schneller, bis ich das Gefühl hatte, jeden Moment explodieren zu müssen. »Ich will dich ganz«, keuchte ich. »Bitte. Ich will jeden Zentimeter in mir spüren. Ich will dich fühlen.«

Bruce stieß ein lustvolles Stöhnen aus, als wären meine Worte unsichtbare Hände, die ihn streichelten. Er richtete sich auf und riss tatsächlich sein Hemd auf, sodass ein oder zwei Knöpfe durch die Gegend flogen. Das stand in solchem Kontrast zu seinem üblichen, perfekt organisierten Selbst, dass mich ein Schauder der Lust überlief.

Bruce rollte sich auf den Rücken und schob seine Hosen zusammen mit den Boxershorts nach unten, ohne sich die Mühe zu machen, einen sexy Striptease hinzulegen. Er wollte so schnell wie möglich nackt sein und in mich stoßen... und dafür dankte ich Gott, weil ich genau wusste, dass ich nicht mehr lange durchhalten würde, ohne mich damit in Verlegenheit zu bringen, dass ich ihm persönlich die Kleider vom Leib riss und ihn ritt.

Er zog ein Kondom aus der Hosentasche und riss die Hülle auf, um es sich überzustreifen. Ich war erleichtert, dass er noch bei klarem Verstand war, weil ich in diesem Moment nicht mal mehr an ein Kondom gedacht hätte. Ich hätte ihn vielleicht sogar in mich eindringen lassen, bevor es mir aufgefallen wäre – was ein ziemlich beängstigender Gedanke war. Ich war immer vernünftig gewesen, hatte niemals einen Mann ohne Kondom an mich herangelassen; aber es schien, als wäre Bruce irgendwie die Ausnahme von dieser Regel.

Ich schlüpfte aus meiner Unterwäsche, setzte mich auf und griff nach ihm, zog ihn zu mir, obwohl er sich bereits selbst über mich schob. Seine Erektion ragte zwischen uns auf, und ich streckte den Hals, um alles genau beobachten zu können. Ich rechnete damit, dass Bruce seinen Schwanz packen und ihn in mir versenken würde, doch er schaffte es mit einer einzigen geschickten Bewegung seiner Hüften, sich richtig zu positionieren. Einen kurzen Moment lang rieb er sich an mir und verteilte die Feuchtigkeit meiner Erregung auf seiner Erektion. Erst dann, als er bereit war, drang er in mich ein.

Er war nicht grob, aber auch nicht vorsichtig. Langsam, aber bestimmt stieß er in mich. Mein Innerstes musste sich dehnen, um ihn aufzunehmen, was definitiv bei meiner ersten sexuellen Begegnung nicht der Fall gewesen war. Und ich stellte fest, dass ich das Gefühl mochte. Bruce füllte mich auf eine Weise aus, nach der ich mich offenbar ohne mein Wissen schon immer gesehnt hatte.

»Tiefer«, keuchte ich. »Gott. Ich will mehr. Bitte.«

Er stöhnte ein weiteres Mal leise auf. Es bestand kein Zweifel daran, dass es ihm gefiel, wenn ich so redete. Ich bemühte mich nicht um Dirty Talk, um eine gute Show abzuliefern oder weil ich dachte, er würde es mögen. Ich hatte genauso wenig Kontrolle über meine Worte wie über ein Niesen. Ich hatte so etwas noch nie empfunden. Es war, als wäre mein verzweifeltes Sehnen so intensiv, dass mein Körper mein Hirn und jedes Schamgefühl ausschaltete.

»Du bekommst alles, Praktikantin. Keine Sorge.« Seine Stimme war ein sinnliches Brummen an meinem Ohr, verstärkt durch einen Hauch warmer Luft und einen kurzen Biss in mein Ohrläppchen, gefolgt von einem Kuss, um das Brennen zu lindern.

Inzwischen war er beinahe vollkommen in mich eingedrungen, und das Gefühl war fast mehr, als ich ertragen konnte. Ich grub meine Finger in die Matratze, seinen Rücken, das Kissen, packte das Kopfende des Bettes – ich klammerte mich an allem fest, was ich finden konnte, um mich in der Realität zu verankern und nicht von dem überwältigenden Gefühlsrausch hinweggerissen zu werden, mit dem er mich erfüllte.

Schamlos streckte ich ihm meine Hüften entgegen, hob meinen Hintern vom Bett und schlang die Beine um seine Schenkel, um ihn noch tiefer in mich aufzunehmen. Ich ignorierte das Dehnen tief in mir, weil ich nichts dringender wollte, als seine volle Länge in mir zu spüren. Ich hatte das nicht nur so dahingesagt. Ich brauchte alles von ihm. Jeden Zentimeter.

ACHTZEHN

Bruce Sie war atemberaubend. Jeder Stoß in Natasha fühlte sich an, als lösche er die Erinnerung an jede Frau vor ihr aus. Die Nächte, in denen ich versucht hatte, etwas von Bedeutung in den Armen anderer Frauen zu finden, zerfielen zu Staub. Die Zeit, die ich mit Valerie verschwendet hatte, schien plötzlich keine Rolle mehr zu spielen. Wie hatte ich mich je auch nur ansatzweise mit ihr zufriedengeben können? Wieso hatte ich nie verstanden, dass eine Frau so viel mehr sein konnte; sich so viel unglaublicher anfühlen konnte?

Ich stützte mich mit einer Hand ab, doch mit der anderen liebkoste ich Natashas Brüste. Sie hatten die perfekte Größe. Groß genug, um meine Hand gut zu füllen, mit wunderschönen Nippeln, die ständig für mich strammstanden. Ich ließ meine Hand über ihren gesamten Körper gleiten, weil mich die sanfte Wölbung ihres Halses und ihrer Hüften genauso faszinierte wie ihre vollen Brüste und ihre enge Pussy, die gerade meinen Schwanz umklammerte. Sie war ein Engel. Sie war perfekt. Aber vor allem gehörte sie *mir*. Daran bestand kein Zweifel.

Ihre gesamte Aufmerksamkeit war nur auf mich gerichtet,

so wie meine auf sie. Hier ging es nicht nur darum, wie unsere Körper verschmolzen oder wie ihr Stöhnen lauter und lauter wurde. Es ging um das Gefühl, dass wir eine tiefe Verbindung aufbauten, irgendetwas besiegelten. So etwas hatte ich noch nie empfunden.

Seit Wochen waren wir umeinander herumgetanzt, hatten uns beide von Vorsicht und Zurückhaltung leiten lassen. Wir hatten uns immer wieder kurz aufeinander zubewegt, hatten erkundet, ob sich da etwas Ernstzunehmendes entwickeln konnte – doch keiner von uns war wirklich bereit gewesen, den letzten Schritt zu wagen. Das hier war dieser Schritt. Jedes Mal, wenn ich in sie stieß, verstärkte sich das Gefühl. Wir bauten gerade etwas auf.

Und ich wollte dieses Gebäude auf jeden Fall stabil errichten, also packte ich ihre Hüften und drehte sie auf den Bauch, bevor ich sie dazu drängte, für mich auf Hände und Knie zu gehen. Wenn ich ihr leises, überraschtes Stöhnen richtig deutete, war sie mit meiner Entscheidung mehr als einverstanden.

Ihre schmale Taille formte eine wunderbare Sanduhr über ihrem Hintern. Ich umfasste den schmalsten Punkt, genoss es, die Kontrolle zu haben und dass ich sie auf diese Weise an mich ziehen konnte, um sie zu benutzen wie mein persönliches Sex-Spielzeug. Ich rammte mich von hinten hart in sie, immer schneller, bis jeder Stoß vom Klatschen meiner Hüften gegen ihren weichen Hintern begleitet wurde.

Sie streckte die Arme aus, um sich am Kopfende des Bettes festzuklammern. Ich liebte es, dass sie sich nicht davon abhalten konnte, sich zu mir umzudrehen. Sie war nicht damit zufrieden, die Augen zu schließen und alles ihrer Vorstellungskraft zu überlassen. Sie wollte mich *sehen*. Und ich konnte erkennen, dass der Anblick, wie ich in sie stieß, sie unendlich erregte, denn ihr Blick huschte ständig von meinem Gesicht zu meiner Brust zu meinen Bauchmuskeln und zu meinen Händen an ihrer Taille.

Ich umfasste ihre Brüste, die sich in dieser Stellung sogar noch schwerer und größer anfühlten und jedes Mal erzitterten, wenn ich mich in ihr vergrub.

»Ich will mehr von dir sehen«, sagte Natasha atemlos. Sie drehte sich, packte meine Schultern und drängte mich nach unten, bis ich auf dem Rücken lag.

Ich war immer lieber derjenige, der das Sagen hatte, doch die Art, wie sie die Kontrolle übernahm, war so heiß, dass es mir für den Moment egal war. Ich beobachtete fasziniert, wie sie sich über mich schob. Sie schloss eine Hand um meinen Schwanz, der ganz feucht war von ihrer Erregung, dann ließ sie sich auf mich herabsinken und bot mir damit einen fantastischen Blick auf ihren ganzen Körper, von dem nassen Glitzern auf der Innenseite ihrer Schenkel bis zu ihren leicht geöffneten Lippen, die immer noch von meinen Küssen geschwollen waren.

Sie keuchte vor Lust, als sie sich auf meinen Schwanz setzte und anfing, sich auf mir auf und ab zu bewegen. Als sie mich dabei erwischte, wie ich sie beobachtete, wandte sie den Blick ab, und ihre Wangen erröteten auf die Weise, die ich so liebte. Ich hob die Hände und umfasste ihren Hintern, dann begann ich, ihr meine Hüften entgegenzuwerfen. Ich war so verdammt nah dran, die Kontrolle zu verlieren. So nah.

Sie schloss eine Hand um ihre eigene Brust – eine offenbar unbewusste Geste, als wüsste sie gar nicht, wie wahnsinnig sexy sie aussah, als sie mich ritt und sich dabei selbst liebkoste.

Dann lehnte sie sich nach vorne, stützte beide Hände auf meine Brust und gab jede Zurückhaltung auf. Sie grub ihre Finger in meine Haut, um Halt zu finden, und fickte mich schamlos. Ich genoss einfach den Ritt, musterte ihre gerunzelte Stirn und ihre schwingenden Brüste. Der Anblick war reine Ekstase, und ich wusste, wenn ich sie noch länger gewähren ließ, würde ich kommen.

Ich hatte Wochen damit verbracht, mir vorzustellen, wie ich mit ihr schlief, und meine Fantasien hatten immer mit ihr unter mir geendet. Ich wollte spüren, wie ihre Fingernägel sich in meinen Rücken bohrten und sie die Beine so fest um mich schlang, als hinge ihr Leben davon ab.

Ich hob den Arm, drückte eine Hand zwischen ihre Brüste und zwang Natasha nach hinten, während ich mich aufrichtete. Irgendwie schaffte ich es, in ihr zu bleiben, während wir die Position wechselten. Innerhalb von Sekunden lag ich auf ihr. Ich legte ihre Beine um meine Hüften und beugte mich vor, um sie zu küssen.

Und dann besorgte ich es ihr richtig. Ich hielt mich in keiner Weise zurück. Ich wartete nicht darauf, dass sie vor mir kam, weil ich fühlen konnte, wie nah sie vor dem Höhepunkt stand. Sie war kurz vor der Explosion, genau wie ich.

Ihre Finger gruben sich in meinen Rücken – die Vollendung meiner Fantasie. Genau das hatte ich gewollt. Ich spürte, wie ein Kribbeln über meine Wirbelsäule lief, das meinen Orgasmus ankündigte. Im selben Moment bohrte sie ihre Finger noch fester in meinen Rücken und schrie auf.

»Ich komme.«

Ich fühlte, wie sich ihr Innerstes um mich anspannte, um meinen Schwanz zu umklammern, als wolle sie jeden Tropfen aus mir herauspressen, obwohl ich ein Kondom trug. Mein Schwanz zuckte, und ich wurde von einem Höhepunkt hinweggerissen, der länger dauerte und intensiver war als alles, was ich je erlebt hatte.

Ich küsste Natasha noch einmal, bevor ich mich aus ihr zurückzog und mich auf die Knie erhob. Ich betrachtete sie, wie sie ausgebreitet, erschöpft und verschwitzt vor mir lag.

»Du bist so unglaublich schön«, sagte ich.

Sie leckte sich die Lippen und sah mich mit verschleiertem Blick an, offensichtlich noch immer gefangen in den Nachwirkungen ihres Orgasmus.

»Besteht die Chance auf eine Dusche?«, fragte sie. »Allerdings könnte es sein, dass du mir beim Waschen helfen musst. Ich fühle mich gerade ein wenig schwach.«

»Ich hatte gehofft, dass du das fragst.«

Natasha übernachtete bei mir. Am nächsten Morgen machte ich mich so leise wie möglich fertig. Ich schlüpfte früh aus dem Bett und verbrachte nach dem Anziehen noch eine lange Zeit an meinem Computer. Als ich endlich hörte, wie Natashas nackte Füße über den Boden tapsten, forderte ich sie auf, sich zu mir an den Küchentisch zu setzen.

Sie nahm Platz, wobei sie anbetungswürdig verwirrt wirkte, mit ihrem verwuschelten Haar und den noch vom Schlaf verquollenen Augen.

»Du bist schon angezogen?«, fragte sie.

»Ja. Ich habe heute Morgen schon über eine potenzielle Angestellte recherchiert. Ich habe mir ihre Arbeit angesehen und beschlossen, dass sie fantastisch in unser Team bei Galleon passen würde.«

Natasha wirkte unangenehm berührt, als wüsste sie, worauf das hinauslaufen sollte, und suche nach einem Weg, mein Angebot höflich abzulehnen. »Bruce... ich weiß das zu schätzen, wirklich. Aber ich will nicht wieder als deine Praktikantin arbeiten. Ich will mit dir zusammen sein, aber ich will nicht als eine Art Sklavin dienen, die dafür Almosen empfängt.«

»Ich spreche nicht über ein Praktikum, sondern über einen echten Platz im Team. Ich habe bereits gesehen, dass du das nötige Hirn dafür hast, Natasha. Bei dem, was die meisten meiner Angestellten tun, geht es nicht um den passenden

College-Abschluss oder darum, sich in der Schule die richtigen Formeln gemerkt zu haben. Es geht nur um Instinkt und das, was du hier oben hast.« Ich tippte mir an die Schläfe. »Ich habe deine Artikel gelesen. Du durchschaust bewundernswert klar, wie Firmen wirklich ticken, und das ist im Marketing die halbe Miete. Den Rest können wir dir problemlos beibringen.«

Sie runzelte die Stirn, dann schüttelte sie den Kopf und senkte den Blick auf ihre Hände. »Ich weiß nicht, was ich sagen soll. Ich meine, ich will nicht undankbar wirken, aber ich habe trotz allem das Gefühl, dass du einfach nur irgendwie einen Weg gefunden hast, mir etwas Gutes zu tun. Ich weiß, dass ich Hilfe gebrauchen könnte... aber es ist mir wichtig, mir meinen eigenen Lebensunterhalt zu verdienen. Ich wollte niemals irgendwem zur Last fallen oder das Gefühl haben, nicht dazuzugehören. Außerdem war es immer mein großer Traum, als Journalistin zu arbeiten. Ich weiß nicht mal, ob es mir gefallen würde, im Marketing zu arbeiten, oder was auch immer du mir da gerade vorschlägst.«

»Ich werde dich nicht anlügen. Ich will dir Geld geben. Ich wollte dir schon Geld geben, um deine Probleme zu lösen, als ich noch versucht habe, dich aus meinem Leben zu vertreiben. Ich würde das Geld, das du brauchst, um jahrelang glücklich in der Stadt zu leben, nicht einmal vermissen. Aber ich weiß auch, dass du keine Person bist, die solche Geschenke annimmt. Du bist stolz und integer. Das liebe ich an dir. Also glaub mir einfach, wenn ich dir sage, dass es hier nicht um Almosen geht. Hätte ich mir deine Arbeit angesehen und wäre zu dem Schluss gekommen, dass du für den Job nicht geeignet bist, hätte ich dir dieses Angebot nicht unterbreitet. Hätte ich mir die Mühe gemacht, mir all deine Artikel durchzulesen, wenn wir uns nicht persönlich kennen würden? Nein. Aber so ist das Leben. Ein gutes Jobangebot hängt manchmal davon ab, wen man so kennt ... und wenn du die Stelle annimmst, nutzt du nur eine Chance, wie sie wahrscheinlich die Hälfte der Angestellten in der Stadt auch genutzt hat.«

Ich wartete.

»Wenn ich diese Stelle annehme, musst du mir versprechen, dass du mich nicht anders behandeln wirst als die anderen, nur weil ich deine ...«

»Liebesdienerin?«, schlug ich vor.

Sie warf mir einen bösen Blick zu, doch dann grinste sie.

»Ich dachte eher an das Wort mit ›F‹.«

»Hm. Ich fürchte, du musst dich schon etwas genauer ausdrücken.«

»Freundin«, blaffte sie.

Ich schmunzelte. »Nun, wenn du darauf bestehst, dann bitte. Aber ich brauche noch eine Klarstellung. Ist diese Freundinnen-Sache die Bedingung dafür, dass du den Job akzeptierst, oder sind das zwei voneinander getrennte Themenfelder?«

Ihr Blick war so eisig, dass es mich fröstelte.

»Ich ziehe dich nur auf«, sagte ich sanft. »Ich habe dich bereits vor dem gestrigen Tag – und Abend – als meine Freundin angesehen. Für kurze Zeit warst du meine Ex, aber jetzt bist du wieder meine Freundin. Okay?«

»Habe ich dabei nicht auch ein Wörtchen mitzureden?«, fragte sie.

Jetzt war es an mir, sie böse anzustarren.

Sie hob kapitulierend die Hände. »Ich ziehe dich auch nur auf. Aber um deine Frage zu beantworten: Ja, ich möchte auf jeden Fall deine Freundin sein, ob nun mit oder ohne den Job. Das dürfte offensichtlich sein. Ich sage nur auch, dass ich keine Witzfigur sein möchte. Ich will nicht, dass alle glauben, ich hätte mich nach oben geschlafen. Verstehst du?«

»Streng genommen hast du mit dem Chef geschlafen.«
»Einem der Chefs.«
»Guter Punkt. Und stell bitte sicher, dass das auch so bleibt.« Sie warf mir einen amüsierten Blick zu. »Ich glaube, ein Chamberson-Bruder ist mehr als genug für mich. Du musst dir also keine Sorgen machen.«
»Das ist eine ziemliche Belastung fürs Ego. Der Kerl sieht genauso aus wie ich. Wenn eine Frau mich mit ihm betrügen würde, welche Erklärung gäbe es dann dafür?«
»Nun, vielleicht musst du dir keine Sorgen mehr um *eine Frau* machen und stattdessen anfangen, dir Sorgen um *mich* zu machen.« Kaum hatte sie die Worte ausgesprochen, hielt sie inne, um sich dann die Hände vors Gesicht zu schlagen. »Gott. Es tut mir leid. Jetzt bedränge ich dich nicht nur übermäßig, ich habe es im selben Satz auch noch geschafft, es klingen zu lassen, als müsstest du dir wirklich Sorgen darum machen, dass ich dich betrüge.« Sie spreizte ihre Finger und spähte auf anbetungswürdige Weise zwischen ihnen zu mir hindurch.

Ich lächelte. »Aus irgendeinem Grund habe ich das Gefühl, dass du mich gar nicht genug bedrängen kannst. Und was das Betrügen angeht?« Ich lehnte mich über den Tisch und bedeutete ihr, meinem Beispiel zu folgen, damit ich sie küssen konnte. »Ich werde einfach sicherstellen, dass du keine Orgasmen mehr für irgendwen anders übrig hast. Ich werde dich am Morgen, nach der Arbeit und vor dem Schlafengehen zum Höhepunkt bringen. Du wirst nur mir gehören, mit Haut und Haar.«

Sie lehnte sich nach hinten und versuchte, mit ihrem Stuhl zu kippeln, verschätzte sich aber und fing an, wie wild mit den Armen zu rudern, um das Gleichgewicht zu halten. Ihre Augen wurden comicartig groß. Ich schaffte es gerade noch, ihr Handgelenk zu packen, bevor sie nach hinten umfiel.

»Und«, sagte ich, »dazwischen muss ich auch noch dafür sorgen, dass du dich nicht aus Versehen umbringst.«
»Klingt nach einem Plan«, meinte sie.
»Welcher Teil? Die Sache mit den ständigen Orgasmen oder der Teil, wo ich dich irgendwie am Leben erhalte?«
»Alles zusammen.«

EPILOG

Natasha *Einen Monat später*

Ich nahm den Job bei Galleon Enterprises an und hätte nicht glücklicher darüber sein können. Ich hatte den Großteil meines Erwachsenenlebens geglaubt, ich wolle als Journalistin arbeiten… und vielleicht würde ich es eines Tages sogar wieder tun. Doch durch die Arbeit für Galleon verstand ich, dass ich mich hauptsächlich nach einem Job gesehnt hatte, bei dem meine Anstrengungen geschätzt wurden – bei dem ich mein Bestes geben konnte und Anerkennung dafür erfuhr. Ich wollte einen Job, bei dem meine Leistung nicht nach einer Checkliste oder irgendwelchen vorher festgelegten Kriterien beurteilt wurde. Ich wollte mein Hirn anstrengen müssen und das Gefühl haben, dass ich damit etwas erreichte. Ich hatte gedacht, all das im Journalismus gefunden zu haben. Vielleicht würde das tatsächlich auch irgendwann der Fall sein, doch im Moment fand ich alles, wonach ich mich sehnte, bei Galleon.

Eine Woche, nachdem ich meine neue Stelle angetreten hatte, begleitete mich Braeden zu einer Firmenparty von *Business Insights*. Bruce würde später vorbeischauen, sobald seine ganzen Meetings vorbei waren. Ich hatte offiziell gekündigt, sobald ich Bruce' Jobangebot angenommen hatte. Bis dahin war ich streng genommen noch als freie Journalistin geführt worden und hätte bei Hank vorbeischauen können, um mir irgendeinen doofen Auftrag abzuholen, der gerade auf seinem Schreibtisch wartete. Doch Kündigung hin oder her, Hank war freundlich genug gewesen, mich zu der Party einzuladen – ein jährliches Event, bei dem die Gründung von *Business Insights* gefeiert wurde.

Sie hatten zu diesem Anlass kitschige Partydekoration aufgehängt, und das Essen war so schlecht wie immer. Aber Drinks blieben Drinks, und es gab einen ordentlichen Vorrat an Champagner. Den sponserte Mr Weinstead jedes Jahr, auch wenn er nicht selbst auf der Party erschien.

Braeden trug ein zerrissenes schwarzes T-Shirt und Jeans. Sein Haar sah aus, als hätte er es vor Kurzem tatsächlich gewaschen, was mich grundsätzlich immer freute.

»Glaubst du, Bruce wird mir die Hölle heiß machen, wenn er kommt?«, fragte Braeden.

Wir standen neben einem Tisch mit Champagnerflaschen und Plastikbechern. Eine sehr stilvolle Kombination – teurer Champagner in der Art von Plastikbechern, aus denen Highschool-Kids bei ihren Partys tranken. Aber niemand hier war sich zu fein, um zu nehmen, was geboten wurde. Ich hatte Candace noch nicht entdeckt, aber wir waren auch ein wenig früh dran, also rechnete ich damit, dass sie jeden Moment auftauchen würde. Bisher schlenderten nur ein paar Leute durch den Raum, und niemand tanzte zu der Musik, die aus den Lautsprechern dröhnte.

»Wieso sollte er dir die Hölle heiß machen? Weil du den Job hingeschmissen hast, den er dir besorgt hatte?«

Braeden schloss die Augen, als bereite er sich darauf vor, mir eine sehr grundlegende Tatsache zu erklären. »Ich habe ihn nicht hingeschmissen. Mir ist klar geworden, dass meine

Talente an einem solchen Ort verschwendet wären. Ein paar Arschkriecher und Bürohengste, die keinen hochkriegen, wenn sie nicht immer ihren Tacker zur Hand haben? Komm schon, Nat. Du weißt, dass das nicht der Ort ist, an dem ich enden will.«

»Natürlich. Und ich bin mir sicher, es hatte absolut nichts mit der Tatsache zu tun, dass du jeden Tag um sechs Uhr dreißig aufstehen musstest.«

»Absolut gar nichts«, antwortete er. »Aber ich habe schon eine neue Idee. Das wird ein großes Ding. Vertrau mir.«

»Und was ist es?«

»Nun, ich will noch nicht zu sehr ins Detail gehen, weil ich noch ganz am Anfang stehe, aber lass uns einfach sagen, dass ich in letzter Zeit eine Menge Yoga-Videos auf YouTube geschaut habe.«

Ich zog gespannt die Augenbrauen hoch und wartete auf mehr. »Und?«, fragte ich, als Braeden nicht weitersprach.

»Und lass uns einfach sagen«, fügte er unerträglich geheimnisvoll hinzu, »dass New York City bald schon einen neuen, prominenten Yogi bekommen wird.«

Ich bemühte mich, nicht zu lachen. »Kannst du auch nur deine Zehen berühren?«

»Es geht nicht um Fähigkeiten, Nat. Das ist die erste Lektion. Es geht um – und das ist ein Begriff, den ich persönlich geprägt habe, also gib bitte immer die Quelle an, wenn du ihn von nun an verwendest – *Willfähigkeit*.«

»Willfähigkeit?«

»Ja. Den Willen, fähig zu sein. Das ist der Kern meiner ganzen Philosophie.«

»Nun, ähm, freut mich, dass du eine Leidenschaft für etwas entwickelt hast. Mal wieder.«

»Namaste«, sagte er, drückte die Handflächen aneinander und verbeugte sich leicht.

Ich hätte gelacht, aber dafür kannte ich meinen Bruder zu gut. Er machte keine Witze. Das gehörte zu den Eigenschaften an ihm, die ich liebte – obwohl genau dieser Punkt auch immer wieder zu Niederlagen und Enttäuschungen führte: Er war fähig, ein paar Tage lang all seine Begeisterung und Energie auf ein einziges Projekt zu konzentrieren. Und in dieser kurzen Zeit war er wahrhaft glücklich, weil ihm nicht einmal der Gedanke kam, er könne mit seiner Idee scheitern. Ich hatte gelernt, einfach zu nicken und zu lächeln – denn egal, ob er damit auf die Nase fiel oder nicht, er war mein Bruder, und ich liebte es, ihn so begeistert zu sehen. Ich drückte ihm jedes Mal die Daumen, in der Hoffnung, dass eine seiner verrückten Ideen tatsächlich funktionieren würde; doch bis dahin tat ich, was ich eben konnte: Ich war für ihn da.

»Klingt toll«, erklärte ich fröhlich. »Lass mich wissen, wenn die Sache anläuft, dann kann ich bei Galleon ein gutes Wort für dich einlegen. Ich bin mir sicher, dass einige der Damen dort Yoga machen.«

»Sehr gut«, sagte er. Vielleicht war es Einbildung, aber ich hatte fast das Gefühl, dass er mit einem leicht asiatischen Akzent sprach.

Ich hob die Hand vor den Mund, damit er mein Lächeln nicht sah.

Inzwischen war Candace mit einer Gruppe anderer Leute eingetroffen. Sie entdeckte mich sofort und winkte mir mit den Armen über dem Kopf zu, während sie auf mich zukam.

»Natashaaaa!«, brummte sie mit beängstigend tiefer Stimme.

»Candaaaace«, sagte ich grinsend, wobei ich versuchte, ihre seltsame Tonlage nachzuahmen.

Sie zog mich in eine feste Umarmung. Wie gewöhnlich roch sie nach fruchtigem Shampoo und Sonnencreme. Candace nahm ihre Hautpflege unglaublich ernst und trat niemals ohne eine ordentliche Menge Lichtschutzfaktor vor die Tür.

»Also?«, flötete sie. »Wie ist es so, für diese schicke Firma zu arbeiten? Gibt es in der Mittagspause Massagen? Sind die Klobrillen mit Gold überzogen?«

»Keine Massagen während der Arbeitszeit und die Toiletten sind aus Porzellan, wie überall anders auch. Aber das Toilettenpapier ist zweilagig.«

»Halt die Klappe!« Candace unterstrich ihre Worte mit einem Schlag auf meinen Oberarm, der ein wenig härter ausfiel als wahrscheinlich beabsichtigt.

»Okay?«, sagte ich, als ich lachend zurückzuckte.

»Tut mir leid.« Sie zog mich ein weiteres Mal an sich. »Ich habe das Gefühl, als hätte ich dich schon ewig nicht mehr gesehen, und das macht mich sauer. Okay, aber jetzt sollten wir mal richtig reden. Für wann ist die Hochzeit angesetzt? Plant ihr Kinder? Ich brauche Informationen.«

»Ob du es nun glaubst oder nicht, über so was haben wir noch gar nicht gesprochen, nachdem wir erst seit einem Monat wieder ein Paar sind. Er hat allerdings irgendetwas von Halloween-Kostümen für die Firmenparty gesagt, also hat er zumindest vor, im Oktober noch mit mir zusammen zu sein.«

Candace zählte leise die Monate an den Fingern ab. »Okay, ich habe mich verzählt, aber auf jeden Fall ist es bis dahin noch eine Weile hin, richtig? Er hat definitiv vor, dir einen Ring an den Finger zu stecken. Das ist mal sicher. Oder vielleicht will er dir jetzt einen Braten in die Röhre schieben und so dafür sorgen, dass die ganze Ehesache sowieso außer Frage steht.«

Ich hob eine Hand. »Hey, immer langsam. Ich versuche gerade noch, damit klarzukommen, dass er gleichzeitig mein Chef ist und der Kerl, mit dem ich …«

Candace lehnte sich vor und verzog ihr Gesicht zu einer so anzüglichen Grimasse, dass ich einfach lachen musste.

»Der Kerl, mit dem ich *ausgehe*«, sagte ich und betonte das Wort so, dass es sehr viel unschuldiger klang als alles, was sie sich gerade vorstellte. Doch wäre ich ehrlich gewesen, hätte ich zugeben müssen, dass die Wahrheit wahrscheinlich nicht so weit von ihren wilden, sexgefüllten Fantasien entfernt war. Ich hatte nicht viel Erfahrung in dieser Hinsicht, aber Bruce musste einfach einen stärkeren Sexualtrieb haben als andere Kerle. Der Mann war eine Maschine. Inzwischen war mir klar geworden, dass dieses Sex-Roboter-Label, das ich ihm am Anfang verpasst hatte, gar nicht so falsch gewesen war... nur dass mit Bruce zu schlafen definitiv *nicht* emotionslos war. Bruce war so leidenschaftlich, dass es mir immer wieder Schauder über den Rücken jagte – als wäre jede Berührung heilig und vollkommen neu.

»Wenn man vom Teufel spricht...«, sagte Candace aus dem Mundwinkel.

Ich folgte ihrem Blick zur Tür, wo Bruce gerade erschienen war. Es überraschte mich immer wieder, wie sehr er überall, wo er auch auftauchte, aus der Menge herausstach. Seine Größe half natürlich, aber es gab noch andere deutliche Unterschiede. Er war nicht einfach irgendein Kerl. Es war unmöglich, ihn zu übersehen. Ich hatte bereits beobachtet, wie Leute auf der Straße ihn offen anstarrten, während sie wahrscheinlich überlegten, in welchem Film er mitgespielt hatte. Und ich nahm ihnen das nicht übel. Bruce sah aus, als sollte sein Name allen ein Begriff sein – wie einer der Männer, die auf Magazincovern am Strand posierten und einen anlächelten, während man im Supermarkt an der Kasse stand.

Ich fühlte den inzwischen vertrauten Stolz bei dem Gedanken, dass das *mein* Mann war – besonders, als ich bemerkte, wie jede Frau auf der Party den Kopf drehte, um ihn sehnsüchtig anzustarren. Die Art, wie sie ihn aus den Augenwinkeln beobachteten, um dann aufgeregt mit ihren Freundinnen zu flüstern, war unverkennbar. Ich musste nicht Lippenlesen können, um zu wissen, worüber sie redeten.

Sie sprachen über Bruce. Meinen Bruce. Und sie fragten sich vermutlich alle, ob sie bei ihm auch nur die geringste Chance hätten ... und das galt wahrscheinlich sogar für ein paar der Frauen, die vergeben waren.

Bruce beendete alle Spekulationen, als er zu mir kam und mich in eine besitzergreifende Umarmung zog, sodass ich in seinen starken Armen und der Wärme seines Körpers versank. Dann löste er sich von mir, umfasste mein Gesicht und drückte mir einen sanften Kuss auf die Lippen. Er dauerte nicht lange und gehörte nicht zu der Art von Küssen, bei der die Leute unangenehm berührt den Kopf abwendeten – es war eher die Art, die ich früher immer gerne beobachtet hatte, weil es solche Küsse nur zwischen Menschen gab, die sich gegenseitig anbeteten.

»Zur Abwechslung war ich mal dran mit Zuspätkommen«, sagte er. Er gab mich frei, allerdings legte er mir sofort eine Hand ans Kreuz, als könne er es einfach nicht ertragen, mich nicht zu berühren. Das liebte ich an ihm. Er konnte die Finger nicht von mir lassen. Das war wirklich ein Schub für mein Selbstbewusstsein.

»Hey«, antwortete ich. »Ich bin schon viel besser geworden.«

»Stimmt. Aber nur, wenn ich dir helfe.«

Lächelnd zuckte ich mit den Achseln. »Ich schätze, dann muss ich dich wohl behalten.«

»Du sagst das, als hättest du überhaupt eine Wahl.«

Mein Blick fiel auf Candace, die uns beobachtete, als wäre unser Dialog ein Tennismatch in der letzten Runde von Wimbledon. »Hi«, sagte sie dann atemlos und schüttelte Bruce die Hand. »Ich bin sozusagen Natashas beste Freundin. Candace. Wir sollten uns besser kennenlernen, weißt du, nachdem Natasha und ich so gut befreundet sind. Und einfach mal so: Sind deine Freunde wie du?«

Bruce schien kein Problem mit ihrer Direktheit zu haben. »Wie ich?«, fragte er ruhig.

Ich räusperte mich und sah Candace warnend an.

»Du weißt schon... perfekt? Weil ich da total drauf stehe. Und wenn du noch weitere solcher Freunde hättest oder...«

»Ich habe einen eineiigen Zwillingsbruder, aber den würde ich meinem schlimmsten Feind nicht an den Hals wünschen.«

»Eineiiger Zwilling... okay«, sagte Candace langsam. »Das wusste ich, weil Natasha und ich uns Bilder von dir und deinem Bruder...«

Sie brach ab, weil ich ihr die Hand auf den Mund presste. »Candace weiß nicht, wann man den Mund halten muss«, erklärte ich durch zusammengebissene Zähne. »Nicht wahr?«, fragte ich sie.

Langsam senkte ich die Hand.

»Sie hat recht«, stimmte Candace zu. »Ich glaube, es ist eine Krankheit.«

»Schon okay«, meinte Bruce.

Ich bemerkte, dass Braeden gerade eine Frau anquatschte, die ziemlich fit aussah. Ich ging davon aus, dass er versuchte, ihr seine neue Masche aufzuschwatzen. Meine Vermutung wurde bestätigt, als er die Hände aneinanderlegte und sich leicht vor ihr verneigte. Zu meiner Überraschung schien die Frau darauf anzuspringen. Ich grinste. Gut für ihn.

In diesem Moment schloss sich Hank unserer kleinen Gruppe an. »Bruce Chamberson persönlich, hm?«

»Soweit ich weiß, ja«, meinte Bruce.

»Ich wollte mich offiziell bei Ihnen entschuldigen. Im Journalismus und der Liebe ist natürlich alles erlaubt, aber es tut mir leid, dass die ganze Sache so persönlich geworden ist.«

»Ist ja nichts passiert. Aber ich bin neugierig«, sagte Bruce. »Was hat Sie glauben lassen, es gäbe in meiner Firma einen Korruptionsskandal aufzudecken?«

»Auf das Risiko hin, mich und ganz *Business Insights* zu blamieren... es war ein Recherchefehler. Wir haben einen Mitarbeiter darauf angesetzt, verschiedene Geschäftskonten auf Unregelmäßigkeiten zu überprüfen, und anscheinend hat er Mr Weinstead darüber informiert, dass Ihre Firma unglaubwürdig hohe Ausgaben abschreibt. Er meinte, das wäre ein klarer Hinweis auf Steuerhinterziehung. Allerdings hat sich inzwischen herausgestellt, dass er die Ausgaben von 2017 mit den Einnahmen von 2014 abgeglichen hat. Fragen Sie mich nicht, wie er es geschafft hat, das so in den Sand zu setzen, aber auf jeden Fall hat er deswegen inzwischen seinen Job verloren.«

»Das war der Grund?«, fragte ich. Ich hatte ein paarmal ohne Erfolg versucht, aus Hank herauszubekommen, warum er Bruce verdächtigte.

»Das war der Grund«, seufzte Hank. »Mr Weinstead hat es mir erst vor ein paar Wochen verraten... und das auch nur, weil er wollte, dass ich den armen Jungen vor die Tür setze, der den Fehler gemacht hat. Ich habe darauf bestanden, den Grund zu erfahren, weil ich ihn nicht einfach so feuern wollte. Und das war die Antwort.«

»Nun«, meinte Bruce. »Ich versuche nicht mal, so zu tun, als wäre ich wütend. Dieser Zufall hat dafür gesorgt, dass mir Natasha in den Schoß gefallen ist.« Er hielt kurz inne, und ich hätte schwören können, dass seine Wangen erröteten. Er räusperte sich, dann sagte er: »Schlechte Wortwahl. Ich bin einfach nur froh, dass alles so gelaufen ist.«

Ich drückte seine Hand. »Ich auch.«
»Ja, ja«, brummte Hank missgelaunt. »Sehr süß.«
»Und jetzt küsst euch«, flüsterte Candace, die schon fast unangenehm nah neben uns stand.
Wir starrten sie beide an, und sofort trat sie einen Schritt zurück. »War doch nur ein Vorschlag. Himmel.«

Bruce *Vier Monate später*

Natasha drückte meine Hand und schenkte mir ein aufmunterndes Lächeln. Niemals zuvor in meinem Leben war ich so nervös gewesen. Nicht an dem Tag, als ich Natasha gefragt hatte, ob sie bei mir einziehen wollte. Nicht, als ich den Verlobungsring gekauft hatte, den ich immer noch in Erwartung des richtigen Moments bei mir trug.

Das hier übertraf alles.

Valerie war innerhalb von zwei Monaten zweimal betrunken am Steuer erwischt worden, daher hatte das Jugendamt eine Untersuchung eingeleitet, bei der mehrere weitere Gefahrenhinweise entdeckt worden waren. Sie hatte Kokain im Haus gehabt, und anscheinend hatte sie nach ihrer letzten Schönheitsoperation auch eine Abhängigkeit von Schmerzmitteln entwickelt. Letztendlich hatte das Jugendamt herausgefunden, dass sie Caitlyn vernachlässigte, und hatte das auch vor Gericht beweisen können – was bedeutete, dass sie das Sorgerecht für Caitlyn verlor. Valerie hatte einen Freund, doch der wollte nichts mit der Verantwortung für Caitlyn zu tun haben. Und selbst wenn er Interesse gezeigt hätte, hätte das Gericht sie nur ungern in Obhut von jemandem gegeben, der bereits an der Vernachlässigung beteiligt gewesen war. Auch Valeries Eltern wollten ihre Enkelin nicht aufnehmen.

Vom juristischen Standpunkt aus hatte ich nicht mehr Recht, Caitlyn zu adoptieren, als jeder beliebige Typ von der Straße, aber ich hatte alles Nötige unternommen, um auf der Liste ganz nach oben zu rutschen. Es half, dass Caitlyn schriftlich zu Protokoll gegeben hatte, dass sie sich wünschte, als Pflegekind bei mir zu leben. Es half auch, dass ich die finanziellen Mittel besaß, um für sie zu sorgen, genauso wie ein makelloses Führungszeugnis.

Trotzdem hatte mich das Warten, ob ich sie bei mir aufnehmen durfte oder nicht, vollkommen fertiggemacht. Ich plante, sie sofort zu adoptieren, wenn das Gericht entschied, Valerie das Sorgerecht endgültig zu entziehen. Ich hätte mir gerne eingeredet, dass eine Minimalchance bestand, dass Valerie sich zusammenriss und zu der Mutter wurde, die Caitlyn verdient hatte – doch irgendwie wusste ich einfach, dass das nicht passieren würde.

Und heute war der Tag, an dem wir Caitlyn mit nach Hause nehmen durften.

Genau zum verabredeten Zeitpunkt fuhr ein Wagen vor meinem Wohngebäude vor. Der Fahrer stieg aus, um Caitlyn die Tür zu öffnen. Ich hatte erwartet, dass sie angesichts der Umstände gemischte Gefühle hegen würde, doch kaum, dass sie mich sah, erschien ein breites Lächeln auf ihrem Gesicht.

»Danke«, sagte sie an meinem Bauch, als sie mich fest umarmte.

Ich wusste nicht, was ich sagen sollte. Ich wollte ihr nicht gestehen, dass ich vor Glück hätte platzen können, nachdem sie nur deswegen bei mir gelandet war, weil ihre Mutter sie absolut schrecklich behandelt hatte. Und dafür fühlte ich mich teilweise mitverantwortlich. Ich war mir nicht sicher, ob Valerie auch so außer Kontrolle geraten wäre, wenn ich ihr nicht jede Summe gegeben hätte, die sie von mir verlangte. Gleichzeitig zweifelte ich aber auch daran, dass ständige juristische Auseinandersetzungen Caitlyn nicht auch belastet hätten.

Also sagte ich nichts und umarmte sie nur fest, bevor ich sie nach drinnen führte. Ihre kleine Hand lag in meiner, während meine andere Hand auf Natashas Schulter lag.

Eine Woche später
William saß mit amüsierter Miene auf meinem Sofa, damit beschäftigt, einen teuren Briefbeschwerer von meinem Schreibtisch immer wieder in die Luft zu werfen und aufzufangen. Natasha und Caitlyn spielten irgendein Kartenspiel mit unglaublich komplizierten Regeln. Sie knieten vor dem Couchtisch und wirkten unendlich konzentriert, weil sie vermutlich beide verbittert um den Sieg kämpften.

Die zwei waren viel ehrgeiziger, als ich jemals erwartet hätte. Und soweit ich sagen konnte, hatten sie sich von Anfang an gut verstanden. Es half, dass sie anscheinend beide von Brett- und Kartenspielen besessen waren.

»Weißt du«, meinte William. »Ich bin fast eifersüchtig. Wirklich. Es muss hart sein, den aufregenden Teil des Lebens hinter sich zu haben. Du musst dir keine Sorgen mehr darum machen, ob du nackt noch gut aussiehst. Oder dich fragen, welche Frau du am Ende des Abends mit nach Hause nehmen sollst. All diese Probleme... einfach *Puff*. Haben sich in Luft aufgelöst. Muss nett sein.«

»Ist es tatsächlich«, antwortete ich.

Er zog die Augenbrauen hoch. »Bei mir wird es niemals so weit kommen. Niemals. Ich werde deine kleine, dysfunktionale Familie von den Zuschauerrängen aus genießen. Das ist mehr als genug Langeweile für mich.«

»Dein Tag wird auch noch kommen«, sagte ich. »Dein Problem ist nur, dass du die richtige Frau noch nicht gefunden hast.«

»Er hat recht«, sagte Natasha, doch sie klang abgelenkt und sah nicht von ihren Karten auf.

»Hast du ihr das beigebracht? Netter Trick.«

Ich warf ihm einen bösen Blick zu. »Weißt du noch, wer immer gewonnen hat, wenn wir uns geprügelt haben? Achte auf deine Worte, oder ich erinnere dich daran.«

»Ja, ja. Schon kapiert. Du musst dich nicht so aufregen. Ich versuche ja nur zu sagen, dass du gute Arbeit geleistet hast.«

»Nun, dann danke, denke ich.«

»Gern geschehen, denke ich.«

»Jungs sind so seltsam«, meinte Caitlyn.

»Besonders diese beiden«, sagte Natasha.

»Aua«, kommentierte William. »Anscheinend ist sie doch nicht so gut erzogen.«

Natasha schenkte mir ein sündhaftes kleines Lächeln, das außer mir niemand sah. Es war ein Lächeln, das mehr sagte als tausend Worte. Es erklärte, dass William recht hatte. Natasha würde nie eine brave Hausfrau sein oder in irgendeiner anderen Hinsicht einem Klischee folgen. Sie war mein unfallträchtiger, absolut unberechenbarer, sturer kleiner Wirbelwind, und ich war mir bewusst, dass es nicht mehr lange dauern würde, bis ich vor ihr auf die Knie sinken würde.

»Deswegen liebe ich sie«, sagte ich.

Niemand außer Natasha und mir fühlte die Schockwelle, die von diesen Worten ausging. Wir hatten sie bisher noch nicht ausgesprochen, und es waren Worte, die ich niemals leichtfertig benutzte.

»Ich liebe dich auch«, sagte sie und schien plötzlich jedes Interesse an ihrem Kartenspiel verloren zu haben.

»Wenn ihr beide jetzt anfangt, rumzuknutschen, dann gehe ich«, meinte William.

»Ich auch«, verkündete Caitlyn, doch das Grinsen auf ihrem Gesicht verriet deutlich, dass es ihr gefiel, Eltern zu haben – selbst wenn es nur Adoptiveltern waren –, die ihre Zuneigung zueinander offen zeigten.

»Dann verschwindet, verdammt noch mal«, knurrte ich.

Die beiden standen auf und rannten fast aus dem Raum, während ich Natasha von ihren Knien auf meinen Schoß zog. Dann ließ ich mich auf der Couch nach hinten sinken.

»Ich war gerade dabei, zu gewinnen, weißt du?«, sagte sie, ihr Blick verschleiert und voller Lust.

Ich schaute auf die Uhr an der Wand und stellte fest, dass es zehn Uhr vormittags war. »Nun«, sagte ich plötzlich und schob sie von meinem Schoß, sodass sie auf dem Hintern landete. Dann stand ich auf. »Tut mir leid, diesen magischen Moment zerstören zu müssen, aber...«, ich nickte in Richtung der Uhr, »es ist Zeit für meine Banane. Also... ein andermal?«

»Zum Teufel mit ein andermal«, sagte sie breit grinsend, als sie mich zurück zur Couch zog.

»Hm«, meinte ich, während ich ihren Körper und ihren verführerischen Blick musterte. »Ich nehme an, ich kann meine Banane verschieben.«

»Ich nicht«, sagte sie, als sie sich vorlehnte, um den Öffner meines Reißverschlusses mit den Lippen zu packen. Inzwischen hatte sie genug Übung, dass es ihr gelang, ihn beim ersten Versuch nach unten zu ziehen.

»Deswegen liebe ich dich.«

»Nur deswegen?«, fragte sie, wobei sie meine Schenkel rieb.

»Zur Hölle, nein«, sagte ich, plötzlich ernst. Ich wollte, was sie mir anbot, aber das konnte warten. Ich drängte sie, aufzustehen, umfasste ihre Wangen und sah ihr tief in die Augen. »Ich liebe dich, weil es dich nie interessiert hat, wer ich bin.

Dich hat nie interessiert, dass ich eine Menge Geld habe oder dass ich dein Chef bin. Du warst immer du selbst, auch wenn du mir den wahren Grund für dein Praktikum verschwiegen hast. Du bist die aufrichtigste Person, die ich kenne. Und das bedeutet, dass ich *dich* liebe und nicht irgendeine Maske, die du aufgesetzt hast, um mich zu beeindrucken.«

Sie kniff die Augen zusammen, ein leises Lächeln auf ihren Lippen. »Willst du mir damit auf nette Art sagen, dass meine Blowjobs nicht so toll sind?«

Ich lachte. »Nein. Das ist meine nette Art, dir zu sagen, dass ich dich nicht *nur* deswegen liebe, weil du fantastisch im Bett bist.«

»Hm. Das akzeptiere ich.« Sie beugte sich vor und küsste meinen Hals. »Und nachdem wir gerade rührselig sind, sollte ich dir vielleicht sagen, dass ich immer zu schätzen wusste, dass du mir Gelegenheit gegeben hast zu zeigen, wozu ich fähig bin. Alle anderen in meinem Leben haben mich sofort abgeschrieben, weil ich tollpatschig bin und oft Dinge in den Sand setze – was zugegebenermaßen nachvollziehbar ist. Aber du hast immer hinter die Fassade geblickt.«

»Du bist unglaublich kompetent.«

Sie ließ sich wieder auf die Knie sinken und lächelte lustvoll zu mir auf. »Wie wäre es, wenn wir ein wenig in Erinnerungen schwelgen? Vielleicht können wir ja da anfangen, wo alles begann...«

DANKSAGUNG

Bitte vergesst nicht, eine Rezension zu hinterlassen!

Danke, dass ihr meinen Roman gelesen habt! Ob euch das Buch nun gefallen hat oder nicht, es würde mir eine Menge bedeuten, wenn ihr eine ehrliche Rezension im Internet schreiben würdet. Ich lese jede einzelne davon und nehme sie mir alle zu Herzen, selbst bei älteren Büchern, also ist das nicht nur eine tolle Art, mir Feedback zu geben und mir dabei zu helfen, immer besser zu werden, sondern es ist auch der beste Weg, mich zu unterstützen und es mir zu ermöglichen, neue Leser zu gewinnen.

Außerdem hoffe ich, dass diejenigen, die schon länger meine Bücher lesen, nicht enttäuscht sind, dass ich diesmal ein wenig von meiner gewöhnlich ernsteren, manchmal sogar dunklen Erzählstimme abgewichen bin. Ich hatte in den letzten paar Monaten eine schwere Zeit und hatte das Gefühl, dass ein Buch, das sich selbst nicht ganz so ernst nimmt, jetzt genau das Richtige wäre.

Leseprobe aus

PENELOPE BLOOM

HER
Cherry

EINS

Hailey Meine Grandma sagte immer, Backen sei das Heilmittel gegen Traurigkeit. Grammy war bezaubernd, und sie konnte Cookies backen, die einen schlichtweg aus den Latschen hauten, aber in diesem Punkt lag sie vollkommen falsch. Ich hole jetzt seit über zwei Jahren frische Kirschkuchen, Pasteten, Croissants, Bagels und jede andere erdenkliche Art von Gebäck aus dem Ofen meiner Bäckerei, und meiner Einschätzung nach half Backen nur gegen schlanke Taillen und die Entschlossenheit, sich an eine Diät zu halten.

Ich war sowieso nicht wirklich traurig. Ich war gerade fünfundzwanzig geworden und konnte es kaum erwarten, dass das Leben mich endlich holen kam. Man hätte mich naiv nennen können, aber ich war bisher davon überzeugt gewesen, dass, wenn ich den Kopf gesenkt hielt, hart arbeitete und mich benahm wie ein anständiges Mädchen, alles andere sich schon von allein ergeben würde. Stattdessen hatte ich einfach nur eine bequeme Routine entwickelt, während die Zeit immer schneller und schneller verging. Wenn ich nicht aufpasste, würde ich irgendwann als achtzigjährige Jungfrau enden, die Cupcakes backte, die spontane Orgasmen auslösen konnten. Tolle Backkünste, trauriges Leben. Das war nicht gerade mein Traum. Tief im Inneren wusste ich: Wenn ich es weiter vermied, Risiken einzugehen, so wie ich es vermied, Zahnseide zu benutzen – außer am Tag vor dem Zahnarztbesuch –, würde ich mich zu einer verkrusteten, jungfräulichen Bäckerin entwickeln.

Backen war einfach. Es ergab Sinn. So viel von dieser Zutat, so viel von jener, bei dieser Temperatur backen, den Teig so und so lange ruhen lassen. Es war eine Wissenschaft. Und wenn man sorgfältig arbeitete, wusste man, was man zu erwarten hatte. Das mochte ich am Backen. Es war mein Zufluchtsort. Und wenn meine Schwester und Ryan, mein einziger Angestellter, mir nicht ständig wegen meines fehlenden Soziallebens in den Ohren gelegen hätten, hätte ich mich bereits so tief in die Backkunst vergraben, dass niemand mich jemals wiedergefunden hätte. Meine Pläne für das Wochenende beinhalteten gewöhnlich, auf dem örtlichen Bauernmarkt nach frischen Zutaten von meinen Lieblingshöfen zu suchen, neue Rezepte auszuprobieren und ein paar bereits vorhandene Rezepte zu verbessern. Backen war mein Ein und Alles. Es hätte mich nicht überrascht, wenn durch meine Adern Kirschkonfitüre geflossen wäre. Zumindest trug ich öfter Mehl als Make-up auf der Haut. Es gab das Backen, und es gab mein Leben. Es war nur zu leicht, mir vorzustellen, dass die beiden eines Tages kollidieren würden und dann all meine Träume, den Laden zu erweitern und meine Rezepte zu perfektionieren, meinem Leben irgendwie die momentan noch fehlende Aufregung liefern würden. An anderen Tagen fühlte ich mich, als befände ich mich in einem mit Teig überzogenen Gefängnis: durchaus lecker, aber Käfig bleibt Käfig.

Ja, ich liebte, was ich tat... aber nein, Grammy, es war kein Allheilmittel.

Ich musste mir ja nur das ramponierte College-Lehrbuch

unter dem Bein meines Ofens ansehen. Ich hatte den alten Ofen gebraucht gekauft, und eines der Beine war ungefähr ein Lehrbuch zu kurz. *Meeresbiologie und die Dynamik exzeptioneller Ökosysteme.* Der Titel klang, als hätte jemand ein paar wissenschaftliche Wörter in einen Mixer geworfen, überzeugt davon, dass Collegestudenten sich klug fühlen würden, wenn sie das Buch mit sich herumtrugen. Dann hatten sie als Zugabe noch ein Preisschild von dreihundert Dollar draufgeklebt. Als die College-Bibliothek angeboten hatte, es mir für zehn Dollar wieder abzunehmen, hatte ich ihnen mitgeteilt, dass sie sich ihre zehn Dollar sonst wohin stecken könnten.

Nun, streng genommen hatte ich nur gedacht, dass sie sich das Geld sonst wohin stecken könnten. In Wahrheit hatte ich vielleicht sogar höflich gelächelt, »Nein danke« gesagt und dann auf dem Heimweg Matt Costa gehört, um mich zu beruhigen. Ich hatte mein gesamtes Leben über im Service gearbeitet und wusste, wie unfair es war, die Person hinter dem Schreibtisch für etwas anzuschreien, das gar nicht ihrer Kontrolle unterlag.

Also hatte ich das Buch in den letzten sechs oder sieben Jahren für mich arbeiten lassen. Wenn sie mir meine dreihundert Dollar nicht zurückgeben wollten, dann – so hatte ich beschlossen – würde ich Wege finden, das Buch einzusetzen, die dreihundert Dollar wert waren. Zuerst hatte es in meinem College-Zimmer als Türstopper gedient, während ich meinen Soziologieabschluss machte – mein Diplom lag inzwischen irgendwo in einem Aktenschrank und setzte Staub an. Ich war über das Buch gestolpert, war darauf getreten und hatte es so quasi entwürdigt – einmal hatte ich es sogar als fett bezeichnet, als ich mir den Zeh daran gestoßen hatte, womit ich zugegebenermaßen eine rote Linie überschritten hatte. Aber ich hatte nicht vor, mich bei einem Buch zu entschuldigen. Außerdem hatte es im Nebenjob noch als Spinnenvernichter gearbeitet, wann immer es keine Türen aufhielt. Ich hatte es auch als Kopfkissen verwendet, nachdem meine Katze sich auf mein eigentliches Kissen übergeben hatte, und sogar Kritzeleien auf den meisten Seitenrändern hinterlassen. Und jetzt? Jetzt diente es als Stütze für das zu kurze Bein meines Ofens. Letztendlich war es sogar eine Stütze für mein Geschäft.

Okay, damit ging ich vielleicht ein wenig zu weit. Aber die Wahrheit und Teig waren sich ähnlicher, als den meisten Menschen bewusst war. Wenn man an der richtigen Stelle zog, an einer anderen etwas abschnitt und vielleicht ein wenig daran herumknetete ... voilà, hatte man eine leicht zu schluckende Pille geschaffen. Oder einen Muffin.

Alles in allem hätte ich geschätzt, dass ich über die Jahre mindestens zwanzig Dollar Wert wettgemacht hatte. Jetzt lagen nur noch zweihundertachtzig vor mir. Es gab natürlich noch einen anderen Grund, warum ich das dämliche Buch behalten hatte, statt es wie alle anderen überteuerten Fachbücher für Centbeträge zu verkaufen. Es war dieses Buch gewesen, in das ich zum ersten Mal seinen Namen, umrahmt von kleinen Herzchen, gekritzelt hatte. Dieses Buch hatte ich mir direkt über mein rasendes Herz an die Brust gedrückt, als wir uns nach dem Unterricht das erste Mal unterhalten hatten. Nathan. Der Mann meiner Träume, der sich zum gruseligen Stalker aus der Hölle entwickelt hatte. Er war zumindest teilweise für meine Jungfräulichkeit verantwortlich. Ich war mir nicht sicher, ob es so etwas wie eine posttraumatische Gruselstörung gab, aber falls ja, hatte Nathan mich damit infiziert. Nach ihm hatte ich mich zu einer Meisterin darin entwickelt, jeden Menschen mit einem Penis von mir zu stoßen. Dieses Buch zu behalten war sozusagen meine Art, ein Warnschild mitten in meinem Leben aufzustellen: »Hüte dich vor dem Penis, denn von ihm droht Gefahr.«

Ich stellte den letzten Kirschkuchen auf den mehlbestäubten Stahltisch neben dem Ofen. Die Kuchen sahen perfekt aus. Und das sollten sie auch. Als ich das Backen für mich entdeckt hatte, war ich entschlossen an die Sache herangegangen. Ich besaß ein ganzes Notizbuch voller Rezepte und Abwandlungen davon, die ich über die Zeit ausprobiert hatte, um ein perfektes Gleichgewicht zwischen Aroma und Konsistenz zu schaffen. Seite um Seite war gefüllt mit den Unterschieden zwischen einer Tasse Zucker, einer leicht gehäuften Tasse und einer nur knapp gefüllten Tasse oder Notizen darüber, was geschah, wenn man erst eine halbe Tasse und dann noch eine halbe Tasse hinzufügte, und ähnlichen Dingen. Wenn Backen eine Wissenschaft war, war ich die verrückte Wissenschaftlerin dazu. Die Cupcake-Zauberin. Wenn Leute in meinen Laden kamen, um sich etwas zu gönnen, dann konnten sie ihren Hintern darauf verwetten, dass sie jeden einzelnen Bissen genießen würden.

Backen vertrieb nicht das leere Gefühl, das sich tief in meinem Herzen eingenistet hatte, aber es gab mir eine Aufgabe. Ich wusste, dass ich gut darin war, und irgendwann wollte ich mein Geschäft erweitern. Der erste Schritt auf diesem Weg bestand darin, herauszufinden, wie ich meine Rechnungen bezahlen sollte ... aber hey, wäre es einfach, die Weltherrschaft zu übernehmen, würde jeder es versuchen.

Wie jeden Tag schaute auch heute meine kleine Schwester Candace vor der Arbeit bei mir im Laden vorbei. Sie war Redakteurin bei *Business Insights*, und sie kam auf dem Weg ins Büro immer zu mir, um sich einen Bagel zu holen. Ihr kurzes blondes Haar wippte, als sie mit federnden Schritten zum Verkaufstresen lief. Sie schob sich ihre Sonnenbrille in die Haare und wackelte mit den Augenbrauen.

Ich klopfte mir das Mehl von den Händen, dann trat ich zur Sicherheit noch einmal gegen das Buch. Ich wünschte mir, ich hätte stattdessen *ihn* treten können, aber das Buch würde reichen müssen. Zu dumm, dass es nicht wie eine Voodoo-Puppe funktionierte.

»Wie geht es meiner liebsten Jungfrau heute Morgen?«, fragte Candace fröhlich.

»Du weißt, dass ich jederzeit auf deinen Bagel spucken könnte, richtig?« Ich wappnete mich innerlich. Candace führte das Jungfrauen-Gespräch ungefähr einmal im Monat mit mir, wahrscheinlich an Tagen, an denen ich besonders angespannt wirkte.

»Oh, die Spucke einer Jungfrau. Ich hörte, die besitzt magische Kräfte. Bitte, ich hätte gerne etwas davon zu meinem Frischkäse.«

»Du bist widerlich. Und die einzige Magie in meiner Spucke dürfte darin bestehen, dass sie wie ein Anti-Aphrodisiakum wirkt.«

»Hm. Das geht mir dann doch zu weit.«

»Weißt du, wenn du aufhören würdest, mich ständig lautstark in der Öffentlichkeit als Jungfrau zu bezeichnen, dann müssten es nicht alle Menschen in meinem Leben erfahren.«

»Alle Menschen in deinem Leben. Okay. Also Ryan und Grammy?«

»Blöde Kuh«, murmelte ich. Ich drehte mich um und begann, meine Fäuste in einen Teigfladen zu rammen. Das war nicht gerade die Technik, die sich als der Weg zur perfekten Konsistenz herausgestellt hatte, aber es half wunderbar beim Stressabbau.

»Nun, ich nehme an, da gibt es auch noch...«

»Wir reden nicht über ihn, schon vergessen?«

»Es ist nicht gesund, Dinge in sich hineinzufressen, Hailey. Hast du je *Ich, beide & sie* gesehen? Jim Carrey dachte in diesem Film, das wäre eine gute Idee... und was ist aus ihm geworden?«

Ich zuckte mit den Achseln. »Ist es schlecht ausgegangen?«

»Darauf kannst du einen lassen. Er hat eine gespaltene Persönlichkeit entwickelt, wurde irre. Wenn du nicht aufpasst, wird es damit enden, dass du dir deinen Körper mit einem verrückten Weib namens Hanketta teilst, das anfängt, sich in Restaurants mit Sechsjährigen zu streiten. Willst du das etwa?«

»Ist das eine rhetorische Frage?«

Sie lehnte sich auf den Tresen und sah mich an, als wäre ich ein trauriges, verwundetes Tier. »Ich will doch nur, dass du glücklich bist.«

»Nun, und ich will, dass meine Schwester sich weniger Sorgen um mein nicht-existentes Sexleben macht und mehr Sorgen um Dinge, die wirklich wichtig sind.«

»Oh, genau. Sex ist nicht wichtig. Lass mich kurz losziehen und der Menschheit verkünden, was sie bis jetzt falsch gemacht hat. Stoppt die Druckmaschinen! Packt die Penisse weg! Zerstört alle Gussformen für Dildos! Schließt die Beine, wir sind hier fertig! Sex wurde die ganze Zeit überschätzt!«

»Gussformen für Dildos? Ernsthaft?«

Sie zuckte mit den Achseln. »Was glaubst du, wie die hergestellt werden?«

Ich starrte sie böse an. »Ich würde lieber nicht darüber nachdenken. Und ich will damit auch nur sagen, dass ich es nicht eilig habe, den erstbesten Kerl zu poppen, der mir über den Weg läuft.«

»Vielleicht solltest du es aber eilig haben. Denk darüber nach. Du bist verdammt noch mal fünfundzwanzig Jahre alt. Das sind fünfundzwanzig Jahre, in denen du dir deinen ersten Sex als riesiges, weltbewegendes Ereignis ausmalen konntest. Du legst die Messlatte zu hoch, Mädel. Zieh dir einfach den Stock aus dem Arsch und lass mal los.«

»Mir den Stock aus dem Arsch ziehen und loslassen... Worte der Weisheit von Candace. Vielleicht werde ich sie auf deinen Grabstein meißeln lassen.«

»Wer behauptet, dass ich zuerst sterbe? Ich werde ›Hier liegt die weltälteste, traurigste Jungfrau. Hätte sie einen Mann fünfzehn Zentimeter tief in sich gelassen, hätten wir dieses tiefe Loch vielleicht nicht graben müssen‹ auf deinen schreiben.«

Ich schnappte mir einen Bagel aus der Auslage und schmierte mit heftigen Bewegungen Frischkäse darauf. Es war mehr Käse, als Candace eigentlich mochte, aber das war mir egal. Ich wickelte ihn in Wachspapier und gab ihn ihr. »Wenn du jetzt fertig bist, hier ist dein Bagel. Ryan wird in ein paar Minuten auftauchen, und dank dir ist er fast genauso nervig wie du mit seinen ständigen Versuchen, mich mit jemandem zu verkuppeln. Also wieso machst du nicht eine Pause und lässt ihn übernehmen?«

Sie nahm den Bagel. »Der einzige Grund, warum ich es ihm erzählt habe, war, dass ich gehofft hatte, er wäre derjenige, der deine staubbedeckte Kirsche pflücken würde – dir dein Blümchen stehlen, dir die Unschuld nehmen. Sprich, dich entjungfern. Woher sollte ich wissen, dass er sich kopfüber in eine platonische Freundschaft stürzen und sich zu Mr Superkuppler entwickeln würde?«

Ich verzog das Gesicht. »Deine Begabung für verstörende Bilder ist manchmal wirklich schwer zu ertragen.«

»Du bist so süß. Hey, was ist das?«, fragte sie und griff nach einem Umschlag, den ich gestern geöffnet und auf den Tresen gelegt hatte.

Ich riss ihn ihr aus der Hand. »Das ist nichts. Nur Werbung.«

»Ah ja, der gute alte Werbebrief, auf den sie *Räumungsbefehl* schreiben, um Aufmerksamkeit zu erregen. Auf die falle ich auch immer wieder rein. Okay, Mädel, bleib jungfräulich.« Sie warf mir einen Luftkuss zu und verschwand mit ihrem Bagel in der Hand.

Sobald meine Schwester gegangen war, sah ich auf den Brief hinunter. Es war die Mitteilung, dass ich eine Woche Zeit hatte, die Miete für meine Wohnung zu zahlen, weil es sonst zu einer Räumung kommen würde. Mir war immer noch nicht ganz klar, wie ich das hinkriegen sollte – vor allem, da mir nur zwei Wochen Zeit blieben, um die Miete für die Bäckerei zu berappen, bevor ich die dritte Zahlung in diesem Jahr schuldig bleiben würde. Ich seufzte. Ich fand immer einen Weg, mich irgendwie über Wasser zu halten, und mehr war nicht nötig. Nur noch ein paar Wochen mehr, ein paar Kunden mehr, und irgendwann würde die Bäckerei endlich Gewinn abwerfen.

Ich rüttelte ordentlich am Rührgerät, bis es so funktionierte, wie es sollte. Die meisten Geräte in der Bäckerei hatten schon bessere Tage gesehen, aber sie gehörten mir. Ich empfand tiefe Befriedigung bei dem Gedanken, dass ich für alles hier drin gearbeitet hatte. Der Laden war mein Baby, und die Kirschkuchen waren ... die Babys meines Babys? Wenn ich das Bild zu weit trieb, wurde es vermutlich etwas seltsam. Wie auch immer, ich liebte die Bäckerei. Selbst wenn ich das Gefühl hatte, dass der Rest meiner Welt zerbrach, konnte ich mich immer auf den Laden verlassen. Er war mein Zufluchtsort, auch wenn er sich manchmal anfühlte wie ein Käfig.

Ryan erschien auf die Minute pünktlich, wie immer. Er kam frisch aus dem College und war unglaublich attraktiv; vielleicht sah er sogar atemberaubend aus. Doch aus irgendeinem Grund hatte ich in Bezug auf ihn vom ersten Moment an eher wie für einen kleinen Bruder empfunden. Er musste es auch gespürt haben, denn wir waren sofort in eine Dynamik verfallen, als wären wir lange verloren geglaubte Geschwister. Er versuchte ständig, mir dabei zu helfen, mein Leben in Ordnung zu bringen, und ich versuchte, zu verhindern, dass er in Schwierigkeiten geriet ... wofür er eine echte Begabung besaß.

Er hatte einen rasierten Kopf, ein paar Tätowierungen (wenn auch nichts allzu Verrücktes) und einen muskulösen Körperbau mit den definierten Unterarmen eines Mannes, der schon jede Menge Zeit damit verbracht hatte, Teig zu kneten. Seine Augen zeigten ein warmes Braun. »Heißes Date heute Abend?«, fragte er.

»Weißt du, Candace hat gerade erst versucht, mir gut zuzureden. Vielleicht könnten wir das Jungfrauen-Gespräch heute einfach überspringen.« Ich fing an, vorsichtig die Kuchen von ihren Blechen zu nehmen.

Ryan kam zu mir und lehnte sich an die Arbeitsplatte, boxte mich sanft gegen den Arm und schenkte mir einen Blick, der – wie üblich – so mitfühlend war, dass ich nicht anders konnte, als ihn liebenswert zu finden. Ich mochte ja Ryans ständige Versuche, mich zu Dates zu überreden, leid sein, aber ich wusste, dass er es gut meinte, also konnte ich ihm sein Drängen irgendwie nicht übel nehmen. »Du wirst Folgendes tun: Such dir heute einen Kerl aus. Irgendeinen.« Er lächelte breit, weil ihm anscheinend gerade eine Idee gekommen war. »Den ersten Kerl, der einen Kirschkuchen kauft. Den wählst du aus. Sei einfach mutig. Sei du selbst. Sag etwas Kokettes. Du musst ihn nicht um ein Date bitten oder irgendwas. Mach dem Kerl einfach, na ja, ein Kompliment... und darauf bauen wir dann auf.«

Ich seufzte. »Selbst wenn ich mich darauf einlassen würde – was ist, wenn der erste Kerl, der einen Kirschkuchen kauft, einen Walrossbart hat und an seinem Ärmel Popel kleben?«

»Okay. Der erste Kerl, der einen Kirschkuchen kauft und nicht deinen Widerling-Alarm auslöst. Wie wäre es damit? Außerdem, wer zum Teufel hat Popel an seinem Ärmel kleben? Mit was für Leuten umgibst du dich?«

»Witzig«, sagte ich. Dann dachte ich intensiv darüber nach, wie ich den Vorschlag abwehren konnte, bevor ich womöglich noch zustimmte. Ryan und Candace schienen beide zu glauben, dass Sex all meine Probleme lösen würde. Ich war mir da nicht so sicher – obwohl es mir nichts ausgemacht hätte, nicht mehr mit der ironischen Situation leben zu müssen, dass ich das Mädchen war, das den ganzen Tag über Kirschkuchen an Leute verkaufte, ohne je jemandem *ihre* Kirsche zu schenken.

»Nicht witzig«, sagte Ryan. »Wir machen eine Wette daraus. Ich meine das ernst, Hailey.«

»Eine Wette?«

»Ja. Du erinnerst dich an all die Urlaubstage, die ich angesammelt habe?«

»Ja…«, sagte ich langsam, weil ich mich davor fürchtete, was gleich kommen würde.

»Du ziehst das durch, oder ich nehme mir während der gesamten Sheffield-Fair-Woche frei.«

Panik stieg in mir auf. Meine Bäckerei lag am Rande der Innenstadt von New York, aber eine der besten Gelegenheiten, um für Publicity zu sorgen, war der Sheffield-Fair-Backwettbewerb. Dort tauchte sogar ein Team von Food Network auf und filmte ein paar der Gewinner. Der Wettbewerb bedeutete eine Menge Arbeit, und Ryan wusste, dass ich niemand anderen hatte, der mir dabei helfen konnte, alles vorzubereiten und zu backen.

»Das würdest du nicht tun«, sagte ich.

Er zuckte mit den Achseln. »Ich schätze, du musst dich einfach fragen, ob du es darauf ankommen lassen willst, Jungfrau? Hm?«

»Arschloch«, stöhnte ich.

Er wirkte viel zu selbstgefällig, aber er hatte mich in eine Ecke getrieben, und das wusste er auch. »Also, gilt die Wette?«

»Du weißt, dass ich jetzt nicht mehr Nein sagen kann. Aber du wirst die Regeln nicht mehr ändern. Ich muss nur irgendeinen flirtenden Kommentar machen. Einen Satz. Mehr nicht.«

»Das ist alles, was ich will. Für den Moment.«

Und damit war die Sache geritzt. Der Morgen verlief nicht viel anders als die meisten anderen Vormittage, die ich zusammen mit Ryan in der Bäckerei verbrachte – mal abgesehen von der lächerlichen Wette, natürlich. Die hatte den Druck, den mein sonst so sanftmütiger Freund auf mich ausübte, in ganz neue Dimensionen getrieben. Doch schon nach ein paar Minuten hatte ich die Sache vergessen.

Wir bestückten die Vitrine, backten das Brot, das viel schneller an Frische verlor als das süße Gebäck, und bereiteten als Letztes die Bagels zu. Die verkauften sich morgens immer besonders gut, und eine Menge Kunden würden, wenn sie kamen, um sich ihren Bagel zu holen, noch einen Laib Brot für später oder einen Kuchen für nach dem Abendessen mitnehmen.

Wie fast jeden Morgen war Jane unsere erste Kundin. Ich hätte schwören können, dass sie einen Designer-Hosenanzug für jeden Tag des Jahres besaß, denn ich hatte sie meiner Erinnerung nach noch nie zweimal im selben Outfit gesehen. Sie war vielleicht Mitte vierzig und alles, was ich hoffentlich eines Tages sein würde. Sicher. Souverän. Selbstbewusst. Modisch. Vermutlich hatte sie zu Hause auch nirgendwo ein altes College-Fachbuch herumliegen, das sie als Boxsack benutzte, um ihren Frust wegen eines Stalker-Exfreundes daran auszulassen.

Ich sah auf meine mehlbestäubte Schürze und die langweiligen Jeans hinab, die ich darunter trug. Mein Top war einfach nur ein schlichtes pinkfarbenes T-Shirt mit dem Namen meiner Bäckerei darauf: *The Bubbly Baker*. Das Logo zeigte einen untersetzten kleinen Mann mit Bäckermütze, der eine große Kaugummiblase machte. Wahrscheinlich wäre es realistischer gewesen, meinen Laden »Die Bäckerin, die Probleme damit hat, Blickkontakt mit Ihnen aufzunehmen« oder vielleicht auch »Haileys intakte Kirsche« zu nennen, aber irgendwie bezweifelte ich, dass ich damit irgendetwas verkauft hätte.

Jane dankte mir und riss denselben Witz, den sie jedes Mal machte. »Ich sollte losrennen, um den Verkehr zu schlagen.« Sie lachte. »Natürlich nicht im wörtlichen Sinn.«

Ich wusste nie, ob sie die Idee witzig fand, tatsächlich zu rennen, oder ob der Witz in der Andeutung lag, dass sie Leute im Verkehr verprügelte. Auf jeden Fall lächelte ich und winkte, als sie die Bäckerei verließ, wie ich es immer tat.

Die nächsten paar Stunden brachten eine gute Mischung aus Stammkunden, neuen Gesichtern und Leuten, die irgendwo dazwischenlagen. Ich kümmerte mich überwiegend darum, die Vitrine ständig wieder aufzufüllen, während Ryan den Verkauf übernahm. Ich mochte Menschen, doch ich hatte die Tendenz, sie aus Versehen zu verschrecken. Vor Nathan war ich die Königin des »zu viel, zu schnell« gewesen, bevor ich mich langsam zu »niemand, nie« entwickelt hatte – womit ich sehr effektiv den Grundstein für meine überwiegend einsame Existenz gelegt hatte.

Die kleine Glocke über der Tür bimmelte. Ich drehte mich in der Absicht um, den neuen Kunden zumindest mit einem schnellen Nicken und einem Lächeln zu begrüßen, nur um innezuhalten, als ich ihn sah. Er war groß und breit, mit dunklem Haar, das er auf eine unordentliche Weise verwuschelt trug, wie es sich nur die bestaussehenden Kerle leisten konnten. Es war ein wenig zu lang und hatte keinen richtigen Schnitt, aber genau das machte es zu einem sexy Statement. Dieses Haar schien zu sagen: »Ich brauche keinen dämlichen Kamm oder irgendwelche Pflegeprodukte, denn schau dir mal das Gesicht und den Körper an, über denen ich throne.« Und nach dem, was ich von hier aus sehen konnte, wollte ich ihm da nicht widersprechen. Nicht, dass ich vorhatte, mich auf eine Diskussion mit den Haaren von irgendjemandem einzulassen – zumindest nicht laut.

Er trug seinen Anzug auf eine Weise, die ich bisher nur bei Bösewichten in Filmen gesehen hatte. Um wirklich professionell zu wirken, stand an seinem Hemd ein Knopf zu viel offen, und er schien fast stolz die Andeutung von Tätowierungen auf Brust und Unterarmen zu präsentieren. Alles an diesem Mann wirkte so selbstbewusst und trotzig, dass man schon hätte blind sein müssen, um ihn zu übersehen.

Und ich? Ich war nicht blind. Ich stand dümmlich mit offenem Mund da, die Augen weit aufgerissen, meine Arme schlaff an den Seiten, bis mir klar wurde, dass Ryan den Mann absichtlich ignorierte.

Der Fremde sah mich aus den unglaublichsten blauen Augen an, die ich je zu Gesicht bekommen hatte. Dann zog er langsam eine Augenbraue hoch. Die Zeit selbst schien die Luft anzuhalten. Ich konnte nicht sagen, wie lang diese unangenehme Stille bereits andauerte. Drei Sekunden? Vier?

»The Bubbly Baker«, meinte er mit einer wunderbar tiefen Stimme, die auf perfekte männliche Art rau war. »Offensichtlich bezieht sich das nicht auf Sie, sonst hieße dieser Laden *Die taubstumme Bäckerin.*«

Jetzt wusste ich, wie Fische sich fühlten, wenn sie aus dem Meer gezerrt wurden. In einem Moment kümmerten sie sich um ihren eigenen Kram, und im nächsten wurde plötzlich ihre gesamte Welt auf den Kopf gestellt. Ein einziger Augenblick sorgte dafür, dass ihr Leben nie wieder das gleiche sein würde. Selbst wenn es ihnen gelang, wieder vom Boot zu gleiten, würden sie danach immer wissen, dass über der Oberfläche diese seltsame, erstaunliche Welt wartete. Oder, in meinem Fall, ein megaheißer Kerl, nach dem jeder andere Mann wirken musste wie vom Grabbeltisch.

Er räusperte sich. »Oder starren Sie mich so an, weil der Laden eigentlich geschlossen ist, Sie aber vergessen haben, die Tür zu verriegeln?«

Der Klang seiner Stimme reichte aus, um mich zurück in die Realität zu holen. Ich schloss den Mund, schluckte – obwohl meine Kehle staubtrocken war – und formte Worte, wie das normale menschliche Wesen, als das ich mich erweisen wollte.

»Ich bin weit geöffnet. Wir, ähm, haben geöffnet«, fügte ich eilig hinzu, sobald ich das amüsierte Glitzern in seinen Augen sah. »Der Laden hat geöffnet. Ja.«

»Okay«, sagte er langsam. »Also, kann ich einen Bagel bekommen?«

»Tatsächlich«, sagte Ryan, der in diesem Moment mit einem Ausdruck auf dem Gesicht an den Tresen eilte, der nichts Gutes für mich verhieß, »sind uns die Bagels gerade ausgegangen. Aber Sie werden unseren Kirschkuchen lieben.«

Der Blick des Mannes glitt an uns vorbei zu den Aberdutzenden von Bagels in der Auslage, die nur darauf warteten, aufgeschnitten und bestrichen zu werden. »Und das da sind ...«

»Show-Bagels. Absolut nicht essbar«, erklärte Ryan. »Sie würden sich die hübschen Zähne daran ausbeißen, sollten Sie versuchen, einen davon zu essen.«

»Was soll ich um neun Uhr morgens mit einem Kirschkuchen anfangen?«, fragte er.

»Ähm, na ja«, stammelte Ryan. »Sie könnten ihn mit in die Arbeit nehmen. Mit den Kollegen teilen. Sie arbeiten doch irgendwo, oder?«

Jetzt wirkte er genervt. »Ja, das tue ich.«

»Entschuldigen Sie meinen Angestellten«, stieß ich hervor. »Er findet das komisch. Diese Bagels sind absolut essbar. Sehen Sie?« Ich schnappte mir einen gewöhnlichen Bagel aus der Auslage und nahm einen Bissen, der genauso groß wie unnötig war. Jetzt war ich gezwungen, intensiv zu kauen, während Ryan und der Mann mich mit einer Mischung aus Verwirrung und Unbehagen dabei beobachteten.

Ich räusperte mich. »Absolut essbar«, wiederholte ich, etwas leiser.

»Dann bekomme ich bitte einen absolut essbaren Bagel, wenn Sie so freundlich wären. Aber vielleicht einen, von dem Sie noch nicht abgebissen haben.«

Ich versuchte, mit reiner Willenskraft zu verhindern, dass das ganze Blut aus meinem Körper in meine Wangen schoss, die bereits leuchten mussten wie ein Feuerwehrauto. Ich fragte ihn nicht einmal, welche Art von Bagel er wollte, sondern warf einfach nur einen in eine Tüte und legte sie auf den Tresen.

»Und ich nehme auch Ihre Kirsche.«

Ich verschluckte mich am letzten Bissen meines Bagels, sodass ich husten musste und ein würgendes Geräusch von mir gab, das Ryan sofort dazu veranlasste, mir viel zu fest auf den Rücken zu schlagen.

»Meine Kirsche?«, fragte ich. *Woher zur Hölle weiß er, dass ich noch Jungfrau bin, und welche Art von Mann sagt so etwas einfach... einfach... offen heraus? Und selbst wenn...*

»Kirschkuchen«, sagte er, doch die Art, wie er meine Verlegenheit genau beobachtete, ließ mich vermuten, dass seine erste Formulierung kein Versehen gewesen war.

Ich legte einen Kuchen für ihn in eine Schachtel und stellte auch die auf den Tresen. Ryan stieß mich an, als wäre ich mir nicht bereits schmerzhaft darüber im Klaren gewesen, warum er den Mann dazu überredet hatte, einen Kirschkuchen zu kaufen. Ich wusste, dass ich jetzt mit ihm flirten sollte.

Der Mann zahlte und machte Anstalten, den Laden zu verlassen. Ich fühlte mich, als hätte sich eine unsichtbare Hand um meine Kehle geschlossen, was wahrscheinlich göttliche Fügung war, denn wenn ich jetzt irgendetwas gesagt hätte, hätte ich mich mit Sicherheit unendlich blamiert.

»Moment!« Ryan stieß mich an. »Meine Freundin möchte Sie etwas fragen.«

Der Kerl drehte den Kopf, gerade weit genug, um mich aus dem Augenwinkel beobachten zu können. Hätte ich es nicht besser gewusst, hätte ich behauptet, dass er genau wusste, was in meinem Kopf vor sich ging. *Und in meinem Körper.*

»Ich habe Ihren Namen nicht verstanden.«

Ich bemerkte, dass Ryan mich mit einem *Das-nennst-du-flirten?*-Blick anstarrte, versuchte aber, ihn zu ignorieren. Ich war noch in der Aufwärmphase, okay?

»William«, sagte er mit einem Grinsen. »Soll ich Sie einfach Cherry nennen?«

Es war ein Wunder, dass ich nicht in Ohnmacht fiel, als gefühlte zehn Liter Blut in meine Wangen schossen. Er wusste, dass ich Jungfrau war. Irgendwoher wusste er es. Vielleicht gab es eine Geheimgesellschaft von heißen Kerlen, die sich regelmäßig trafen, um die Namen ansässiger Jungfrauen auszutauschen. Oder vielleicht war es einfach offensichtlich, wenn man mich ansah.

Mir war klar, dass Ryan mich nicht vom Haken lassen würde, wenn ich nur nach seinem Namen fragte, also wappnete ich mich und bemühte mich, zu flirten... was sich anfühlte, als versuchte ich, ein altes, rostiges Auto zu starten, das fünfundzwanzig Jahre lang in der Garage gestanden hatte.

»Sie können mich nennen, wie auch immer Sie wollen«, sagte ich. Fast – fast – hätte ich dabei in der Imitation einer sinnlichen Verführerin die Hand in die Hüfte gestemmt, doch selbst ich wusste, dass das zu viel gewesen wäre. Ich konnte förmlich fühlen, wie Ryan sich neben mir wand und sich bemühte, nicht zu lachen. Es war egal, dass ich die Vorstellung hasste, Cherry genannt zu werden, wie eine Liebesdienerin... allein die peinliche Art, wie ich die Stimme gesenkt hatte, würde mich für den Rest meines Lebens verfolgen.

Jetzt drehte er sich ganz um, schenkte mir seine volle Aufmerksamkeit, komplett mit zusammengekniffenen Augen und schiefem Grinsen. Falls er meine Unbeholfenheit bemerkte, ließ er sich jedenfalls nichts davon anmerken. »Vorsicht. Könnte sein, dass ich Sie beim Wort nehme.«

Ryan riss tatsächlich eine Faust in die Luft, was meiner Konzentration auch nicht weiterhalf. »Würden Sie?«, fragte ich.

Hätte ich bisher in unserem Gespräch irgendwelche Punkte gesammelt, hätte spätestens meine stotternde Antwort dafür gesorgt, dass ich sie wieder verlor – aber entweder es fiel ihm nicht auf oder es war ihm egal. Er stand einfach nur da, wirkte vollkommen ruhig und kontrolliert, und musterte mich von Kopf bis Fuß. Er steckte sich den Bagel in den Mund und hielt ihn mit den Zähnen fest. Dann schob er sich die Kuchenschachtel unter den Arm und schnappte sich eine Vase voller Blumen, die auf dem Tresen stand. Er schenkte mir ein freundliches Nicken und wandte sich ab, um zu gehen.

»Was zur Hölle?«, fragte ich. Mein Hirn war zwar noch mit dem verzweifelten Versuch beschäftigt, die ganze Situation zu verarbeiten, aber ich war mir ziemlich sicher, dass er gerade meine Blumen stahl.

»Tut mir leid«, sagte er, seine Worte gedämpft von dem Bagel zwischen seinen Zähnen. »Ich stehle Dinge. Das ist eine Krankheit.« Oder zumindest glaubte ich, dass er das sagte.

Und ohne ein weiteres Lächeln oder nur ein Zwinkern verschwand er.

»Wow«, sagte Ryan und fing langsam an, zu klatschen. Ich hatte nicht vor, mich dem Applaus anzuschließen. »Dieser schöne, schöne Mann. Er hat deine Kirsche geklaut und dir gleich auch noch das Blümchen gestohlen. Respekt.«

Ich stemmte erschöpft meine Ellbogen auf den Tresen und stieß die Luft aus, von der ich nicht mal gewusst hatte, dass ich sie angehalten hatte. »Streng genommen«, sagte ich schlecht gelaunt, »hat er für meine Kirsche bezahlt. Er hat nur mein Blümchen gestohlen.«

Ryan schnaubte. »Du unartiges Mädchen.«

Ich schlug ihn auf den Arm, grinste aber trotzdem. »Du bist schrecklich. Das ist alles deine Schuld. Dessen bist du dir doch bewusst, oder?«

Er schlenderte zu der Stelle, von der William die Blumen genommen hatte, und hob etwas auf, das wie eine Visitenkarte aussah. »Was genau hältst du mir vor? Dass ich Thor dazu gebracht habe, dich anzubaggern … oder die Tatsache, dass er dir seine Nummer hinterlassen hat?«

»Lass mich das sehen«, sagte ich und riss ihm die Visitenkarte aus der Hand. »William Chamberson«, las ich langsam. »CEO von Galleon Enterprises. Kennst du die Firma?«

»Galleon?« Ryan zog mir die Karte wieder aus den Fingern, starrte sie an und zuckte schließlich mit den Achseln. »Nie gehört. Aber ich habe schon von CEOs gehört.«

»Muss eine ziemlich kleine Firma sein, wenn der Chef herumläuft und Blumen aus Bäckereien stiehlt.«

»Wen interessiert's? Dieser Kerl könnte der Chef eines Hot-Dog-Standes sein. Du wirst von keinem Mann ein direkteres Angebot bekommen. Er ist zum Abschuss freigegeben.«

Ich schnaubte. »Wenn ich es nicht besser wüsste, würde ich fast glauben, *du* willst mit ihm ausgehen.«

Ryan lachte. »Ich bin mir sicher, dass es dort draußen Männer gibt, die dieses Angebot nicht ablehnen würden. Aber ich meine ja nur. Du bist wie eine Schwester für mich, und ich habe gesehen, wie du manchmal dreinschaust.«

»Und das wäre?«, fragte ich, obwohl ich eine ziemlich klare Vorstellung davon hatte, wovon er sprach.

»Als wärst du das Mädchen beim Schulball, das den ganzen Abend über von keinem einzigen Jungen auch nur angesprochen wird.«

»Bin ich wirklich so jämmerlich?«

Er schenkte mir sein sanftes Lächeln. »Jämmerlich? Nein. Aber ich hasse es, dich so zu sehen. Gib dem Kerl eine Chance. Was ist das Schlimmste, was passieren könnte?«

»Ich ende in seinem Tiefkühlschrank, in kleine Stücke zerhackt? Oder vielleicht hat er eine Sammlung von präparierten Tieren, die er mir zeigen will.«

Ryan sah auf und neigte leicht den Kopf, als müsse er über diese Vorstellung nachdenken. »Okay. Lass mich die Frage anders formulieren. Was ist das Beste, was passieren könnte?«

Ich grinste. »Er entpuppt sich als heimlicher Back-Enthusiast, und wir backen zusammen Kekse, füttern uns gegenseitig mit Zuckerguss, um uns dann mit Schokosirup...«

»Igitt. Sorg dafür, dass er niemals von dieser Fantasie erfährt. Und auch sonst niemand. Sonst müssen wir den Laden in *Die perverse Bäckerin* umbenennen.«

»Spielt sowieso keine Rolle. Ich werde auf keinen Fall um ein Date betteln. Hast du irgendeine Vorstellung, wie erniedrigend das wäre? Er hat schon Glück, wenn ich ihn überhaupt anrufe.«

Ein paar Stunden später, während meiner Mittagspause, saß ich zusammengekauert über der Visitenkarte und tippte die Nummer vorsichtig in mein Handy. Ich saß in meinem Lieblings-Coffeeshop. New York City quoll förmlich über von Coffeeshops, und dieser hier war zugegebenermaßen nur deswegen mein Lieblings-Coffeeshop, weil sie jeden Tag einen neuen, bissigen Spruch an die Tafel an der Wand schrieben. Die Nachricht von heute war ein echter Profitipp: *Ein Apfel am Tag hält jeden fern, wenn man ihn nur hart genug wirft.*

Ich drückte mir das Handy ans Ohr und wartete, kaute auf meiner Lippe herum und beobachtete mein Bein dabei, wie es wie im Autopilot-Modus auf und ab wippte. Das war so dämlich und erniedrigend, genau wie ich es mir vorgestellt hatte. Aber ich versuchte, mich nicht auf die Peinlichkeit zu konzentrieren, sondern dachte stattdessen daran, wie oft ich davon geträumt hatte, dass etwas Vergleichbares in meinem Leben passierte – allerdings ohne den Teil, wo er meine Blumen gestohlen hatte. Deswegen schuldete ich es mir selbst, es wenigstens zu versuchen.

»Galleon Enterprises«, meldete sich eine Frau, die klang, als müsse sie jeden Moment gähnen. Ich hatte das Gefühl, tatsächlich hören zu können, wie sie von oben auf mich herabsah. Es war fast schon beeindruckend.

»Kann ich bitte mit William sprechen?«, fragte ich. Ich bemühte mich, selbstbewusst zu klingen, versagte aber kläglich.

»William... da müssen Sie sich schon etwas genauer ausdrücken. Nachname?«

»Der CEO«, sagte ich. »William Chamberson.«

Stille.

»Sie wollen, dass ich Sie mit William Chamberson verbinde?«

»Ja«, sagte ich, diesmal schon etwas überzeugter. »Er hat mir seine Visitenkarte gegeben.«

»Mmm«, sagte sie. »Hat er das? Sie müssen etwas ganz Besonderes sein.«

Ich konnte die Frechheit dieser Frau kaum glauben. Offensichtlich war Galleon kein kleiner Hot-Dog-Stand, wie wir es uns im Spaß ausgemalt hatten – sonst hätte es keine Sekretärin gegeben –, aber trotzdem, diese Frau musste dringend von ihrem hohen Ross heruntersteigen. »Woher wollen Sie wissen, dass ich keine wichtige Geschäftsfrau bin? Was, wenn ich anrufe, um einen Millionen-Dollar-Deal abzuschließen?«

Mein Herz raste, und meine Wangen brannten vor Empörung. Die Dreistigkeit dieser Frau sorgte dafür, dass ich auf etwas einschlagen wollte. Wo war dieses dämliche alte College-Fachbuch, wenn man es brauchte?

Wieder Stille.

»Sind Sie das?«

»Nein, aber darum geht es nicht ...«

»Nein, sind Sie nicht. Weil das die Nummer ist, die William Frauen gibt, die er beeindrucken will. Ich werde Sie in die Warteschleife legen, ihm sagen, dass Sie angerufen haben, und dann wird er mich anweisen, einfach aufzulegen. Er mag es, wenn ihr armen Mädchen euch wirklich anstrengt«, seufzte sie. »Bleiben Sie dran.«

Es klickte in der Leitung, dann erklang irgendeine nervige Fahrstuhlmusik. Ich trommelte mit dem Fuß auf den Boden, starrte böse ins Nichts und wartete. Ich war in Versuchung, Ryan zu bitten, die Stellung zu halten, während ich zu Galleon Enterprises stiefelte – wo auch immer das sein mochte –, um diese Frau aufzuspüren. Vielleicht benutzte sie noch so ein altes Telefon mit Kabel, und ich konnte sie damit erwürgen. Danach würde ich William und seinen Spielchen mit einem Briefbeschwerer ein Ende bereiten. Ich seufzte. Natürlich würde ich die Sekretärin nicht wirklich erwürgen und auch William nicht erschlagen. Aber eines war verdammt noch mal sicher: Wenn er meinen Anruf nicht annahm, würde ich ihn nicht weiter jagen. Meine Würde erlaubte mir nicht mehr als diesen einen Anruf, vielen Dank auch.

Die Musik brach ab, und erneut erklang ein Klicken.

»Cherry?« Die Stimme war tief. *Seine Stimme.*

»Ja«, hauchte ich. Ich war nicht gerade stolz darauf, wie mein Herz raste, aber gleichzeitig erfüllte mich Stolz. Er würde also einfach auflegen, hm? Ich verzog das Gesicht und schüttelte den Kopf. »Nein, ich meine, ja, ich bin diejenige, die Ihnen ... dir ... den Kirschkuchen gegeben hat. Aber mein Name ist Hailey.«

»Nun, Hailey. Ich habe heute unglaublich viel zu tun. Meetings, die ich verschlafen muss. Anrufe, die ich ignorieren muss. Du weißt schon, CEO-Zeug eben. Wenn du so dringend reden willst, kannst du zu dem Maskenball kommen, den wir heute Abend schmeißen, um einen anlaufenden Film zu hypen. Sag den Typen an der Tür, dass du Cherry heißt, und sie werden dich reinlassen. Oh, und ich behalte deine Blumen als Geisel. Wenn du sie also wiederhaben willst, solltest du besser auftauchen.«

Ich stammelte ein paar bedeutungslose Silben, doch er hatte schon aufgelegt, bevor ich wirklich etwas erwidern konnte. Ich starrte mein Handy an, als wären dem Gerät gerade Hörner gewachsen. Der Mann war unausstehlich, und das wusste er. Er wusste aber auch, dass er so unerträglich gut aussah, dass er damit durchkommen konnte. Gerade so. Je weiter der Tag voranschritt, desto tiefer nistete sich die Idee in meinem Kopf ein, wirklich zu der Party zu gehen. Gegenüber Ryan erwähnte ich nichts, weil ich genau wusste, wie er reagieren würde. Er würde mich anflehen, hinzugehen. Ich hatte mich doch ständig beklagt, dass das Leben an mir vorbeirauschte, oder etwa nicht? Außerdem, wer behauptete denn, dass ich William auf der Party überhaupt begegnen musste? Vielleicht konnte ich einfach eine dämliche Maske aufsetzen, ein lustiges Kleid anziehen und mir einen schönen Abend machen. Ausnahmsweise war ich mal in der Stimmung, etwas Spontanes und vielleicht sogar ein wenig Gefährliches zu tun. Ich war wirklich in Versuchung, die Einladung anzunehmen.

»Steig ein. Northern Line. Zweites Abteil, heute Nacht. #tubinglondon«

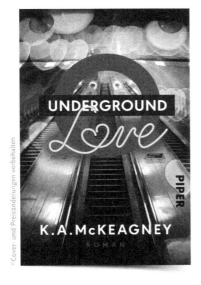

K.A. McKeagney
Underground Love
Roman

Aus dem Englischen von Lene Kubis
Piper Taschenbuch, 352 Seiten
€ 10,00 [D], € 10,30 [A]*
ISBN 978-3-492-23567-9

In London spricht man hinter vorgehaltener Hand nur noch über »Tubing«: In überfüllten U-Bahnen finden unbemerkt heiße Blind Dates statt, die nach klaren Regeln ablaufen. Nur erwischen lassen darf man sich nicht. Als Polly versehentlich von einem attraktiven Fremden für sein Date gehalten und verführt wird, ist es um sie geschehen. Doch schon an der nächsten Haltestelle steigt er aus – ohne ihr seinen Namen zu nennen. In der Hoffnung, ihn wiederzusehen, wird sie Teil des geheimen Dating-Netzwerks – und gerät dabei in einen Strudel dunkler Geheimnisse …

Leseproben, E-Books und mehr unter www.piper.de